レジェ
ノベ

「迷路の迷宮」は
システムバグで大盛況 1

contents

レジェンドノベルス
LEGEND NOVELS

「迷路の迷宮」は
システムバグで大盛況

1

人生は迷路だ。

長くて、狭くて、息苦しくて、後にも先にも無機質な時間だけが続いている。


僕は今日も無機質な通路に立っている。

目の前に十字路がある。

右へ行くか、左へ行くか、進むべきか、それとも戻るべきだろうか？

不安になって振り返る。その背にはこれまで歩んできた道があるはずだった。

何もない。何もない。何もない。

絶望する。結局、何をしたところで目の前の景色は変えられないのだと思った。

だからここは地獄だった。どこまでも冷たくて無機質な通路が続く孤独な孤独な無間（むけん）地獄。

この絶望から抜け出したい。孤独から救われたい。

僕はどうすればいいのだろう。

わからない。わからない。わからない。


——死にたい。

プロローグ

『みなさんも、このように――……』

長い挨拶が続いている。どうしてこう偉い人の話は長くて要領を得ないのだろう。ヒロトが欠伸を噛み殺していると、体育館の窓の外の光景が目に入った。

身震いをひとつ。細かな雪が舞っていた。体育館の四隅に設置された大砲みたいなヒーターは今も轟々と熱風を吐き出しているが、体育館中央に並んでいる二年生はその恩恵にあずかれない。

「今年はホワイトクリスマスかぁ」

左隣から声が届いた。その方向に目をやれば、眉目秀麗な顔立ちをした親友が立っている。

「ロマンチックだよな、ヒロトも思うだろ？」

「ショウからすればそうだろうけどさ。あとロマンチックって言い方、古くない？」

親友は鼻歌交じりに窓枠に積もった雪を眺めている。性格も明るく、話し上手で聞き上手、頭脳明晰、運動神経抜群なんていう三拍子も四拍子も揃った学年一のイケメンだ。クリスマスのスケジュールなんてさぞびっしりと詰まっているに違いない。

ショウのようなリア充連中にしてみれば雪化粧した町並みに風情を感じるのだろうが、独り身のヒロトにとっては迷惑以外の何物でもなかった。体は冷えるし、道も滑る。電車だって止まるかもしれない。万が一、降り積もろうものなら朝から雪掻きである。

「まあな、ところでヒロト、おまえも今夜来ないか？　クラスの連中を誘ってカラオケに――」

「いや大丈夫」

みなまで言わさず笑顔で断る。その目が笑っていないことに気が付いたのだろう、ショウは気まずそうに顔を歪めた。

「すまん、そうだったな」

「いいよ、別に。気にしてないから」

ヒロトはなるべく感情を出さずにそう答えた。会話が途絶える。そのまま視線を壇上へと移す。話はまだ続いていて暗澹たる気持ちになった。

ヒロトは三年前のこの日、大切な家族を失った。クリスマスの朝、ヒロトたち一家はテーマパークに向かっていた。そして雪が降り始める。姉とヒロトははしゃぎ、父は視界が悪くなったと愚痴をこぼした。積雪で高速道路が渋滞し始め、スピードを緩めたところ、トラックに追突されたのだ。降雪による視界不良、あるいは路面状況悪化によるスリップ事故。幸せな一家を襲ったクリスマスの悲劇。事故当日、テレビのニュースではそんな風に伝えられたそうだ。

その事故ではヒロトだけが幸運にも助かった。あるいは不幸にも助かってしまった。ヒロトはひしゃげた助手席に押しつぶされながら、徐々に冷たくなっていく家族を見ているしかなかった。

ありふれたニュースは、当事者になって初めてその凄惨さに気付くのだ。

トラックの運転手も死んでいた。運転手が勤めていた運送業者は社長から役員まで総出で葬儀に来て謝罪をした。運転手の家族も一家の大黒柱を失った悲しみもある中、参列してくれた。

ヒロトはこうして独りになった。この理不尽に対する怒りを、家族を失った悲しみを、孤独がもたらす苦しみを、空しさを、寂しさを、切なさを、誰にぶつけることもできなかった。

月日が経つに従い、心の傷は癒えていく。悪夢を見ることも少なくなった。その代償だとでもいうのか、優しかった両親や大好きな姉の記憶はぼんやりと薄らいでいった。

残ったのは空しさだけだ。

ヒロトは虚ろな感情を持て余している。

今も無感情に窓を眺め――

＊

気が付けば真っ白な空間にいた。意識を失っていたことにしばらくして気付く。

周囲を見渡せば見慣れたクラスメイトたちが並んでいる。終業式に出席していた全員がいるようだ。彼らは突然の事態に困惑し、あるいは騒然と――できなかった。

声を荒らげる少年の声も、悲鳴を上げる少女の声も、何ひとつ響かない。

「ショウ、聞こえる？」

親友の肩を叩き、声を出す。意図して大きく口を動かし、何回も繰り返す。単純な言葉なら唇の動きだけで伝わるだろう。

「――――」

ショウは困惑したように首を横に振り、『聞こえないぞ』と唇の動きで返事をする。

音が殺された場所。恐らくはそういう空間なのだろう。原理はわからないが、空気の振動が伝わらないのだ。自分の声が聞こえるのは骨伝導により鼓膜を介さず音が伝わっているからだろう。

打つ手なし。ヒロトは親友と二人、肩をすくめた。余裕そうなのは差し迫った危険がないと思うからだ。呼吸はできるし、体は動く。視覚や触覚だって生きている。

今はむしろこのほうがいいとさえヒロトは思った。彼らが通う学校は一学年につき十クラス以上もあるマンモス校だ。終業式の今日は千名以上の生徒たちが参加している。生徒が多ければ指導者の数も増えるわけで、これだけの人数が無秩序に騒ぎ出したら収拾が付かなくなる。

幸か不幸か音の消された空間がパニックを防いでいた。

『はいはーい、みなさん注目！』

とはいえ、さすがにこのままでは困るなと思っていたその時、声が聞こえた。音を消された世界で響く声。この不思議現象を引き起こした犯人のものとみて間違いないだろう。

ヒロトは周囲に視線を走らせ、中空に佇（たたず）む何かに気が付いた。

――あれは、天使……？

鮮やかなプラチナブロンド、白い羽衣、純白の羽、愛らしい顔立ち、なるほど宗教画に出てくる天使の姿そのものだった。酷薄そうな薄ら笑いさえなければ、という前置きは付くが。

『みんな気付いたかな？　僕はとある世界の管理者――君たちにもわかるようにいうと異世界の神様です』

周囲の反応は様々だ。抗議の声を上げる者――声は聞こえないが――もいれば、超常的な存在に悲鳴を上げる者――もちろん聞こえないが――もいる。

しかし、管理者はヒロトたちが落ち着くのを待ってくれるほど善良ではなかった。天使の微笑というより、愉悦に満ちた悪魔の嘲笑を浮かべながらヒロトたちに宣告する。

『君たちには、今から僕らが管理する世界に行ってもらいまーす』

第一章　初期設定とシステムバグ

「うっ……」

夢を見ていた。ひどい夢だ。なのに内容は覚えていない。ただひたすら寒々しい夢だったという記憶だけが残っている。

深呼吸。隠し事を暴かれた時のような強い焦燥感を抑え込む。

少し落ち着いたところでヒロトは状況確認を始めた。目覚めた先は薄暗い閉鎖空間だ。出口のない洞窟に閉じ込められている。何故（なぜ）光の届かない閉鎖空間で物が見えるのか不思議だった。

岩肌が剝き出し（むきだし）になった寒々しい広間、その中央にぽつねんと佇む一脚の椅子があった。

「……ダンジョン、ね」

ヒロトは呟き（つぶやき）ながら椅子に近づく。玉座というやつだろうか。仰々しい造りの頂点には透明な宝石がはめ込まれている。

どうやらこれが〈ダンジョンコア〉と呼ばれるものらしい。

それ以外は本当に何もない。無機質な空間に、ひたすら頑丈そうな鋼鉄の台座があるだけだ。

ダンジョン運営もののゲームや小説でありがちな導入シーンに、ヒロトはため息をついた。

「あれは夢じゃなかったのか……」

真っ白な空間で出会った〈管理者〉は、ヒロトたちに『ダンジョンマスターになれ』と命じた。

いやなら勝手に死んでね、こっちも仕事だから転移だけはさせてもらうよ。可愛（かわい）らしい容姿、鈴の音のような声でそんな悪辣な台詞(せりふ)を吐き出し続けた。

やり場のない怒りを覚える。ヒロトたちに選択肢などなかった。今だってそうだ。ダンジョンマスターなんてやりたくない。それでも生きなくてはならない。

落ち着こうと考え、中央の玉座に座る。硬くて冷たい鋼鉄椅子の座り心地は最悪だった。

管理者の話を要約すれば――

・ヒロトの通う高校の生徒、教員、職員一同は某独裁国家からの核ミサイル攻撃で全滅した。
・管理者の世界〈ガイア〉は〈魔力〉の循環が滞っていて緩やかな破滅に向かっている。
・そこで千のダンジョンを創造し、その力によって正しい魔力の循環を取り戻す。

ということだそうだ。管理者の発言が正しい保証はない。ダンジョンを創っただけで魔力が循環するのか不明である。それにガイアなんていう見知らぬ異世界を救ってやる義理はないはずだ。

そもそも、何故ヒロトたちなのだろうか。地球には七十億人もの人間がいる。そんな中でどうして自分たちが選ばれたのだろうか。偶然か、必然なのか。前者なら己の不幸を嘆くしかないが、後者ならせめて理由くらい説明してほしいところだ。

――切り替えよう。

頭を振る。試験と同じだ。答えの出ない問題に時間を割いている暇はない。

ヒロトは操作説明書を開く。これは転移時に全員に配付された資料で、ダンジョンの基本的な運営方法が記載されている。

説明書を流し読みした限り、ガイアはＲＰＧに出てくるような剣と魔法のファンタジー世界のようだ。操作方法や各種設定も、ダンジョン運営物のゲームにありがちな設定や機能ばかりが列挙されている。いっそどこかのゲームの取説をまるごとコピーしてきたような手抜き感さえあった。

ともあれヒロトたち、新人ダンジョンマスターはダンジョンシステムを用いてダンジョンを作らなければならない。公開までの期限は一ヵ月だ。期限を守らなかった時のことは書いておらず、それが逆に恐ろしい。

説明書によればダンジョン運営にはダンジョンポイント――DPが必要だそうだ。むしろDPさえあれば大抵のことはどうにかなるらしい。ダンジョンの拡張や魔物の召喚、罠の設置はもちろん食料や嗜好品の購入に至るまでDPが使われる。

DPの取得方法は大きく分けて二つ。近くの地脈から吸い上げるか、侵入者を撃退するかだ。たまにイベントが発生し、それをクリアするとボーナスが入ることもあるそうだ。

地脈からのDP収集はダンジョンコアが勝手にやってくれるが、得られる量は微々たるもの。やはり収益の大半は撃退時のポイントが占めてくる。侵入者を撃退する際に得られるポイントは大きく、お宝目当てに入り込む冒険者や、迷い込んだ野生動物等をいかにして倒していくかがダンジョン経営の肝となる。当然ながら侵入者が強ければ強いほど得られるDPも増える仕組みだ。

また侵入者を倒さなければ経験値も得られない。経験値を積み上げることでダンジョンレベルは上がっていく。階層の増設や強力な魔物を召喚、便利な施設が利用できるようになるのだ。ショップから購入できる食事や嗜好品、日用品の類もレベルアップと共に充実していくため、贅沢をしたければとにかく侵入者を殺しまくれということのようだ。

なお、ダンジョンの存在が公になると国や冒険者ギルドが攻略に乗り出してくるため注意が必要だ。万が一、敵の侵攻を防ぎきれずにコアを奪われるとダンジョンは滅亡、ダンジョンマスターも死亡する。まさに命がけの仕事であった。

最初はひそかに開業し、少数の敵を退けつつ、力を高めていくのがセオリーのようだ。

ともあれヒロトたち千名のダンジョンマスターは、生き残るために数多(あまた)の侵入者を誘(おび)き寄(よ)せ、殺害し、ダンジョンを発展させていかなくてはならないのである。

「とにかく……〈初期設定〉かな」

ヒロトは説明書に従って玉座に座り、キーワードを唱える。すると目の前に半透明のウィンドウが現れた。ファンタジーからおよそかけ離れた近未来的なインタフェースにしばし呆然(ぼうぜん)とする。

――まあ、便利な分にはいいよね……。

気を取り直し、作業を進める。この設定が終わるまでは魔物の召喚やダンジョンの拡張といった通常作業ができないようだ。なおこの設定値はダンジョンの基礎情報(マスタ)と呼ばれるもので、システムの動きに大きく影響する割に、後から変更もできない重要なパラメータとなっている。この作業がダンジョンの命運を大きく左右すると思ってよさそうだ。

ダンジョン名を決定してください
「まずは名前か……」

基本設定で決めるパラメータは五つ。〈名称〉、〈形状〉、〈属性〉、〈種族〉、〈主題〉だった。なお〈主題〉だけは各ダンジョンマスターの特性に合わせて自動設定されるらしく、ヒロトのダンジョンの場合は〈迷路(メイズ)〉と記載されていた。

「〈迷路の迷宮(メイズ・メイズ)〉、と」

〈名称〉は頭に浮かんだ物をそのまま入力する。〈主題〉と被(かぶ)ってしまったが別に構わないだろう。語呂もよくて気に入ったので考え直す気にはならない。

続いて選ぶのは〈形状〉だ。これはダンジョンの基本構造を表す。〈洞窟(アングラー)〉、〈塔(タワー)〉、〈野外(フィールド)〉の三つから選択する。簡単に言えば地下へ潜っていくか、塔を昇っていくか、平地に広がっていくかの三通りから選べということである。もちろんそれぞれにメリット・デメリットがある。

まず〈洞窟〉は侵入経路を絞り込める、地下空間にあるため拡張性も高いというバランス型だ。

次に〈塔〉は出入り口の設定や進攻ルートなどの自由度が高く、高低差を使ったギミックが作れる。希少な飛行系モンスターを召喚しやすいのだが、拡張性に難があるそうだ。

逆に〈野外〉は拡張性こそ抜群に高いが、侵入経路を絞れずダンジョン防衛には苦労する可能性が高い上級者向けのダンジョンだそうだ。

「ここは無難に洞窟かな……」

命がかかっている場面で冒険する気にはなれない。

続いて〈属性〉を選択する。火属性を選べばダンジョン内の気温が高くなり、火属性の魔物のステータスが強化され、召喚コストも安くなる。また火に関連する罠や施設の設置コストも抑えられるのだが、水属性の魔物や施設を設置すると弱体化し、設置コストも上がってしまうらしい。

「迷うなぁ……」

無属性は可もなく不可もなく無難なところだが、それだと少しつまらない。ここは土属性としておく。土属性は物理攻撃に強いモンスターが多いようだ。魔法攻撃が弱点になりがちだが、逆に言えば魔法使いさえどうにかすれば迎撃は容易になるということだ。

最後は〈種族〉である。ここで選択した系統の魔物は召喚コストが大きく下がり、戦闘能力も大幅に強化される。つまり将来の主力部隊を今ここで選ぶのだ。

現在の設定と相性の良い種族を検索する。最も相性がいいのがスライムや触手といった〈粘液〉だ。次点がゴーレムやパペットのような〈土塊〉、他にも巨大ミミズのような〈蟲〉、ゴブリンやオーガなどの〈鬼〉が候補に挙がる。

「よし、粘液にしよう」

粘液系は前述のとおり、スライムや触手といったぬるぬる系モンスターでエロゲー御用達の種族である。もちろん別にそこを目指しているわけではない。ないったらない。ちなみに選ばれなかった三種族もダンジョン自体と相性がいいため、召喚コストやステータス面に補正が入るらしい。

本当にこの設定でよろしいのですか？

「いや、この聞き方はひどくない？」

ヒロトは不安に駆られながらも、設定を見直してから『はい』を選択するのだった。

*

「……何も起こらないなぁ……」

基本設定を行ったものの、特に何か変わったことが起きるわけではなかった。基本設定で〈洞窟〉と〈土属性〉を選択したせいか、玉座のある部屋――ゲーム風に言うならコアルーム――の壁面が変化することもなければ、気温や風の流れが変わるようなこともなかった。

「チュートリアルを終わらせたら、何か変わるかな……」

小冊子をめくり〈拡張〉を選択する。するとウィンドウ上にＲＰＧのようなダンジョンマップが浮かび上がった。

小さな部屋、コアルームがひとつだけ。これが今の〈迷路の迷宮〉の姿なのだろう。

小部屋：5DP　中部屋：20DP　魔物部屋：50DP

部屋系と呼ばれるそれは、魔物や罠を一ヵ所にまとめて侵入者の迎撃に当たらせるための施設だ。通路に比べて戦力を集中できるのが強みである。〈魔物部屋（モンスターハウス）〉はモンスターの移動ができなくなる等（など）の制約はあるが、配置可能な魔物の数が多く、召喚コストが削減できる特殊な施設である。

他にも設置可能な施設はあるが、ダンジョン運営ものにありがちなものばかりで説明文を読み直す気にもなれない。後は寝室や台所、トイレといった生活用設備があるぐらいだ。

「あ、これは……」

そんな中、唯一ヒロトの目を引いたのが迷路系の施設だ。

小迷路：5DP　中迷路：20DP　大迷路：100DP

迷路は複雑な通路や分岐の塊をどんとダンジョン内に設置するもので、〈小迷路〉でも一辺百メートルほどのサイズがあり、〈大迷路〉ともなれば一辺一キロメートルという巨大なものになるらしい。内部は狭く入り組んでおり、容易には踏破できないような作りになっている。とはいえ迷路系は足留め専用の施設であり、その広さの割に配置できる魔物や罠の数は少なく設定されていた。

「今はこれだけか……」

ダンジョンレベルが上がれば選択肢も増えていくのだろう。基本設定のおかげで、ゲームなら中盤以降にならないと設置できないような迷路系が選択できるだけマシだった。恐らく設置コストにも大幅な割引が入っているようなので活用していくべきだろう。

取りあえず今は説明書の中身のとおりに作業を行うことが目的なので〈小部屋〉を作り、中央に罠〈落とし穴〉を設置。最後に小部屋に向けて主力の粘液系モンスター〈スライム〉を召喚する。

「結局、何の反応もなし、か……」

施設や罠の設置、魔物の召喚まで行ったが特に変化はなかった。説明書にある基本操作は一通りこなしたわけで、普通のゲームならチュートリアルクリアを記念して特典がもらえるような場面である。しかし、ヒロトの元にはプレゼントはおろかメッセージさえ届くことはなかった。つまりDPを無駄にしただけである。まさにクソゲーである。

ヒロトは仕方なくコアルームから今しがた作ったばかりの〈小部屋〉に向かう。何てことはない二十メートル四方のちょっと開けただけの広間だった。

水色をしたゼリー状の物体――先ほど召喚したスライム――が足元にすり寄ってくる。

「これからよろしく……ね？」

スライムは何の反応も示すことなく通り過ぎていく。そしてずるずると部屋の中を這いずり回って〈落とし穴〉に落ちていった。そして何事もなかったかのように這い出し、部屋を徘徊し、また落ちる。出来の悪いルンバみたいな動きである。

――これからやっていけるんだろうか……。

ヒロトは目頭を押さえる。天涯孤独であるヒロトに元の世界への未練なんてない。しかしそれ故に何がなんでも生き残ってやろうなんて気概もなかった。そんな彼をして不安に駆られてしまう。

ヒロトが今後の展望に不安を抱き始めたその時、コアルームのほうから物音がした。

「すいません、遅くなりました……あれ？　誰もいませんね……」

ヒロトは息をひそめ、どこぞの家政婦よろしく小部屋の角からそっと覗き見る。

そこにいたのは絵に描いたようなキャリアウーマンだった。銀髪碧眼、フレームレスのメガネ、黒いベストに襟の立ったブラウス、タイトスカートという出で立ちにヒロトは再び目頭を押さえた。

——なんか、違和感がすごい。

手元には革張りの手帳があり、デキる社長秘書みたいな雰囲気を醸し出しているのがなおひどい。剣と魔法のファンタジー世界に誘拐された事実を真っ向から否定されたような気分になる。

ヒロトの心情など知る由もなく、件のキャリアウーマンはメガネをくっと押し上げる。

「もしや外に出てしまったのでしょうか……とするとダンジョンの出現位置を決めてしまった⁉ どどど、どうしましょうっ⁉ これでは物件が無駄に！」

そんなことをのたまいつつ玉座前で慌て始める。

「もしも王国以外の場所に居を構えられたら……人里近くであれば新しい不動産を用意すれば……しかし、秘境になっていたら……ああ、なんでもっと早く来なかったの私！」

美人秘書は盛大に肩を落とした。それはそれは相当な残念っぷりであった。見た目がザ・エリートみたいな雰囲気なものだから余計に性質が悪い。

しばらくして彼女は開き直ったのか顔を上げた。今度は横目で玉座を盗み見ている。

「これが噂の……へぇ……ふぅん……」

そうして興奮した猿のように玉座の周りをうろつき始める。周囲を見渡し、何故か抜き足差し足、玉座に近づき始める。ピンヒールに慣れていないのか、足音はあまり消せていなかった。

「ちょ、ちょっとなら……いいよね？」

ゆっくりと玉座に腰掛ける。足を組み、ふんぞり返った。

「フハハ、愚かな侵入者共め！　そのような矮小な力で難攻不落にして電光石火、七転八倒、一攫千金、我が大迷宮〈ディアの千年要塞〉が落とせるものか！」

そうしてディア（？）さんは高笑いを始めた。肘掛けを楽しげに叩いたかと思えば、痛そうに手を押さえている。

――このダンジョンにまともなのはいないのかな……？

ヒロトは三度、目頭を押さえるのだった。

*

このまま三文芝居を鑑賞するのも楽しそうだが、いずれとんでもないミスを仕出かしそうな気がしたためその場で足踏みをする。なるべく大きな音が出るよう足全体を使った。洞窟特有の反響効果も手伝って「ぐふ、ぐふふ、でも、痛ぁい」と呻いていたディア氏も気付いてくれたようだ。

相手方の準備が整っただろうタイミングでコアルームに入る。何で自分のダンジョンでこんなに気を使わなければならないのだろうか。

「……あ、あれ、どなたですか」

鉄の精神力でヒロトは自制し、唇を震わせる。件の残念美人さんは玉座の斜め前あたりに立っていた。腰に手を当て豊かな胸を誇るような決めポーズ、いわゆるモデル立ちをしているのだ。

ヒロトはこの時点で吹き出しそうになっていた。

「失礼しました。〈迷路の迷宮〉の主様。ご不在のようでしたので勝手に上がらせていただきました」

すちゃっとメガネの位置を直すディアさん。

「……そ、そうですか、初めまして、深井博人です」

「ご丁寧にありがとうございます。ディアと申します。そのままディアとお呼びください」

「わかりました。僕のことはヒロトと呼んでください。えっと……ディアさん、は何者でしょう」

「先ほど、みな様にひどい挨拶をした迷宮神ラビンの部下になります。ヒロト様を始めとする新人ダンジョンマスターたちをサポートしていく役目を仰せつかりました」

「あ、ヒロトで良いですよ？　とにかく、ありがとうございます。よろしくお願いします」

「微力ながら精一杯努めさせていただきます。今後ともどうぞよろしくお願い致します」

「はい、よろしくお願いします」

日本っぽい挨拶合戦を終え、本来ならお茶の一杯でもと言いたいところだが、嗜好品の類はないし、折り目正しく対応し続けるディアにヒロトの腹部は限界を迎えていたのだ。

――まだ痛いんだ……。

お願いだから事あるごとに腕を摩らないでほしい。ディアは腕が痛いだろうが、ヒロトはお腹が痛かった。眉間あたりが軽く痙攣する。辛い。鋼の意志で抑えているが、いつ暴発するかわからない。

「ところで……」

ヒロトが早く帰れ的な雰囲気を醸し出したところで、ディアが口を開く。革張りの手帳を開いてページを軽く流し見る。

「ヒロト様は地球にいた頃、多くの資産を持っておりましたね」

ヒロトが黙って頷けば、ディアは満足げな表情を浮かべた。あなたのことなら何でも知っていますよと言わんばかりだ。そのドヤ顔に腹が立った。僕だってあなたが実はおっちょこちょいなのを知っているんですよ、と言いたくなってしまう表情だった。

「異世界転移に伴い、ヒロト様がお持ちだった資産を補填することになりました。ご安心ください。他のダンジョンマスターになられた方々にも同じく資産補填を行っています」

ヒロトの心情など知る由もないディアは、資料に目を通しながら続ける。

「まずは簡単なものから。ヒロト様名義の通帳口座残高、さらに有価証券、株式などを転移時点の価値に換算しました。査定額は約五億五千万円となります。一ガイア一万円としまして五万五千ガイアをお渡しします。どうぞお受け取りください」

どん、と出されたのは大量の硬貨だった。金貨や銀貨、銅貨などが綺麗に並んでいる。さらにその横には真珠のように七色の光を放つ不思議な硬貨が積み上げられていた。聞けばこの硬貨は〈ミスリル〉でできているらしく、一枚で百ガイア――およそ百万円――の価値があるらしい。

「こんな大量のもの……どうすれば……」

「ダンジョンの〈宝物庫〉機能を使えばいつでも出し入れできますよ」

困ったヒロトにディアがさっそくアドバイスをしてくれる。ミスリル硬貨を摘み「〈入庫〉」と唱えた瞬間、手のひらから硬貨が消失する。

「〈出庫　百ガイア〉」

するとミスリル硬貨が手のひらに現れる。

「おお、ガイアに来て初めてファンタジーに触れた気分！」

ヒロトが興奮気味に言うと、ディアは微苦笑を浮かべた。ダンジョンの拡張やスライムの召喚などは玉座から操作していたため、何もない所に部屋が現れたり、魔物が突然発生したりといったファンタジーっぽい光景が見られなかったのである。

「ダンジョンメニューから操作すれば保管しているアイテムを一覧で確認できますし、一括で取り出すことも可能です。どうぞご活用ください」

「はい、ありがとうございます、ディアさん」

「いえ、大したことではありません。ですが、喜んでいただけたようで幸いでございます。続けて車や不動産などを補填したく思います。文化レベルや技術の方向性が異なるためまったく同じ物をご用意することはできませんが、それに近しい代替品を用意しました。一度、ご確認いただけないでしょうか」

「なるほど。それは助かります……ちなみにですが、さっきのお金とか資産をＤＰで補填してもらうってことはできますか？」

「申し訳ありませんが、ＤＰでの補填はできません。ご了承ください」

折り目正しく頭を下げるディアさん。

「そうですか……わかりました。僕も無理筋だと思っていたので大丈夫です」

「ご理解いただけて幸いです。ヒロト様さえよければすぐにでも物件を紹介したいのですが？」

「はい、お願いします……あれ、どうやって？」

「申し訳ありませんが、お手に触れても？」

ヒロトが頷けば、ディアは恐る恐るといった雰囲気で手を握る。

瞬間、世界が歪んだ。

＊

強い日差しに反射的に手をかざす。これが噂の〈転移魔法〉かとひそかに感動していた。

徐々に目が慣れてくる。改めてあたりを見渡せば大きな屋敷が見えた。赤茶色のレンガ、木枠の窓、屋根瓦は薄灰色、新築特有の真新しさはなく、どこかくすんだような色合いをしている。それを経年劣化と呼ぶか風情と捉えるかは人それぞれだろう。

「こちらが該当の物件になります。さっそく参りましょう」

ディアの案内で屋敷に通される。ロビーには靴置きがあり、日本と同じ土足禁止の文化のようだ。ややクリームがかった白漆喰の壁。床板は落ち着いたオーク材が使われていて、どこか品のいい調度品とあいまって穏やかな雰囲気が漂っている。

「ずいぶん綺麗ですね」

「リフォームしてありますから」

ロビーなんてものがあることからもわかるとおり、お屋敷はかなり広かった。ホームパーティーが開けそうなリビングに食堂、部屋数も多く、客室はおろか使用人部屋まで用意されていた。それに地下室のある家なんて日本じゃなかなかお目にかかれない。

「家具はそのまま使用できますし、キッチンや水回りは最新の魔道具が使われていますので日本と同程度の生活が可能です……さすがにウォシュレットはありませんが」

冗談めかしてディアが言う。さすがにヒロトもファンタジー世界にそこまで期待していない。

「食料品や日用品、下着の類も一週間分は買い置きがあります。どうぞお使いください」

小さな暖炉、明かり取りの天窓、可愛らしい家具。屋敷は瀟洒（しょうしゃ）と言っていい造りだったが、気取ったところがなくどこか懐かしささえ感じさせる。

「至れり尽くせりですね」

「ありがとうございます。続いてお庭へ案内しますね」

青々とした芝生。花壇には見たこともない白い花が植えられている。星を縦に伸ばしたような花びらがいかにも異世界っぽい。玄関付近には大きな車庫があり、荷運び用っぽい幌（ほろ）馬車と装飾の凝らされた豪華な箱馬車が並んで駐車されていた。

「荷駄馬にはゴーレムホースをご用意しています。一日に最大二百キロほど走ります。燃料は不要で魔力を流すか、外に置いておくことで回復します」

二人は再び屋敷に戻り、ソファーに座る。テーブル越しに対面する。

「以上になりますが、いかがでしたでしょうか」

ヒロトは穏やかな雰囲気の邸宅をすっかり気に入ってしまっていた。

「あの、本当にいいんですか？　こんなすごいお屋敷、もらってしまって……」

日本にいた頃の不動産や車といった資産価値は五千万円にも届かなかったであろう。しかしこの立派なお屋敷はどうだろうか。少なくとも億は下らない邸宅だった。

「ええ、問題ありません。奪われた資産の補填ですから、以前より価値が下がってしまっては問題になります。そもそもヒロト様とはこれから何十年、あるいは何百年とお付き合いいただくことになりますので。こんなつまらないところで悪感情を持たれても困りますので」

長いまつ毛を震わせながらディアが言った。きっと勇気のいる発言だっただろう。彼女の言うことが正しければ管理者——迷宮神ラビン——の説明は嘘っぱちということになってしまう。

核ミサイルによる死亡なんてあまりに荒唐無稽だ。まあ、今の状況のほうがよっぽど意味不明ではあるが、少なくとも普通にヒロトたちが死亡していたなら資産補塡なんてしないだろう。むしろあの性格の悪そうな管理者なら命を救ってやったんだから感謝しろよ、ぐらい言ってくるはずだ。

——逆にこの人は、信頼できそうかな……変わり者だけど。

ヒロトに日本への未練はない。下手なしがらみを捨て新天地でやり直せるこの状況は、むしろ好都合かもしれない。親友であるショウと離ればなれにされたことは寂しいが、その親友だってガイアに連れ去られているのだ。生きてさえいればいつかまた会える。今はそう信じるしかない。

「いろいろと腑に落ちました。説明、ありがとうございます」

「ご理解いただけたようで何よりです……」

ヒロトが感謝の言葉を伝えれば、ディアはどこか辛そうな——それこそ罪の意識に苛まれているような——表情を浮かべていた。

「えっと、あの、何か問題が？　たとえばえっと、欠陥住宅とか……？」

「いえ、屋敷は私の権能を最大限に使って改修しました。欠陥などあろうはずがありません。むしろ加護を与えましたから下手な砦より頑丈です。震度七の大地震が百回来ても耐えられます」

「まさかの〇〇ホーム超え⁉　じゃあ呪われた土地で、実はお化けが出るとか……」

「出たとしてヒロト様はダンジョンマスターですよ。霊的にも高位の存在ですから夜間にしか出てこられないような低級霊など問題にならず……いえ、ですから、そうではなく……」

ディアは眉を寄せると、頭上のシャンデリアを見上げたまま固まった。時間がかかりそうだったのでお茶を用意する。蛇口やコンロに魔力を流し、戸棚にあったティーポットに茶葉とお湯を注ぎ入れる。紅茶のような香りのする灰色の飲み物をテーブルに置く。

「よかったらどうぞ」

「これはご丁寧にすいません……っていつの間に？」

「ちょっと喉が渇いたので……海外で生水はダメっていうじゃないですか」

「……ヒロト様って案外、自由な方なんですね……」

ディアはどこかすっきりとした笑みを浮かべた。いろいろと吹っ切れたような明るい表情だ。

「私の役目は新たなダンジョンマスターたちのサポートです。聞かれたことに誠実に答える立場にあります。しかし、聞かれていないことは教えられません。不公平の元になりますので……ですからここから先は私の独り言です。ヒロト様は何も聞かなかった、そういうことにしてください」

ヒロトは黙って頷いた。

「この邸宅は此度（こたび）の事件でヒロト様が失った資産を補塡するために用意した不動産です。場所はガイアにおける大国オルランド王国の王都ローラン。一般庶民の住まう三等区ですが、大通りにも近く利便性は非常に高い。けれどこの世界の交通事情は地球のそれとは違います」

ヒロトが再び頷けば、ディアは懇切丁寧な独り言を続ける。

「日本のように隣接する他県から出勤しようなんてことはまず不可能です。王都から一番近い宿場町でさえ徒歩一日、馬車でも半日はかかるでしょう。最寄りの都市となれば一週間は確実です」

距離の問題。交通網が発展していない中世ファンタジー世界ではよくある設定（ギミック）だ。だからこそ主人公はドラゴンを飼い慣らしたり、転移魔法を覚えて瞬間移動したりする。敵の固定観念を逆手にとって奇襲し、度肝を抜いたりするまでがお約束と言っていいだろう。逆を言えば、尋常ならざる移動手段を手に入れなければ距離の問題を解決することはできないのだ。後は相応の地位を得てから時間やコストをかけて領地に内政チートを施すしかない。つまりこの邸宅を譲り受ければ王都以外にダンジョンを興せなくなる。

「霊峰ローランドは様々な霊脈が重なり合う力の終着点というべき場所です。そのおかげで王都ローランはガイア屈指の大都市になりました。霊脈からもたらされる大地の恵みと清らかな水源を目当てに人が集まり、大きな港が作られたことで世界屈指の交易都市にまで発展しました。

しかし強力な霊脈は多くの魔物も呼び寄せてしまう。そのためこの地方に住まう冒険者は実戦経験豊富な手練（てだれ）ればかり。右も左もわからない新人が生き残れるほど甘い土地ではありません」

かつて王都近郊にあったダンジョンは、その多くが駆逐されてしまったという。残ったわずかなダンジョンは現在、冒険者ギルドの支配下に置かれており、魔物素材や鉱石を掘り出すための鉱山扱いにされているという。それほどまでに冒険者のレベルが高いということだ。

「王都にダンジョンは作れない、作ってもすぐに滅ぼされてしまう……どうしたらいいでしょう？屋敷を売って都合のいい別の場所に引っ越すとか？」

ヒロトが尋ねるとディアは初めてこちらに顔を向けた。

「不動産売買には時間がかかります。見知らぬ土地で信頼できる仲介人を探すだけで一苦労です。

仮に見つけられたとしても売買成立までにかなりの時間がかかるでしょう」

　屋敷を売却する場合、年単位で王都に釘付けにされてしまう。賃貸に出すなどしてダンジョンが落ち着いてから戻ってくる手もあるが、それなら最初から別地域に居を構えたほうがいいだろう。

「……そういえば、何で王都にダンジョンを作ると見つかってしまうんですか？」

「余った土地がないせいです。王都は交易の中心地。人の出入りは激しく、空き地もありません。王都近郊にダンジョンを作っても近隣住民や土地の権利者、管理人らによってすぐに見つけられてしまうでしょう。それに王都周辺はダンジョンが生まれやすいため、住民たちの危機意識も高いですね。ダンジョンが見つかれば即座に腕利き冒険者による討伐部隊が編成されます」

　かつて王都の下水道内にダンジョンを作った者もいたが、地下は地下でスライムなどのモンスターが自然発生するため定期的に冒険者が見回っており、わずか二年で発見されてしまったという。

　空き地に建てるのに比べれば遥かに長く隠れられたが、地脈から得られるＤＰだけではダンジョンを成長させていくことは難しい。

　ダンジョン経営の一番の収益源は冒険者を始めとする侵入者を撃退することだ。しかし強い冒険者を撃退するにはある程度、ダンジョンが育っていなければならない。しかしダンジョンを成長させるにはやはり冒険者を倒すしかない。高位の冒険者ばかりが住まう王都でダンジョンを興すことが、いかに難しいかわかろうというものだった。

「じゃあ、その家の住人に了解してもらえばいいんじゃ……」

　ディアは首を横に振った。

「どうやって住人の了承を得るのですか？　言っておきますが、ダンジョンマスターは人類の敵です。通報するだけで報奨金が出るくらい危険視されているのですよ？」

ダンジョン経営を舐めてはいけません、とディアがしかつめらしく言う。

ヒロトはしばらく首を傾げ、こう言った。

「でもこの家って……僕が家主なんですよね？」

ディアは良くできましたと穏やかに笑うのだった。

＊

こうして屋敷を手に入れたヒロトは、コアルームに戻ると早々に出入り口の設定をした。

「お、やっぱり転移できた」

「……ウォークインクローゼットの中ですか……？」

ハンガーレールが二列並んだその奥に、ぽっかりと開いた黒穴を見てディアは眉をひそめる。

この地の住人からすればものすごい違和感を覚えるようだ。特に〈迷路の迷宮〉のような洞窟系ダンジョンは階層を地下深くに広げていく。そのため出入り口は地面に露出しているものという固定観念があり、屋内、しかも二階のクローゼットの中というのがどうも納得いかないらしい。

「地下室だといかにもそれっぽいし、人の出入りもあります。お客さんに偶然見つけられてしまっては困るでしょう？　でも、寝室なら基本的に僕以外は誰も入りませんし、部屋自体に鍵をかけるのも不自然じゃありません。こうして洋服をかけておけば外からはまず見えませんし」

来客のたびに地下室を見張るわけにもいかない。それに食料庫のセキュリティに力を入れるなんてどう考えても不自然だ。しかし、寝室であれば人の出入りを制限するのが当たり前である。

「何より近いんです！」

朝起きたら服を着替えて、そのままダンジョンに出勤できるのだ。ドアツードアで零秒だ。なにせ開けるドアさえ存在しない。

「確かにそうかもしれませんが……いえ、これが時代の流れというやつなのでしょうね……」

少し遠い目をしながらディアは呟く。ふと窓を見やれば空は茜色に染まっていた。

「そうだ、よかったら夕食、食べていきませんか？　簡単なものだったらすぐに作れますよ」

「申し訳ありませんが、他のダンジョンのことも心配ですので」

「あ、そうでした。すいません、長々と付き合わせてしまって」

サポート役は意外と忙しいのだ。ディアだけで十を超えるダンジョンを担当しているそうで、いろいろと忙しいだろう初日に食事に付き合わせるなんてとんでもない話だった。

「いえ、お気になさらず。それにほとんどのダンジョンマスターは、私を監視役と思っているようですから長居してほしくないようですし。いえ、実際、不正の監視も兼ねていますので仕方ないことではあるのですが……食事に誘われたのもヒロト様が初めてで……内心はとても喜んでいます」

「なら落ち着いた時にまた誘いますね。あと悪いことするならディアさんが帰った後にやります」

そう言うと、ディアは華やいだ笑みを浮かべる。

「ええ、是非そうしてください。あと証拠は私に見つからないようにしてください。見つけられなければペナルティを与えることはおろか、上に報告することさえできません」

「はい、じゃあ、上手に隠します」

「お願いします。最後に一言だけ。今後、どれだけ卑劣で残虐で悪辣な行為であったとしても、あなたの生存確率が少しでも高まるのなら躊躇わず実行してください。あなたたちは我々によって無理矢理に連れてこられた被害者です。気にする必要はありません。あらゆる非道を私が許します」

真剣な表情でディアが告げた。

「あ、しかし、私に許されたからといって何の慰めにもならないかもしれませんが……」

「そんなことないですよ。ありがとう、ディアさん」

ヒロトはこの人が担当でよかったと心から思った。

＊

「あれ、何かメッセージが来てる」

ダンジョンに戻ったヒロトは、システムのトップページにある吹き出しアイコンをタップする。

初日公開ボーナスについて
転移初日にダンジョンを公開いただき、ありがとうございます。
感謝の意をこめてささやかながらプレゼントをお贈りします。

ステータスを見ればDP量が変わっていた。先ほどまでは初期値でだけだったのだが、それが1500DPにまで増えている。

「あとは……宝物庫にも何かあるな……」

宝物庫には〈レアガチャチケット〉と〈原初の渦〉なる見慣れないアイテムが入っていた。

「ガチャチケットね……」

いかにもゲーム的な単語だ。ヒロトはさっそく、宝物庫から〈レアガチャチケット〉を取り出した。クレジットカードぐらいの金属板だ。銀色の板の表面には六芒星(ろくぼうせい)の魔法陣が描かれている。

説明書によれば、ガチャチケットとはランダムに魔物を召喚できるアイテムのようだ。もちろん召喚コストは不要。以降は召喚リストにも登録されるので戦力増強が可能になるという。

召喚される魔物のランクはチケットの種類によって下限値が決まっていて〈レアガチャチケット〉の場合、三ツ星級のモンスターかそれに相当するレアアイテムが確約されている。

魔物はその強さや希少性によってランク付けされている。無印はゴブリンやスライムといった一般人でも倒せる雑魚で、一ツ星級はオーガや大蜘蛛(おおぐも)のような戦闘訓練を受けた戦士でなければ倒せない魔物となる。二ツ星級はヴェテラン冒険者でなければどうにもならない強力な魔獣が該当し、三ツ星級ともなると国を代表する超一流になってようやく戦えるような怪物になるそうだ。

つまりこのチケットがあれば、超一流冒険者に匹敵する強力なモンスターが手に入るというわけだ。もちろんガチャなので種類を選ぶことはできないし、アイテムが出てしまうこともある。ダンジョンの特性に合った魔物が召喚されるとも限らないのだが、貴重なアイテムであることは疑いようがない。

「とりあえず様子見かな……」

続いてヒロトは〈原初の渦〉を取り出した。これまた銀色の金属板で螺旋(らせん)状に魔法文字が並んでいる。説明書によれば、指定したモンスターを取り込むと〈渦〉を作り出すことができるようだ。

〈渦〉とは、一定間隔でモンスターを召喚し続ける戦力供給装置である。召喚コストの千倍を支払

えば作成可能なので、継続的に召喚する魔物がいるなら渦を最初に作ってしまったほうがお得にな
る。なお〈原初の渦〉は、三ツ星級のモンスターまで渦に変換できるそうだ。
「少なくともひとつはレアモンスターの渦が作れるってことか……」
かなり有用なプレゼントだと言えるだろう。〈原初の渦〉では四ツ星級以上のスーパーレアを引
いても渦にはできないが、四ツ星級は高位ヴァンパイアや老成したドラゴンだとか、国家滅亡さえ
ありうる災害級の化け物らしいので、それはそれでラッキーと言えよう。
「どうしよう、早く使いたい……」
期せずして三ツ星級モンスターの渦が作成できることになってしまった。ガチャの結果によって
はすぐにダンジョンを公開できるようなチートアイテムだ。
ヒロトはここで焦ってはならないと自らを戒めた。説明書に書いてあることが全てとも限らな
い。この説明書は運営側、悪辣な迷宮神やその仲間たちが作った資料だ。とても信用ならない。
せめて明日、ディア――この世界において唯一信頼できそうな人物――に相談してから使用を決
めたほうがいいだろう。
そうなるとヒロトは途端に手持ち無沙汰になる。〈レアガチャチケット〉の結果次第でダンジョ
ン運営方針が大幅に変わってしまうのだ。とてもダンジョン拡張を行える状況ではない。
ヒロトは屋敷に戻り、操作説明書を読むことにした。一字一句、丸暗記するつもりで熟読する。
『導入には間に合わなかったけど近々大型アップデートも予定してるよ！　楽しみにしててね！』
「最後の一文、異様に腹立つな……」
巻末に記された迷宮神からのメッセージにヒロトはそう呟くのだった。

＊

「おはようございます、ヒロト様」

翌朝、十時五分前にディアがコアルームに姿を現す。

「おはようございます、ディアさん。さっそく聞きたいことがあるんです」

ヒロトは昨日の初日公開ボーナスについて話をした。

「なるほどガチャチケットと渦の素が来たのですか……三ツ星級のモンスターを自力で作るにはかなりの時間とコストがかかります。結果次第ではダンジョン公開も可能でしょうね」

「よかった、やっぱり良いアイテムなんですね！　ちなみに使用上の注意とかありますか？　たとえば0時0分0秒に使うとスーパーレアの召喚率が上がるとか」

「いえ、イベント中でもない限り、出現率が変わることはありませんね。強いて言うなら維持コストくらいでしょうか。三ツ星級を超えるレアモンスターはその戦闘能力や希少性に比例して召喚コストも高く設定されています。確か維持コストは召喚コストによって変わるはずですので」

ヒロトは慌てて説明書を読み直す。

維持コストは配下の生命維持や命令遵守に使われるコストだ。召喚コストが契約金なら、維持コストは日々の給料と考えればいい。日払い、月払い、年払いの三つの支払い方法があり、日払いだと毎日召喚コストの百分の一を、月払いは毎月召喚コストの十分の一を、年払いは毎年召喚コストと同額を先払いすることが可能だ。

「三ツ星級ともなれば召喚コストが１０００を超えることもざらにあります。過剰な防衛戦力を保持し続けるというのも健全な経営を圧迫する原因になるのです」

　たとえば召喚コスト１０００ＤＰの魔物を使い続ける場合、毎日１００ＤＰが必要になる。月払いや年払いならもう少し費用を抑えられるが、一時的に大量のキャッシュが必要になる。

　ヒロトのダンジョン〈迷路の迷宮〉では毎日霊脈から１００ＤＰほどが得られるが、１００００ＤＰ以上の魔物が召喚されてしまうと何もしなくても赤字に陥ることになる。いくら強力なモンスターだからと言っても、たった一匹でダンジョンを守りきれるはずがない。強力な魔物を手に入れてもすぐに廃棄しなければいけない可能性は充分にあるのだ。

　毎日ひっきりなしに冒険者が現れるような人気のダンジョンならいざ知らず、王都の住宅地にひっそりと隠れひそむ予定の〈迷路の迷宮〉にとって維持コストは死活問題なのだ。

　――危ない、危ない、やっぱり相談してよかった。

　説明書の中身は暗記したものの、そこまで考えは回っていなかった。やはり運営は信用できない。ゲームなら赤字太字で注意書きされるくらいの重要事項だ。それがさらっと流されているなんて有り得ない。これは間違いなく意図してのことだ。

「ダメならば廃棄しては？　召喚リストに追加されますから必要な時に再召喚すればいいですし、渦にしてしまうのも手です。渦自体には維持コストはかかりませんし、オンオフも利きますから戦力が過剰になったら止めてしまえばいいのです」

「でも、それだとちょっともったいなくないですか？」

「しかし、ガチャチケットの結果次第では防衛戦略が根本からひっくり返りますよ。修正の利くうちに引いておいたほうがいいでしょう。たとえば火属性に特化したようなダンジョンを構築した後で四ツ星級の氷属性モンスター〈フェンリル〉でも引こうものなら目も当てられません」

「確かにそうだけど……」

「まあ、いずれにせよ全てはヒロト様の引き次第です」

「うわぁ、すごいプレッシャー……そうだ、ディアさん引いてくれません？」

「絶対にお断りです」

いい笑顔で断られ、ヒロトは大きく肩を落とした。ディアは腐っても神様だ。リアルラックの高さに期待したのだが、断られてしまったらどうしようもない。

ヒロトは宝物庫からチケットを出し、手のひらでぎゅっと握る。

「じゃあ、いきますね――チケット召――」

「噂では召喚したいモンスターを強くイメージするとそのモンスターが出やすいそうですよ？」

「――喚――ちょっと、ディアさん!?　今のなし！　もう一回！　もう一回引き直させて！」

「冗談です、あ、出てきましたよ」

「…………」

思わず半眼になるヒロト。その間もガチャチケットは黙々と召喚の儀式を続け、玉座前に銀色の魔法陣が浮かび上がったかと思えば強い光を放ち始める。

清純な銀の光が溢れ出す。手を翳し、目を閉じる。召喚が終わりに近づく。ダンジョンマスターの特性故か、昨日召喚したスライムとは比べ物にならないほどの〈存在感〉を感じる。

光の奔流は徐々に薄れていく。光の帯はしゅるしゅると魔法陣へ吸い込まれていき、元の薄暗いダンジョンに戻る。かつての魔法陣の中央部に三ツ星級の魔物が顕現していた。

それは美しく煌(きら)びやかな銀色の光を纏(まと)った——

「ぷるん」

スライムだった。

＊

「へっ……？」

召喚された銀色のスライムはゼリー状の体を震わせながら新たな主人の足元に近寄り、その柔らかな体をぶつける。スライム族固有の挨拶のようだ。

「あの、えっと……？」

挨拶は済んだとばかりに玉座の間を回り始める。時々玉座にぶつかりべちゃっと潰れる。その動きに知性の色は見られない。相変わらず出来の悪いルンバめいた動きであり、ノーマルとの違いといえば色と這いずる速度くらいなものだ。

「シルバースライム、ですね」

「シルバースライム？」

「体液の主成分が水から銀に変わった種です」

「それは、強いの？」

「いえ、弱いです。三ツ星級の最弱です。下手したら一ツ星級にも劣ります」

「終わった……」

ヒロトはその場で崩れ落ちる。

「ヒロト様、そう落ち込まないでください。シルバースライムの生存能力は全モンスターの中でもトップクラスです。銀は魔を払う物質でしょう？　つまりほとんどの攻撃魔法が効かないのです」

「それでも弱いんでしょう……？」

「……ええ、弱いです。先ほどの体当たりからわかるとおり、攻撃力がほとんどありません。それなりに育った冒険者を倒すことなどまず不可能でしょう。しかし、見てください！〈魔法耐性〉の効果だけでなく、スライム種特有のスキル〈物理ダメージ半減〉を持っているのです！」

落ち込むヒロトを必死に励ますディア。しかし虚ろな目をした少年には通じない。

「それでも倒されるんでしょう……？」

「……ええ、倒されます」

ディアは思わず顔を逸らした。

「物理でも魔法でも一定以上の威力があれば通りますから。実力のある冒険者なら間違いなく倒せるでしょう。しかし、見てください、この素早さを！　スライムとは思えないこの俊敏な動きを！　この速度でもって敵から逃げまくるのですよ」

「結局、逃げるんでしょう……？」

「……ええ、逃げます。臆病なので基本的に戦いません。しかもシルバースライムを倒すと大量の経験値や貴重なドロップアイテムを得られるらしく冒険者たちには大人気で、生息が確認されたダンジョンには腕利きの冒険者たちが大挙して押し寄せて――えっと……次に期待ですね！」

ディアは開き直っていい笑顔で言う。これ以上のフォローは難しいと悟ったようだ。

シルバースライムはダンジョン業界では有名なネタキャラモンスターである。戦闘能力は低く、ダンジョン防衛にはほとんど役に立たない。せいぜい追いかけさせて罠に嵌めさせるぐらいが関の山だ。さらに倒されると敵である冒険者を大幅に強化してしまうという欠点まで付いている。

主な用途は冒険者ホイホイだ。大量の経験値と高価なドロップアイテムで冒険者をダンジョンに誘き寄せるのだ。その誘引効果だけは抜群で、その特性故に三ツ星級に指定されているのだ。

まさに外れクジ。高位の冒険者が集まる王都ローランで、シルバースライムが確認されようものなら初期ダンジョンなんて一巻の終わりである。そもそも存在を隠し続けることを前提にしたこのダンジョンにおいて、冒険者ホイホイなんてゴミ以外の何物でもない。

戦闘能力の高いレアモンスターを増産することができればダンジョン公開の足がかりになっただけに、ヒロトの落胆も大きかった。

「はぁ……ダンジョンでも拡張してよ……」

ヒロトは黙って玉座に座り直すとダンジョンの構想を考え始める。ぷちゃっと玉座に体当たりをかますシルバースライムを横目に見ながら。

*

期待していた〈レアガチャチケット〉の結果があんなんだった以上、王都在住の高位冒険者たちを追い返すほどの防衛戦力を確保するのは実質不可能になった。

そのためヒロトは、通常のダンジョンとは逆方向のダンジョンを作ることにした。つまり冒険者が寄り付かない魅力のないダンジョンを目指したのだ。

構築作業自体は五分で終わった。ヒロトは〈迷路の迷宮〉最大の特長である迷路系施設を活かすことにしたのだが、設置に必要な〈容量〉がケタ違いに大きかったのだ。施設〈大迷路〉を二つ並べて置いただけで八割方作業が完了してしまったのである。

ダンジョンではレベルや階層によって配置可能な施設の容量が決まっている。基本設定のおかげで設置コストこそ異様に安い迷路系施設だが、必要容量までは変わらなかった。本来ならゲーム中盤以降に出てくるはずの施設を、初期状態も同然の〈迷路の迷宮〉がそう何個も設置できるはずがない。

ちなみに説明書には書いてないが、迷路系のオブジェクトを隣接させると通路同士がつながり、分岐が増え、内部構造がより複雑になるという裏仕様があるそうだ。やはり運営は信用ならない。

ヒロトは残りわずかな容量を使い、細工を加えた。初日に購入した〈落とし穴〉を迷路の入り口に移動。最初に罠を見せることで探索速度を落とさせ、途中で気が緩まないよう中盤にも設置する。

最後に〈鍵付き扉〉という障害物（オブジェクト）を迷路の出口に二つ並べる。これは通路上にある対となる〈鍵〉を使わなければ開かないというギミックで、その鍵を迷路の奥まった場所に隠すことで二平方キロメートルという巨大な迷路を隈（くま）なく探索させることにしたのである。

こうして〈迷路の迷宮〉はモンスターもおらず、宝箱もなく、ただただ時間と労力だけを消費させるダンジョンへと変貌した。一回の冒険で一般庶民の平均年収ぐらい平気で稼ぎ出す高位の冒険者が、こんな面白みのないダンジョンを攻略しに来るだろうか。いや来ないでください。

そんな淡い期待を込めてヒロトはダンジョン構築を完了させた。使用したＤＰこそ少ないが、攻められないという点ではなかなかの完成度ではないかと思う。

「どうかな、ディアさん」

「よい戦略だと思います。侵入者に撤退を促すというのもひとつの戦術ですからね。ダンジョンから撤退させられれば〈迎撃〉に成功したとみなされますので、DPや経験値も獲得できます」

何も殺すだけがダンジョン運営ではないということだ。

「よかった。他にも同じような階層を作れたら最高なんだけどな……」

ヒロトは満足げにメニューを閉じつつ、百階層にも及ぶ巨大な迷路を夢想する。

「難しいでしょうね。多くの冒険者を迎撃し、レベルを上げなければ階層は増やせませんから」

ディアが生真面目に返してくる。階層を増やすにはレベルアップが必要だ。しかし侵入者がいなければ経験値は得られない。もちろん拡張にも大量のDPが必要なわけで、顧客満足度0%を目指す〈迷路の迷宮〉では実現不可能といえた。

ヒロトは生き残れればそれでいい。安全が確保されない限りダンジョンを一般公開しようとさえ思わない。このまま王都の片隅でひっそりと生きていければそれだけで充分である。

そんなヒロトだったが、ふと気になったことを尋ねてみる。

「そういえば侵入者って冒険者じゃなければダメなんですか？」

「いえ、一定以上の知性や魔力、戦闘能力を持った者であれば大丈夫ですよ。犬猫程度ではさすがに侵入者になりませんが、ゴブリンなら間違いなく侵入者とカウントされますし、十歳程度の子供でも侵入者とみなされます」

「たとえば魔物を生きたまま連れてきてダンジョンに放てば……」

「ええ、みなされます。問題はどうやって魔物を運び込むかですね」

街中にモンスターを運び込むのは当然ながら犯罪行為だ。見つかればその場で処刑されるレベルの重犯罪。実行するにはあまりにもリスクが高すぎた。

「……たとえば奴隷を購入してダンジョンを出入りさせたら？」

「いえ、手に入りません。過去に同じことをしたダンジョンマスターがおり、仕様変更が入りました。現在、ダンジョンマスターが保有する奴隷は、殺さない限りＤＰや経験値は得られません」

「……えっと、それだけ？」

ヒロトの脳裏にひとつのアイデアが浮かぶ。

「はい、確かに奴隷を殺せば一時的には利益を得られるかもしれませんが、奴隷とてどんなに安くとも五百ガイアはしますから、わずかな経験値を得るためだけに毎回殺していたのではいくらお金があっても足りませんよ」

「いや、そうじゃなくて……うん、やっぱり試してみる価値はあるかも」

こうして二人は屋敷を出て奴隷商の店へと向かった。

＊

「やばいよディアさん！　ホントにファンタジー！　ゲームの世界みたい！」

石畳の大通りをローブや鎧（よろい）を着た冒険者らしき人々が行き交い、煉瓦（れんが）造りの商店の軒先には切れ味鋭い剣や豪奢（ごうしゃ）な装飾が施された魔法の杖（つえ）が並んでいる。売り子たちの呼び声がひっきりなしに飛び交い、怪しげな露天商がときおり手招きをしてくる。

まるで映画の世界に飛び込んだような光景にヒロトは目を輝かせる。

「ヒロト様、楽しいのはわかりますが、少し声を抑えましょうね？」

微苦笑を浮かべるディア。物珍しげに周囲を見ているヒロトは『おのぼりさん』そのものだった。指摘され、周囲の視線が妙に生暖かいことに気付いたヒロトは顔を真っ赤にして俯く。

すると今度は人にぶつかりそうになり、ディアは慌ててヒロトの手を引いた。

「あまり離れると逸れますよ」

手をつなぐ。こんな美人さんと触れ合ってしまっている事実に思春期真っ只中のヒロトは気が気じゃなかった。

——落ち着け、落ち着け、相手はあの千年要塞ディアさんだぞ！

ヒロトはそうやって心を落ち着かせた。ようやく普通に歩けるようになったところで貫頭衣を着た男性とすれ違う。比較的、この服装の人が多い気がした。

「ディアさん、やっぱり浮いている気がするよ」

「ご安心ください。浮いているのはヒロト様だけですから」

交易の中心地であるローランには毎日数えきれないほどの人々が訪れる。あらゆる人種と文化の坩堝と化したこの街では、学校の制服やオフィススーツといった見慣れない衣装を着ているくらいじゃ何の関心も持たれないのだ。

ヒロトとディアは、せいぜい初めて王都にやってきた他国の貴族や交易商人のボンボンとその使用人くらいに見えているはずだ。制服というのは活発な中高生が三年間、着続けられるようしっかりとした生地が使われており、縫製も丁寧だ。どこぞの一流ブランドが手掛けていることも多い。ディアのスーツも同じく高級品なため、目立つことはあっても浮いてしまうことはなかった。

「えっと……お勧めのお店とかありますか？」

「何であれ質を求めるのであれば二等区に向かうのがいいでしょう」

ディアによれば王都は霊峰ローランドの麓から扇状に広がっているそうだ。国王の住まいである王城ローランドパレスを起点とし、貴族や大商人たちの住む一等区、富裕層の住む二等区、庶民が住む三等区という風に分かれている。それぞれの区画を隔てる防壁が築かれており、質を求めるのならヒロトの屋敷のある三等区より高級住宅街である二等区のほうが向いているのだ。

ほどなく二人は三等区と二等区とを隔てる城壁に到着する。門兵がいたものの特に誰何（すいか）されることもなく素通りできた。セキュリティは大丈夫なのかと思ったが、貴族が住む一等区ならいざ知らず、単なる高級住宅街である二等区は明らかに怪しい人物でなければ止められることはないという。

「何だか急に街の雰囲気が変わりましたね」

多くの露店が立ち並び、活気に溢れていた三等区とは違い、二等区はずいぶんと落ち着いた雰囲気だった。露店なんてないし、客引きの声も聞こえない。宝飾品やバッグなどの高級品を扱っている店が多い気もする。立ち並ぶ家々だって何だか妙に上品だ。

「この商店であれば問題ないでしょう」

ディアが指差したのは、大通りから一本脇道に入った所にあるお店だった。クリーム色の土壁が穏やかな雰囲気を醸し出していて、奴隷なんて物騒な代物を扱っているようには見えなかった。

そんな瀟洒な佇まいの店に入れば、ほのかにアロマの香りがした。

「いらっしゃいませ」

来客に気付いた店員が出迎えてくれる。黒服を纏った小太りの商人だった。身なりの良い二人はすぐに応接間へと通され、ソファーを勧められる。

打ち合わせ通り、ヒロトだけが座る。使用人役のディアはその後ろで姿勢を正して立っている。

「初めまして。奴隷商を営んでおります、ジャックと申します」

自己紹介から始まり今日の天気、近頃の景気、その他諸々（もろもろ）の世間話を交わす。すぐに商談に行くのは二等区ではマナー違反だそうだ。

「本日はどのようなご用向きで？」

「はい、ヒロトお坊ちゃまの護衛を探しております」

ディアが答えれば、ヒロトも応じるように泰然とした様子で頷いた。

ジャックの眼光が一瞬、鋭く輝く。ヒロトたちの服装から異国の貴族子息や羽振りのいい交易商の跡取りぐらいには見えるはず。そんな上流階級の坊ちゃんが護衛も付けずに戦闘用の奴隷を買い求めに来たのだから、多少知恵の回る者ならわけありだと察してくれる。もちろん実際には何もないが。

「……なるほど。腕の立つ護衛ですか。数名、候補がおりますのですぐに連れて参りましょう」

ジャックは足早に応接間から出ると、五人の男女を連れて戻ってくる。

全員がなかなかの雰囲気の持ち主だった。ダンジョンマスターは特性上、侵入者の実力を測る能力が備わっている。ダンジョンレベルが低い間はその精度もあまり高くないのだが、隣に立つディアも頷いているのでヒロトの見立ては間違ってはいないようである。

奴隷たちが自己紹介を始める。一人目は剣士の青年だ。それなりに名前の売れた冒険者だったそうだが、依頼中に仲間が大怪我をし、神殿で治療を受けさせたところ、莫大な治療費を請求されてしまい、支払いきれずに奴隷落ちしたそうだ。ちなみにお値段は五千ガイアとのことである。

その隣に立つ女性は青年剣士のパーティメンバー兼恋人とのことだった。依頼中に大怪我をした仲間というのは彼女のことのようだ。職業は魔法使いでお値段は五千ガイア。できれば剣士の青年とセットで購入してほしいらしく、二人セットなら二割引きにしてくれるそうである。

三人目は大柄な戦士の男性である。隣国であるアルマンド帝国の軍人だったそうだ。剣だけでなく盾や槍、弓矢に乗馬と幅広くこなせる万能戦士で、国境付近で起きた小競り合いの際、仲間を逃がすために囮となり捕縛されて奴隷落ちしたそうだ。酒と美味い飯さえ用意してくれるなら子供殺し以外なら何でもやる、とのこと。お値段四千ガイア。

大男の隣で不機嫌そうにしているのは元騎士様だ。魔法と剣を高いレベルで使いこなせる魔法戦士で部隊運営や政治的な知識もあるそうだ。隣の男性が叩き上げの下士官ならこちらは元幹部候補のエリート軍人というべきか。政敵に嵌められてお家没落、奴隷落ち。お値段は一万ガイア。

最後の一人は元密偵兼暗殺者。黒豹族という珍しい獣人の少女である。暗殺一家で生まれ育ち、任務で貴族の屋敷にメイドとして潜入、家人をみな殺しにしたまではよかったが、仲間たちに裏切られて奴隷落ちしたそうだ。お値段は三千ガイアとのことである。

ヒロトは五人を見比べる。ガイアでは奴隷契約によって言動に制限がかけられるのだが、忠誠心があるに越したことはないそうだ。奴隷とて心を持った人間だ。主人に尽くす気がなければ本当に言われたことしかやらないという。

そういった意味では、能力的に一番強い元騎士様は未だに奴隷という身分に納得しておらずプライドも高そうなので使い辛そう。剣士とその恋人は剣と魔法の使い手とバランスが良く、セット割も利くが、お互いを大切に思うあまり、主人であるヒロトにはあまり懐いてくれないだろう。

帝国兵士はなかなかいい物件な気がする。真面目そうだし、見た目も強そうだから護衛役にも向いているだろう。まあ、護衛を求めているわけじゃないんだけど。

獣人の少女はよくわからない。感情が希薄なように思える。感情を読み取られないような訓練を受けていたのかもしれない。ただ暗殺者という経歴から、汚い仕事でも躊躇いなくやってくれそうという意味では期待度が高い。

ディアにその旨を話してみると、彼女も大きく頷いた。

「ええ、お坊ちゃま。私もそれが良いと思います」

ディアのお墨付きも得られたので、帝国兵士と獣人娘だけを残してもらう。

後は値段交渉だ。定価だと二人で七千ガイア。高級商店の立ち並ぶ二等区であっても、武器や奴隷などは値引き交渉ができるそうでその辺はディアに丸投げである。

最初は渋った奴隷商ジャックだったが、即金可能であることを伝えた上、念のため他の店も見てみたいとヒロトが口にしたことで折れてくれた。二人で五千ガイアという大幅値引きに成功する。

やはり現金一括払いが効いたのだろう。それだけの資金力があり同時にトラブルを抱えているというなら、今後大口顧客に化けてくれる可能性がある。今回は多少儲けを捨ててでも次につなげようという意識が働いたのかもしれない。

購入に前向きな姿勢を見せたところで、ディアが尋ねる。

「そうでした、お坊ちゃまに似た奴隷などおられませんか？　ええ、それこそ身体的特徴しか知らない輩が見間違えてしまうような」

ジャックは納得の笑みを浮かべると、すぐに探してくると言って部屋から出ていった。

＊

ひとまず支払いと所有権の引き渡しだけを終えて帰ることにする。敵方を警戒させたくないとディアがありもしない設定を告げれば、人目に付かない夜間に納品してくれることとなった。国への届け出もダミーの商会を介すことで経路を複雑にし、足が付かないようにしてくれるという。さすが裏社会に片足を突っ込んでいるような業界の人である。話が早い。

時間が余ったため、そのまま買い出しに付き合ってもらうことになった。ダンジョンマスターだって腹は減る。ダンジョンショップから食料品や日用品も購入できるのだが、種類も少なく品質も悪いのだ。そもそもＤＰを節約できる手段があるなら使わない手はない。

二等区にある路面店を訪れ、大量の食料品や日用品を買い込む。調子に乗っていたら合計金額が十ガイア――およそ十万円――を超えてしまった。二人で買い物袋を抱えながらお店を出た。

「失敗したかも、もうちょっと絞り込めばよかった……」

「〈宝物庫〉に入れてしまえばいいのです。人目に付かない所に行きましょう」

その後は大通りに戻って洋服店へ。着心地のいい綿の服、靴下と下着の替え、靴屋に入って気に入ったものを何点か購入する。もちろん奴隷たちを含めた全員分だ。

合計金額が百ガイアを超えたのには驚いた。日本なら安価に良質な衣服が手に入るが、服や靴というのは本来高級品である。二等区の高級店に入れば一着十ガイアなんてざらだそうだ。

「ディアさん、今日は付き合っていただいて本当にありがとうございました」

買い物も終わり、ヒロトはディアに礼を述べる。

「いえ、これも仕事ですから……」

もちろんそんなわけがなかった。ディアの仕事はあくまでダンジョンマスターの補助である。運営からの連絡事項を伝えたり、ダンジョン運営について助言したりするまでが職域であって、街の案内や買い出しの付き合い、奴隷購入時の価格交渉なんて職務範囲外もいいところであった。

ヒロトだってそのくらい気付いている。言葉こそ通じるが、右も左もわからない外国で一人、買い物をするのは非常に難しいだろうと思っていたからディアの好意に甘えたのだ。

「あ、そうだ、何か贈らせてください」

「いえ、それは……ちょっと、ヒロト様！」

ヒロトはディアの手を引っ張り、洋服屋の一角にある装飾品コーナーへと向かった。スカーフやタイをいくつか見せてヒロトは尋ねた。

「どれがいいですか？　好きな物をどうぞ！」

「不要です」

「いいから、初デートの記念に」

冗談めかして言えば、ディアは真っ赤になって答える。

「ち、違います！　これは仕事ですから！」

ディアの銀髪に似合いそうな装飾品をいくつか勧めてみたが、彼女は頑(かたく)なに首を振るだけだ。

「ダンジョンマスターとの個人的な交友は不正につながります。絶対に受け取れません」

まつ毛を揺らしながら答える。

「……わかった、ごめん」

ディアがほっと息を吐く。

「じゃあ勝手に選んじゃうね」

「聞いていましたか？　私は迷惑ですと……あの、」

「うん、これがやっぱり一番、似合うかな？」

ヒロトが選んだのは青地に小さく白いシカの柄が描かれた可愛らしいスカーフだった。これが赤地だったらクリスマス一直線だが、深い紺色のおかげで落ち着いた雰囲気を醸し出している。

「ですから、ヒロト様、こういったことは困りますから……」

「大丈夫、大丈夫、ディアさん可愛いからこういう女の子っぽい柄も似合うよ」

「そ、そんなことを気にしているのではありませんっ！」

ディアが声を荒らげている間に、ヒロトは店員を呼んでお金を支払ってしまう。

「はい、どうぞ」

「ですから受け取れません」

「じゃあ、僕が間違って不要な物を買っちゃって、それをディアさんに押し付けたって形にしましょう。だから処分しておいてください」

ヒロトはいい笑顔で言うと、ディアの首元に半ば強引にスカーフを巻いた。

「うん、やっぱり。ディアさんには青が似合いますよ」

朗らかに笑うヒロト。気を利かせた店員さんが鏡を用意してくれる。

「……こういうことは本当に困るのです」

ディアが小さく呟くが、スカーフの巻き方を変えてみたりして満更でもない様子である。

「ごめんなさい。今回だけですから。それに気に入らなければ使わなくてもいいですし、このままじゃ本当に捨てることになっちゃうので……できれば受け取ってほしいです」

「……わかりました、う、受け取るだけですから。せっかく、こんなに可愛く作ってもらえたのに一度も使われないのではこのスカーフも浮かばれませんからね。そう、他意はありません」

ディアの自己解決が終わったところで、お店から出る。

「ディアさん、今日はありがとうございました」

「いえ、お気になさらず」

帰路に就く。足早に前を歩くディアの表情はうかがい知れなかったけれど、その足取りは少しだけ軽やかだったように思う。

細く長い指先が青色のスカーフを優しく撫でていた。

＊

その夜、幌付きの馬車に乗って商品が搬入された。帝国軍人さんはキールと名乗り、暗殺者の女の子はクロエという名前だそうだ。二人のついでに購入した少年はルークだという。

「あの、ディア様は……」

少年奴隷のルークが口を開いた。

「まあ、それは後で話すよ。とりあえず晩ご飯にしよう」

奴隷たちをリビングに通し、食卓を囲む。奴隷が同じ卓を囲むのは主人を軽んじる行為だと三人は恐縮したが、面倒なので無理矢理座るよう命令させた。異世界転移あるあるというやつである。

部屋は余っているので奴隷たちには個室を与える。地下室か屋根裏で充分とか言われたが、お客さんが来たら出ていってもらうし、それまできちんと管理したいから使いなさいと命令させた。

奴隷たちには服と下着を何着か与えてある。二等区にあった古着屋から購入したものなので中古とはいえ状態は悪くない。奴隷は身分がわかりやすいようボロ切れと変わらないような粗末な衣服を着せられることが多いらしく、恵まれた環境に三人は大変に喜んでいた。

戦闘奴隷の二人には、二等区の高級武器屋で購入した武器や防具を身に付けてもらう。

「で、坊ちゃん、俺たちゃこの武器で誰を殺せばいいんです？」

長槍をしごきながら帝国兵士キールが尋ねた。

「あーここから話すことは絶対に秘密で。他人に漏らしたら即死ね」

「――ッ!?」

三人の顔が途端に引き締まる。奴隷紋の制約は絶対だ。奴隷紋の術式は心臓と結合しており、主人に危害を加えようとしたり、主人が定める禁則事項を破ったりした場合、心臓を食い破るという。もちろん勝手に解除することもできない。破れば死ぬほど辛い苦痛を味わうことになる。

「はい、ルーク君、復唱して」

ヒロトはそうルークに命令させた。

「……はい、これからご主人様が話すことは絶対に秘密です。他人に漏らしたら即死です」

「よし。じゃあこれから三人にはこのダンジョンの中に入ってもらいます」

「なんです、坊ちゃん……これ……」

獣人の暗殺者クロエが尋ねると、ヒロトはウォークインクローゼットの中を開けた。

「……これは、ダンジョンの入り口……何故、こんな所に……」

「ああ、それは僕がダンジョンマスターだからだよ」

「なっ⁉」

「――くッ！」

キールは驚き、クロエは苦痛に呻いている。すでに短剣を抜いていた。さすがは元暗殺者、おっかない少女である。戦闘奴隷二人はルークの命令でヒロトに危害を加えることができない。

現在、ルークは二人の主人となっている。ヒロトが二人の所有権をルークに譲り渡したからだ。ルークの所有権は残しているため、間接的にキールやクロエを使役している状態だった。

危険はない。奴隷紋には〈連座制〉というオプション機能があり、主人が死ねばその配下の奴隷も死亡する設定が可能だった。不正行為を防止するための機能で、戦闘奴隷はデフォルトで設定される。たとえば冒険者が奴隷と共にダンジョンに潜る場合、主人が死ぬことで奴隷から解放されるなら、奴隷たちは主人を守らないどころか陥れてくるだろう。しかし連座設定されていれば奴隷たちは己の命を守るために主人を守らざるを得なくなる。

ヒロトは落ち着いて説明する。異世界から拉致された人間であること、無理矢理ダンジョンマスターをさせられていること、人々に害を為すつもりはなく身の安全を確保したいだけであること。

「今は信じられなくてもいい。多分、僕の生活を見ていたらいずれ納得してくれると思うからね。

さて、これから三人にはモンスターのいる部屋に入ってもらいます。そこで戦ってください。モンスターは弱いのしか出さないから安心して。はい、ルーク君、復唱」

ヒロトは、状況についていけず未だに口を半開きにしている奴隷少年に命令をする。

「は、はい！　ご主人様が帰ってこいというまでダンジョンに入ってモンスターと戦います」

「……ああ、わかったぜ……が、坊主に命令されるのは何か釈然としねえな……」

「ご、ごめんなさい……」

「別に君は悪くない……じゃあ、行ってくる」

奴隷たちはそう言って渋々、ダンジョンの中に入っていった。

ヒロトはダンジョンに入って最初の部屋を魔物部屋に変更していた。魔物部屋は魔物の移動ができない代わりに召喚コストが半分になる特殊な部屋だ。そこにスライムを二匹配置しておく。

そして玉座のあるコアルームへと転移し、しばらく待つことにした。

「よし！　狙い通り！」

ステータス画面が切り替わったのを見たヒロトは、歓声を上げるのだった。

「相変わらず、すげえなここは！」

「シルスラいっぱい！　すごいすごい！」

戦闘奴隷二人を見送り、クローゼットを閉める。

「じゃあ、ルーク君は夕方までに屋敷の掃除と洗濯物をお願いね」

「はい、わかりました」

少年奴隷ルークに指示を出すと、ヒロトはリビングへと向かった。

＊

「公開から一週間で延べ三十名もの星付き冒険者を撃退。かなりの好スタートですね」

いつもの時間に訪れたディアにお茶を出しつつ、ヒロトはソファーに腰掛ける。

「これもディアさんのおかげです」

ヒロトの表情は明るい。先日、ダンジョンレベルが上がったからだ。毎日、何人もの上級冒険者を撃退しているのだから当然だった。撃退された星付き冒険者とは、もちろん元帝国軍人キールと元暗殺者クロエのことである。彼らをダンジョンに潜らせては迎撃ポイントを稼いでいるのだ。

彼らはヒロトの奴隷であり、本来ならＤＰや経験値の取得対象から除外されるのだが――

「まさか、奴隷に奴隷を所有させるだなんて思いもよりませんでした」

ディアは首元のスカーフを撫でると呆れたように呟く。どうやら手触りが気に入ったらしい。

ダンジョンマスターが所有する奴隷をダンジョンに侵入させてもDPや経験値は手に入らない。過去にこういった不正行為を行ったダンジョンマスターがいたために規制が入ったのだ。

ヒロトはそこでどうやって主従関係を判別しているのだろう、と疑問に思った。するとディアは侵入者が奴隷であった場合、ダンジョンマスターとの従属関係をチェックしていると回答した。

そこでヒロトはルークに戦闘奴隷二人の所有権を譲渡した。これでヒロトが直接所有する奴隷はルークだけとなった。ルークをどれだけダンジョンに潜らせてもポイントは得られない。しかし、ルークの奴隷であるキールとクロエは、システム上、ヒロトとは無関係の人間、つまりダンジョン攻略にやってきた普通の侵入者と認識されてしまったのである。

要するにシステムバグである。ヒロトはルークを介して間接的に二人を支配している。本来ならダンジョンマスターが保有する奴隷だけでなく、奴隷の奴隷のそのまた奴隷といった風に主従関係を数珠つなぎにして判別すべきだった。しかし、システム設計者は奴隷が奴隷を保有しているはずがないというガイアの常識や固定観念に囚われて、ダンジョンマスターとの主従関係しか確認しない作りにしてしまっていたのである。

「当面はこの形で力を蓄えていく予定です」

「それがいいでしょう。奴隷たちのレベルアップはそのまま防衛戦力の強化にもつながります」

今、奴隷たちが入っている魔物部屋には〈シルバースライムの渦〉を設置している。攻撃力はほぼ皆無、ダメージこそ通り難いが、ただ逃げ足が速いだけのモンスターだ。魔物部屋に配置されたモンスターは移動できないため——こうした移動制限がある代わりに魔物部屋は召喚コストが安くなっている――最大の武器である逃げ足さえも封じられている状態だ。

つまり狩り放題。すでに二人は百匹を超えるシルバースライムを倒しており、凄まじい速度でレベルアップを果たしている。今では三ツ星級侵入者と判定されるまでに成長したのだ。

ちなみに侵入者の強さはシステムが自動判定してくれる。概ね魔物の等級と比例するようで、一般人レベルの無印、実戦経験を積んだ普通の冒険者だと一ツ星と判断される。二ツ星は二つ名持ちのヴェテラン冒険者などが該当し、三ツ星級ともなれば国を代表する一流冒険者なのだそうだ。

「ディアさん、申し訳ないんだけど、またジャックさんのお店についてきてくれないかな」

「……あまり派手にやりすぎると勘付かれますよ？」

「うん、わかってる。奴隷を継続的に購入することで人を替えたり、主従関係を動かしたり、踏み台を増やしたりしてごまかしていく予定です」

「なるほど。私は何も聞かなかったことにしますね」

ディアは楽しげに言う。サポート担当者はダンジョン内で知り得たバグ情報を運営に報告する義務があるのだが、ダンジョン外で打ち明けられたバグ情報まで報告しろとは言われていないのだ。

運営にバレたところで元に戻されるだけである。今のうちにＤＰやら経験値やらをがっぽり稼いでしまおうとヒロトは開き直っていた。

今回見つけたシステムバグ――〈奴隷の奴隷〉と命名されたそれ――で収益を拡大する方法は実に単純だ。奴隷の数を増やせばいい。そしてシルバースライムを倒させればいい。侵入者のレベルと等級は比例関係にある。時間経過と共に奴隷一人当たりの利益率も上がるだろう。

こうしてヒロトは奴隷商人ジャックの上客リストに名を連ねるようになるのだった。

＊

一ヵ月が経った。今日はダンジョン公開期限最終日だそうである。

ダンジョンの出入り口を初日に公開した〈迷路の迷宮〉には関係ない話で、彼のダンジョンは今も順調にレベルアップを続けていた。今日だって延べ五十名以上の侵入者を退けている。

「おはようございます、マスター」

「おはよう、ルーク君」

丈夫な革鎧（かわよろい）に身を包み、主寝室に入ってきたのは一月前に購入した黒髪の少年奴隷ルークだ。後ろに同年代の奴隷たち――半月ほど前に奴隷商ジャックから購入した――を引き連れている。

「あれ、もう交代？」

「はい、少し早いですが先に入って準備をしておこうと思いまして」

ルークはそう言ってあどけない笑みを浮かべる。購入したばかりの時は痩せ細り、儚（はかな）げな印象さえあったが、わずか一ヵ月で見違えるほどに成長していた。身長は十五センチ以上も伸び、体重は倍近く増えている。細身ながらがっしりとした体つきは、まるで鍛え上げられた刀剣のそれだ。

レベルという物理法則を持つガイア特有の現象だ。レベルが上がるとステータスが上昇する。そのため稀（まれ）に幼い子供でも大人を遥かに凌駕（りょうが）する身体能力を得てしまうことがあり、そんな時、世界（システム）はまるで辻褄（つじつま）を合わせるように対象者のステータスに見合うような体型に変化させてしまう。

背丈を伸ばし、筋肉量を増やし、それらを支える関節や骨の強度を高めることで自壊を防ぐ仕組みだ。その過程は不正データにパッチを当てた時みたいに実にシステマチックだ。追加購入した奴隷たちも漏れなく大きくなっている。その順調な成長振りにヒロトは満足げに頷いた。

「じゃあ、気をつけてね」

「はい、往って参ります」

ルークたちは子供の表情から一変し、精悍（せいかん）な戦士の顔つきでクローゼットの中に入っていく。

ヒロトの目論（もくろ）みは見事に的中し、奴隷の奴隷を使って安全に、かつ世間に見つかることなく収益を上げられるようになった。これに気を良くしたヒロトは一日当たりの侵入者数を増やすべく、奴隷商ジャックから将来性のある子供奴隷を十五名ばかり購入した。戦闘奴隷でない理由は単純に販売価格が安いからだ。専門知識や技能もなく力仕事にも向かない子供奴隷は安価なのだ。

古参三人組を中心にしたパーティを編成し、シルバースライム狩りによる経験値（おこぼれ）を与えてやればすぐにレベルアップができてしまう。レベルが同じなら単価も同じ。大人だろうが子供だろうがダンジョンの収益には関係ないのである。

奴隷たちは三班に分かれており、朝昼晩の三回、四時間交代でダンジョンに潜っている。滞在時間が短すぎると撃破ポイントが得られず、再入場までのクールタイムが短すぎると一回のダンジョンアタックと認識されてしまう。いろいろと検証した結果、今の形が一番効率よく稼げるのだ。

新規組がある程度育ったら、ヒロトはさらに奴隷を購入するつもりだった。ダンジョンマスターには侵入者の実力や才能を感じ取る能力があり、ダンジョンレベルが上がったおかげで精度も大分高くなった。今ではディアに同伴を願う必要もない。

今は順風満帆、何の問題もない——はずだった。

「参ったなぁ……」

「どうしました？」

「うわ！　ディアさん!?」

突如かけられた声に、ヒロトはベッドから転がり落ちそうになる。振り返れば鮮やかな銀色の髪とアイスブルーの瞳をフレームレスメガネで飾り立てた美人秘書が姿勢を正して立っている。

「おはようございます、ヒロト様」

ディアが丁寧に腰を折ると、ヒロトは視線をどこに向ければいいのかと少し困ったことになる。上を見れば豊かな胸がベストからまろび出そうになっているし、下に目をやれば丈の短いタイトスカートから下着が見えてしまうんじゃないかと気が気ではなくなる。

「お、おお、おはよう、ございます」

どこを見てもセクハラになりそうな状況、ヒロトは千年要塞、千年要塞と繰り返して乗り切った。吸い込まれそうになる視線を無理矢理に外して上を見れば、壁掛け時計が目に入る。

「……どうしたんですか、今日は早いですね」

時刻は八時前。ディアは普段、十時ぐらいに来ることが多かった。

「はい、今日は担当しておりますダンジョンマスターたちが軒並み不在でして……予定より早いですが、お邪魔させていただきました」

「あー、なるほど例の〈スタンピード祭り〉かな……」

「〈スタンピード祭り〉？」

「〈掲示板〉で話題になっていたんです。ダンジョン公開期限日と同時にダンマス全員でスタンピードでもしませんかって」

ダンジョンメニューにはいくつか機能があり、その中のひとつに〈進攻〉というものがある。ダンジョンが保有する戦力をダンジョン外へ放出し、村や町、砦などを襲わせるというものだ。

いわゆるスタンピードと呼ばれるもので、通常、ダンジョン内で侵入者を倒さなければＤＰは得られないが、スタンピード中に限り、ダンジョン外で人間を倒してもＤＰや経験値が手に入るようになる。さらに村や町の壊滅、砦の占領など所定の戦果を挙げるとボーナスまで得られるそうだ。

〈進攻〉は一年に一枚配られる〈進攻チケット〉を使って発動可能だ。有効期間は一ヵ月。魔物が倒されたり、ダンジョンの存在が露見したりするリスクはあるものの、侵入者を誘き寄せ迎撃するのが基本のダンジョン経営において珍しく攻めてＤＰを手に入れられる貴重な手段だった。

「しかしどこからそれほど戦力を？　数匹程度では大した戦果は挙げられませんよ？」

「多分、そこは大丈夫だと思う。ダンジョンには〈渦〉があるから」

魔物の渦は一時間に一匹の魔物を生み出す仕様になっている。

「なるほど……一時間に一匹、一日に二十四匹、一ヵ月あれば七百二十四手に入りますね」

「魔物部屋だとペースが倍になるから千四百四十匹かな。維持コストだけで破産しそうだ」

一度設置してしまった〈渦〉は延々と魔物を排出し続けるのだが、ダンジョン内に配置できる魔物の数には限りがあるため、配置しきれない戦力は〈待機場所〉というダンジョン外の謎領域に送られる。予備戦力のような扱いだが、維持コストは通常通りに取られてしまう。

せっかく渦を設置したのに途中で止めるなんてもったいないよね？　的な精神を発揮してしまうと維持コストだけで破産しかねない状態になる。とはいえ、せっかく手に入れた戦力を廃棄するのももったいない。そんなダンジョンマスターたちにとって〈進攻〉は打って付けの手段なのだ。

「なるほど、無駄に増えてしまった戦力を処分する意味もあるのですね……」

「まだ低レベルのモンスターしか生み出せないけど、みんながみんな、一斉に蜂起したらとんでもないことになるかもね。掲示板の感じだと半分くらいの人が参加するみたいだし。まあ、掲示板を見てない人もいるだろうし、いざとなって尻込みする人もいるだろうけど」

「……それでも、人類滅亡の危機に変わりありませんね」

一つのダンジョンが百匹の魔物を放出したと考えても百のダンジョンがこのイベントに参加したら一万という大戦力になる。一ヵ月もの間、溜め込んだ過剰戦力は百や二百じゃ利かないだろう。

大規模な魔物の群れによる暴走が世界各地で同時多発的に発生するのだ。対応を誤れば未曾有の大災害に発展しかねない。人類滅亡の危機という言葉もあながち間違いではないのだ。

「でもまあ、大丈夫じゃないかな？」

イベントに使われる戦力は、ほとんどが在庫処分予定の使い捨てモンスターだ。それにダンジョンの出入り口はシステム上、一定の距離があるため協力してひとつの町を潰すようなことも難しい。さらに言えば大きな町には領主がおり、冒険者ギルドもある。貴族の私兵や町の衛士隊、冒険者ギルドに所属する冒険者たちが力を合わせれば低級の魔物の群れくらいどうとでもなるだろう。

「……しかしようやく合点がいきました。道理で誰もダンジョンにいなかったわけです」

大方、進攻の様子を物見遊山で監督しに行ったのだろう。群れの様子はコアルームからモニタリングもできるのだが、ダンジョンからだと命令が行き届くまでにタイムラグが発生する。

「ところで、ヒロト様はこのイベントには参加されないので？」

「……シルバースライムだけでどうやって戦えと？」

ディアの意地悪な質問に、ヒロトは憮然とした表情で答えるのだった。

＊

ヒロトの予想に反して〈スタンピード祭り〉の被害は深刻なものになっていた。何の前触れもなくダンジョンから溢れ出した魔物の群れは瞬く間に無防備な村々を飲み込んでいき、世界を恐怖と混沌に陥れた。〈迷路の迷宮〉が居を構えるオルランド王国も例外ではなく――むしろ世界有数の国土を誇る大国であったために百を超えるダンジョンが犇めいている――次々ともたらされる凶報を受けて王国政府は大混乱に陥っていった。

「なるほど、お金ですか……」

「そうなんです。最近買い物しすぎちゃいまして……イベント前に念のため食料品とかは買い込んでおいたからしばらく問題はないんですけど、そう遠くないうちに資金が尽きてしまいそうで」

そんな中、ヒロトはサポート役のディアとのんびりまったりダンジョンの経営相談なぞをしていた。〈スタンピード祭り〉による混乱もヒロトにとっては他人事に過ぎない。誰だって自分の問題こそが一番重要なのである。

目下、ヒロトを悩ませている問題とは資金不足だった。すでに所持金は現在三千ガイアを切っている。当初は五万ガイア以上もあったことを考えると、ほとんど使いきったと言っていいだろう。なにせ戦闘能力や知識、技術を持たない子供奴隷でも五百ガイアはするのだ。ニコニコ一括現金払いによる値引きが利いても高い買い物であることは間違いない。

ダンジョンマスターであるヒロトにとって、王都の人々が使う貨幣はあまり意味がない。重要なのはＤＰであり、順調に貯まり続けているＤＰを見れば充分に元は取れている。しかし〈奴隷の奴隷〉を利用して更なる収益の拡大を目論んだ場合、さらなる資金が必要となるのだ。

それにヒロトは、奴隷たちの主人として彼らの衣食住を提供する義務があった。食料品、日用品、衣料品、家具、そしてダンジョンアタックに使う武具一式。必要物資は多岐にわたるのだ。そして此度の〈スタンピード祭り〉前に調子に乗って王都の食料を買い占めたことが止めになった。

「まあ、食べ物は腐るほどあるし、狩りのための武器はドロップ品を使えばいいからしばらくは持つと思う。ただ、このままじゃいつか破産しちゃうんだよね」

奴隷たちを働きに出すという手もあるが、お金よりもＤＰのほうが重要なヒロトとしてはこのままシルバースライム狩りに注力させたかった。しかし、このまま何もしないというわけにもいかない。現在ヒロトは一応オルランド王国市民として登録されており、納税の義務を負っている。日本と同じで所得はなくても税金は取られるのだ。住民税や屋敷の固定資産税、所有する奴隷たちの人頭税だって支払う必要がある。

「そうですね……たとえば余剰な食料を売却するのはいかがでしょうか。現在、王国軍だけではなく王都の商人たちが食料を買い漁っています。多少は資金を取り戻せると思いますが」

「そのつもりです。今は相場が吊り上がるのを待っていて再来週あたりから放出していく予定」

「悪辣ですね」

「ダンジョンマスターですから」

進攻の有効期間は一ヵ月。それを過ぎる前までにダンジョンが戻せなければ魔物たちは野生に返ってしまう。召喚主の指示を受け付けなくなり群れとしてのまとまりを失う。食料の奪い合いや獲物の争奪戦などが始まり、いずれ勝手に殺し合って解散していくことになるだろう。

そんな裏事情など知る由もないガイアの人々は、事態が沈静化するまで物資を買い漁り続けるだろう。ヒロトが事前に購入した大量の食料品は、いずれ数倍にも跳ね上がるはずだ。

これで当面の運転資金は得られるだろうが、根本解決にはなっていないのもまた事実だった。なにせガイアには千ものダンジョンが生まれたのだ。スタンピードなどこれから珍しくもなくなる。時間が経つにつれダンジョン側のルールだって知られていくだろうし、各国で物資の備蓄が始まれば相場も安定するはずだ。そもそもスタンピードのたびに相場で大儲けしていたら怪しまれること間違いなしである。

「そこで継続的にお金を手に入れる方法を教えてほしいんです」

「……なるほど状況は理解しました」

「何か、いい案ありますか？」

「簡単ですよ。ダンジョンに潜る冒険者たちと同じことをすればいいのです」

ディアは首元のスカーフを弄びながら楽しげに告げる。

「だって、ここはダンジョンなのですから」

＊

ヒロトはディアと共に奴隷商ジャックの店に向かった。

「うわ、すごいお客さん……」

店舗の前に群がる黒山の人だかり――こっちの世界では金やら赤やら水色やらと目が疲れるほど

カラフルだけれど――を眺めながらヒロトは呟いた。

「恐らくは、戦闘奴隷を購入するべく集まっているのでしょうね」

「これじゃどうにもならないね」

ディアが苦笑を浮かべる。そのまま踵を返しかけた時、裏口から奴隷商ジャックが顔を見せる。

「ヒロト様、ディア様、こちらです」

「こんにちは、ジャックさん。お忙しそうですね」

「ご迷惑をおかけしております。ささ、こちらからどうぞ」

ジャックの案内で裏口から店舗の中に入る。いつもの商談室に通され、ソファーを勧められる。

使用人が紅茶とお茶請けのケーキを置いて去っていった。使用人役のディアにも配られたようで、彼女は大変にご満悦な様子である。

「大変なことになりましたね」

「ええ、戦闘奴隷を購入したいと先ほどからお客様がひっきりなしです。ヒロト様のご助言に従い、多めに仕入れておいたのですが……はは、嬉しい悲鳴と言いますか……人の不幸こそが商機になるとはつくづく因果な商売ですな」

「僕も食料相場に手を出しておいてあれなんですけど、何だか申し訳ない気持ちになりました」

奴隷商とダンジョンマスター。日陰者同士だからか二人は妙に気が合った。そのためジャックには、スタンピードの情報を流していたのだ。ジャックは各地の情報を集め、情報の真偽を確かめるやすぐさま同業の奴隷商や仕入れ先などから戦闘奴隷を大量購入していた。

ジャックは穏やかな表情のままケーキや紅茶を勧めてくる。こんな状況でも友好的な態度を崩さないのはさすが一流の商人と言えよう。何せヒロトは怪しすぎる。戦闘奴隷を購入し、影武者代わりの少年奴隷を買い求め、時をおかずに十五人もの少年少女を同時に買い付けていった。極めつけは、一斉スタンピードの情報をタイムラグなしに手に入れていることだ。

ジャックはヒロトのことを盗賊団の幹部だとか政府系の密偵組織の構成員だとか、そういった類の人間だと思っているだろう。少なくとも尋常ならざる存在であることは理解しているはずだ。

「残念ながらただいま、戦闘奴隷は相場が吊り上がるのを待っている状態でして。申し訳ありませんが、ヒロト様といえど以前のようなお値段でお譲りすることはできないのですが……」

「いえ、違いますよ。今日は仕入れに来たわけじゃありません。むしろ、逆です」

「逆ですか？」

「いつ魔物の群れに襲われてもおかしくないこのご時勢。高性能な武器がご入用では？」

ヒロトがそう言うと同時、音もなく近づいたディアがテーブルに一振りの剣を置いた。

＊

「……これは魔剣ですな……まさか、あの〈フェザーダンス〉ではッ？」

ジャックの視線はテーブルに置かれた魔剣に釘付けになっている。

冒険者はどうやって日々の食い扶持(くぶち)を稼いでいるのか？

ギルドに張り出される依頼をこなし、その報酬を得る。もちろんそれも正解だが、魔物を倒し、そこから得たドロップアイテムを売却するのも重要な稼ぎであることは疑いようがない。

ダンジョンの魔物は、星の数が増えるほど高価なドロップアイテムを落とす傾向にある。そしてシルバースライムは、戦闘能力皆無ながら三ツ星級のレアモンスターだ。〈フェザーダンス〉はそんなレアモンスターのレアドロップなのである。

　この魔剣の最大の特長は、持ち主に〈加速(アクセル)〉の加護を与えるところにある。〈加速〉は対象の敏捷(びんしょう)性を一段高めてくれる魔法なのだが、魔法使いが使用する支援魔法では五分ほどで効果が切れてしまう。しかしこの魔剣の場合、戦闘中ばかりか装備している間ずっと加護を受けられるのだ。

　さらに総ミスリル製の刀身は羽根のように軽く、丈夫で切れ味も素晴らしいときている。剣士にとってこれ以上ない最高の逸品だった。

「さすが、武器商も営んでおられるだけありますね、一目で見抜きますか」

　ジャックは商人ギルドに武器商としても登録しているようで、この魔剣を扱ったこともあるそうだ。本業の傍ら店舗の一角に武器販売スペースを設けているだけの細々としたものだが、実際には闇市場、いわゆる盗賊や野盗などの犯罪組織に武具を横流しすることで大儲けしているようだ。

　国に認められた商売とはいえ奴隷商は日陰者。仕事柄どうしたって犯罪組織と関係せざるを得ない。そこでジャックは、半端に関わるくらいならどっぷり浸(つ)かって金を稼ぐことにしたようだ。利益のためなら何でもやる。それが奴隷商人ジャックという男の信念だった。

「これほどの逸品、一体どこで……？」

　ヒロトは答えない。ただ笑みを浮かべるだけだ。

「僕にはちょっとした伝手(つて)があって、これを継続的にかつ一定数を卸すことができます」

「――――ッ!?」

　果たして効果は絶大であった。この時勢にこれほどの名品を仕入れることができるならどれだけの利益が上げられるだろうか。

〈迷路の迷宮〉はシルバースライムの渦を三つ所有している。魔物部屋に配置された渦は三十分に一匹のペースで魔物を吐き出すので、一日に百四十四匹ものシルバースライムを狩ることが可能だ。フェザーダンスのドロップ率は一パーセントなので一日に一振りか二振りが手に入る計算だ。

ヒロトはすでに二十振りのフェザーダンスを確保している。奴隷たちに使わせるために半分ぐらいは残しておくにしても、一週間に五振りもの希少武器を供給できるのだ。

にわかには信じがたい話だろう。ヒロトはそれを証明するために〈宝物庫〉から半数である十振りの魔剣を取り出した。

ジャックが瞠目(どうもく)する。そして無念そうに唸(うな)った。

「ヒロト様、申し訳ありません、さすがにこれらを買い取ることはできません」

さしもの大商人とはいえ、この量の魔剣を買い取るほどの資金力は持ち合わせていなかった。

もちろん借金をすれば買い付けはできるだろう。しかしそれはジャックのポリシーに反する。彼は職業柄多くの人々が奴隷落ちする姿を見てきたが、商人が奴隷に身をやつす理由の多くが身の丈に合わない大きな商いに挑戦したからだ。奴隷商人が奴隷になるなんて笑い話にもならない。

「違いますよ。これはあなたに売るんじゃありません。預けるんです」

「……なるほど、つまり販売委託という形ですか。それならば手元に資金は必要ない」

「どうです？　やってみませんか？　ダンジョンの一斉スタンピードにより、治安の乱れる今は絶好の商機だと思うのですが。手数料はそうですね……販売価格の一割でどうでしょう？」

販売価格の一割はローランの商慣習からするとやや低い取り分だった。それでもジャックは承諾するより他にない。フェザーダンスの市場価格は一万五千ガイアほど。普通に十本を売(う)り捌(さば)くだけで一万五千ガイアもの大金が手に入るからだ。もちろん相場価格で売り捌いたところで顧客は満足しないだろう。ジャックだって不満である。

「成果を出してくれたらさらに追加でお任せしますよ。そうですね、仕入れの関係もありますから週に五本ずつくらいですかね？」

ジャックは考える。ヒロトには希少な魔剣を売り捌くための伝手もなければ知識もない。しかし自分ならどうだろうか。知識や経験を総動員して売り抜く手を考える。できる。彼には確信があった。この逸品を売り捌くなら武具相場が高騰している今をおいて他にない。

「やらせてください。絶対に後悔はさせません！」

ジャックが断言する。その表情はまるで強敵と相対する時の戦士のそれだ。

「期待しています。その才覚でこの大波を乗りこえてみせてください」

ヒロトは笑顔でジャックと握手を交わすのだった。

*

ジャックに見送られて店を出る。人だかりを横目に見ながらヒロトは小さく声をかけた。

「そうだ……クロエ」

「はい、主様」

ヒロトが声をかけると、彼の影から黒豹獣人の少女が姿を現す。

「君は……」

ジャックは突如現れた暗殺者の姿に瞠目する。

「そうです。ジャックさんの所で購入したクロエです。君は影からジャックさんを守ってあげて」

「承知」

言うが早いかクロエの姿が掻き消える。それは暗殺者がよく使う〈影縫い〉というスキルであった。影に入り込むスキルで、暗殺はもちろん尾行や追跡、逆に要人の護衛にも使われる。

それ自体に問題はない。問題なのは影に入り込まれたことに気付けないことだ。人は他人の気配に意外と敏感だ。ジャックのような裏社会に半分足を突っ込んでいる連中は特に警戒心が強い。

そんなジャックをして目の前で自分の影に入られ、違和感さえ抱けないというのは尋常ではなかった。保有する戦闘奴隷を全てぶつけても敵うかどうか。短い期間に一体何があったのだろうか？

確かに優秀な暗殺者だとは思っていたが、これほど卓越した技能の持ち主ではなかった。

力を隠していたとは思えない。断言できる。奴隷は能力が高いほど雇用条件が良くなる傾向にある。だから彼らは己の力を誇示することはあっても、小さく見せることはしない。

シルバースライムを狩らせまくってレベルアップさせただけだなんて知る由もないジャックは、目の前の少年の底知れなさに身震いした。

護衛というのは当然、表向きの理由だ。ジャックが裏切ればクロエはかつての経歴そのままに即座に命を奪ってくるだろう。喉を鳴らす。しかしこの程度の危険が何だというのか。

裏切れば死ぬ。無能でも死ぬ。そんなことは裏社会なら当たり前の話である。生き馬の目を抜くような商売をもう二十年も続けてきたのだ。何を恐れる必要があろうか。

——やってやる。売り抜いてやる。

奴隷商人ジャックは不敵に笑うのだった。

*

翌日、夕刻を過ぎた頃にヒロトとディアは資産補塡で手に入れた豪華な馬車に乗り込んだ。大通りを真っ直ぐに進む。向かう先は貴族たちが住まう一等区である。

「競売ですか……考えたものですね」

「そうですね、僕には考えも付きませんでした。そもそも競売にかける伝手もなかったけど」

希少な珍品や名品は簡単に値が付けられない。人によって物の価値というのが異なるからだ。そのため希少品を求める人々を集め、その場で値付けをさせるのが競売というものだ。

魔剣の中でも特に貴重な〈フェザーダンス〉なら、金持ち連中がこぞって高値を付けてくれるに違いなかった。

一時間ほどかけて二等区を通り過ぎ、一等区を分ける壁の前まで辿り着いた。高さ五メートルほどの城壁の向こう側は貴族の邸宅が立ち並んでいる。

馬車を進ませると門兵たちに止められ、許可証の呈示を求められる。塀の上にも見張りがおり、油断なく目を光らせている。さすがは貴族街だ。万全のセキュリティであった。

「これより先は許可のある方以外は入れません。許可証を」

装飾の付いた高級馬車に乗っているからか、丁寧な口調で用向きを尋ねられる。

ヒロトは競売への参加チケットを門兵に渡した。すぐに通行許可が得られる。チケットは一等区入場許可証も兼ねているのだ。

「参加費だけで百ガイア、つまり百万円か。こんな時でも金があるところにはあるんだね」

「地球ではそうではなかったのですか？」

ディアのもっともな指摘にヒロトは笑って答えた。

「そういえばそうだった……人間っていう生き物は、きっとどこでも一緒なのかもね」

＊

オークションはさる高貴なお方の別宅で行われるらしい。蒐集家として知られる人物らしく、会場を貸すだけで珍品・名品を見られると競売事業を始めたそうだ。

当初こそ趣味で始めた競売事業だが、今ではその貴族の収益の大部分を占めているらしい。競売品が落札された場合、出品者は落札価格の五パーセントを主催者に支払う仕組みになっており、参加費と合わせて大変な収益を上げているそうだ。

会場に入ると、そこはまるでオペラの劇場だった。豪華な装飾、ビロードのカーテン、綿の詰まった柔らかなクッション。会場はどの席からでも競売品が見えるよう、すり鉢状になっている。

静かな熱気を感じる。蒐集家たちはオペラグラス片手に爛々と目を輝かせていた。

「ヒロト様、こちらです」

周囲を見渡していると、会場の端っこのほうから声がかけられた。

「こんばんは、ジャックさん」

「本日はご足労いただき、真にありがとうございました」

挨拶を交わしつつ席に着く。すぐさま給仕らしき少年が現れて、飲み物や軽食を尋ねてくる。

「それにしてもすごい熱気ですね」

「ええ、このご時勢ですからみなさんいろいろあるのでしょう。いつもより多くの希少品が集まっていて、大いに盛り上がっていますよ」

ダンジョン進攻で現金を持っておきたい人が増えているのだろう、とはジャックの言だ。

「ですので武具や戦闘用の魔道具は軒並み高値で取引されていますね。逆に絵画や壺といった芸術品は不評のようです」

「まあ、この時期に芸術を愛でる気にはなれないでしょう」

ジャックとディアが頷き合うが、心が荒れた時にこその芸術じゃないかとヒロトは思った。そんな彼らはさておきオークションは順調に進んでいく。

「それでは私はそろそろ。目的の品が手に入れられるといいですね」

「ええ、あまり高くならないことを祈っていますよ」

白々しい演技を交えつつ、ジャックは席を立った。

それから二品が競売にかけられた。強力な加護がある槍に、装備すると知性が高まるというサーリットだった。どちらも一万ガイアほどで落札されている。

――最後のサーリット、欲しかったなぁ……。

ダンジョンマスターはある意味、頭脳労働者だ。付けるだけで頭が良くなるアイテムが欲しくないはずがない。なお、魔法の威力が上がるだけで、頭が良くなるわけじゃないそうだ。

「それではみな様、お待たせしました！　本日のメインイベントと参りましょう！」

司会進行役の言葉に会場が沸いた。同時に舞台袖からジャックが姿を現す。いつの間にか着替えていたらしく、派手な装飾が施された正装を身に纏っている。

「今宵の目玉商品はこれだ！」

競売台を覆っていた白いヴェールが剝がされると、そこには一振りの長剣が掲げられていた。

「〈フェザーダンス〉です！」

会場がどよめきに包まれる。〈フェザーダンス〉は希少なモンスターのレアドロップとして知られている。世界最大の交易都市である王都ローランにおいても、数年ぶりに姿を見せた逸品なのだからこの反応も仕方のないことだった。

「ミスリルを鍛えし美しい刀身、重厚な見た目からは想像も付かないほど軽く、凄まじい斬れ味を誇っています。鍔や鞘には優美な装飾が施され、芸術品としての価値もあるでしょう。何より見てください、蒼白い刃から立ち上るこの魔力を。装備者は〈加速〉の加護を常時受けられるのです。それは戦いに赴く戦士の力量を遥かな高みに連れていってくれることでしょう。さあ、みな様参りますよ？　財布の中身は大丈夫ですか？　一万ガイアからスタートです」

「一万二千！」「一万三千だ！」

競売が始まるやいなや、落札価格が吊り上がっていく。

「みんな、のっけから飛ばすね」

「ええ、それほどの逸品ということでしょう」

そうこうしているうちに「二万！」との声が響き、会場がどよめいた。約二億円。相場よりも高いが、一斉スタンピードが発生中であることを考慮すれば妥当な額かとみなが納得する。

「二万ガイア！　他におられませんか⁉」

「二万一千です」

そこですかさずヒロトが手を上げる。観衆がこちらを振り返る。

『オークションで三万ガイアの値が付いた。その事実が重要なのです』

ジャックが」言った。彼が求めたのは短期的な利益ではなく、高く設定された〈値札〉だった。

このクラスの名品になると手に入れる機会さえ稀になる。相場などあってないようなもの。欲しい人はいくらでも金を出す。しかしいくら貴重だからといって、周囲が一万五千ガイアの価値しかないと思っている物に二万ガイアは出したくはない。金持ちだって損はしたくないからだ。

そこでジャックは〈フェザーダンス〉が三万ガイアで取引された実績を残すことにした。どこかの誰かが三万ガイアで購入したらしい。そんな噂が広まればどうなるだろう。そんな貴重な武具が二万五千ガイアで販売されていたらお買い得だと思ってしまうに違いない。

ヒロトたちのやっていることは、要するに定価の底上げ作業だった。そのための資金としてヒロトはジャックから三万ガイアもの大金を預かっている。そこから落札価格を少しずつ吊り上げていき、競合が厳しそうになったところでぽんと全額を投入するつもりだった。ジャックは参加費とわずかな手数料だけで三万ガイアという破格の〈値札〉を手に入れることができる。

「二万五千！」

誰かが声を上げた。

「な、なんとここに来て二万五千！　さあ、お兄さんはどうします？」

「……二万六千」

ヒロトは顔を歪ませつつ言った。もちろん、演技である。

「二万八千だ」

ヒロトの苦渋など知らぬとばかり値を吊り上げる男性の声。ふと目が合った。男性は会場のどよめきを楽しんでいるかのようだった。ダンジョンマスターの目が彼の力量を教えてくれる。

尋常ではなく強い。武人として鍛えられた肉体、数多の戦場をくぐり抜けてきたヴェテラン特有の自負が遠く離れたヒロトの所まで漂ってくる。場慣れした感じからして相当な大物に違いない。

ヒロトは咄嗟に考える。これ以上粘って張り合えばこの貴族男性の恨みを買いかねない。木っ端貴族ならいざ知らず、権勢の中央にいるような大物相手に目を付けられるのは避けたいところだ。

舞台に目をやる。ジャックが頷く。ヒロトは意を決して手を挙げる。

「さんま――」

「五万だ」

しかし、ヒロトが言い終える前に会場の中央から声が上がった。

提示された破格の落札額に、会場にいる誰もが息を飲んだ。

*

「いやぁ、残念でしたな、ヒロト様」

「ええ、本当に参りました」

「仕方がありませんよ、相手はあのサンドリオン将軍ですから」

帰り際に合流したジャックと白々しい会話をする。曰く競売相手の男性はオルランド王国軍の将軍とのこと。二十万人もの大軍を擁する王国軍のトップ。王国でも五指に入る権力者だ。

「剣一本に五万ガイアね。それなら戦闘奴隷十人買ったほうがよっぽど効果的な気がするけど」

「私もそう思います。しかし今回はどちらかというと箔付けのためらしいですからな。金に糸目はつけなかったのでしょう……あるいはあえて吊り上げたか」

「どういうことですか？」

そんな話は聞いていないとディアが詰問するも、ジャックは楽しげに笑うだけだ。

「すぐにわかりますよ」

ジャックの瞳は爛々と輝いている。

「さあ、これから稼ぎますよ」

*

いつものごとく朝早くからディアが訪れた。一緒に朝食を食べる。その後は恒例になっているダンジョン運営についての議論だ。

「資金調達に成功した以上、渦を増産していくべきではないでしょうか。奴隷たちの成長は収益に直結しますし、多くのシルバースライムを狩ることでさらにフェザーダンスも手に入ります」

「でもさ、管理しきれないよ」

今は〈シルバースライムの渦〉を増やすべきでは？　という内容だ。シルバースライムは戦闘能力こそ低いが、逃げ足についていえばトップクラスに入る魔物である。その分、討伐は難しく、撤退できない魔物部屋でありながら超高速で床を這い回り、壁を蹴り、天井まで使って攻撃を避けまくる。その速さは常軌を逸しており、攻撃を当てることさえ至難の業だという。

シルバースライムを倒せるのは古参三人組だけだ。新規組はほとんど役に立っておらず、古参組とパーティを組ませることで経験値を分け与えている状況だった。

新規組はパワーレベリングによってステータスこそ上がったが、それを使いこなすだけの技量がなかった。F1カーに若葉マークの初心者を乗せて走らせたところでレースに勝てるはずがない。高い身体能力を活かせていないのだ。古参組が稽古を付けてくれているが、技術ばかりは一朝一夕で身に付くものではない。古参組レベルに到達するには一年以上かかるのではないかと思われた。

「みんなルークみたいならよかったのに」

「彼は特別です。もしも制限がなければ〈加護〉を与えていたところです」

それまで剣に触ったこともなかったルーク少年だったが、買い取りから一週間後にはシルバースライムの単独討伐に成功していた。ガイアには時折、特別な才能を持って生まれてくる者がいる。機会にさえ恵まれれば、いずれ勇者や英雄といった存在になれるような逸材だったわけである。

「いずれにせよ、今すぐには増産できないね。ただでさえルークとキールには大変な苦労をかけているんだし」

元暗殺者のクロエにはジャックの護衛――という名の監視――に付いてもらっている。シルバースライムを倒せるのが実質二人になってしまっているのだ。今もかなり無理をして討伐に当たってもらっており、渦を増やしたところで魔物のリポップ速度に討伐ペースが追いつかないのだ。

「待機エリアに置いておけばよいのです」

「維持コストがばかにならないよ」

シルバースライムは腐っても三ツ星級モンスターである。召喚コストは高く、維持コストもばかにならない。一匹二匹ならいざ知らず、何百匹も溜まってしまえばそれだけで破産しかねない。

「戦闘技術を持つ奴隷を増やせばいいのです。ジャック様に頼めば何とかしてくれるでしょう」

「でも、今は高いしなぁ……」

ダンジョン進攻によって戦闘奴隷の需要は高まっている。いくら〈フェザーダンス〉が高く売れるからといって、無駄遣いしていいというものではない。

「いずれ需要も満たされるだろうし」

〈迷路の迷宮〉の方針は細く長くだ。今はバブルのようなもの。一時的な特需に踊らされてはいけない。継続的に収益を上げていくために、きちんとした舵取りが必要だった。

「その頃には、ダンジョンを一般公開できるだけの力を手に入れられているでしょう」

「今更だけど、あんまり一般公開したくなくて……このまま平穏無事に生きていられたらそれでいいかなって……まあ、とりあえず、ジャックさんに相談してみようかな」

蛇の道は蛇だ。裏社会を長年にわたり生き抜いてきた百戦錬磨の大商人に相談することにした。

*

「六万だ、六万出す！　だから売ってくれ！」

「じゃあ俺は六万一千だ！」

「なに？」「やるのか？」

ジャックの店を訪ねれば、そこには新しい人垣ができていた。その中心には蒼白い光を放つ一振りの魔剣が飾られている。

「みな様、落ち着いてください。当店では今後もフェザーダンスを入手できます。まずはこの紙にお名前、連絡先、購入金額をご記入ください。高値を付けてくださった方から順にお譲りします」

番頭らしき男性が声を張り上げる。

「おい、番頭。この俺に売れ、俺はラクトハウス男爵家の者だぞ！」

「ふざけるな、男爵風情が！　こちらはジール子爵の使いだ！」

「ええい、使用人では話にならん、店主を出せ！　店主を！」

客からは不満が上がるが、番頭がいやなら買わなくてもいいと声を荒らげればみな、黙りこくった。店頭に掲げられたボードに次々と値札が張られていく。隣の男が六万五千と書けばその隣では六万六千という値札が張られる。買い手側がまるで競い合うように購入価格を吊り上げていく。

「どうやら〈フェザーダンス〉の公開入札を店頭で行っているみたいですね」

「うまいなあ、さすがジャックさんだ」

入札期限は本日中で、入手本数は明かさずに高い値段を付けてくれた人から販売するらしい。こうなると買い手は予算ギリギリまで高値を付けなければならなくなる。

「それにしたってこの人気は異常では？」

「多分、これから説明があるんだろうけど……あ、気が付いてくれたみたい」

裏口から顔を出したジャックが、身振り手振りで裏から回るようにと指示してきた。それに従って二人は裏口から入店する。使用人にいつもの応接室に通され、お茶とケーキで歓待を受ける。

「申し訳ありません。主人はやんごとないお方と商談中でして。しばしお待ちいただけますか？」

ジャックの到着を待つ間、ディアはケーキを三回もおかわりしていた。口の端に付いたクリームを見て、相変わらずお茶目さんだなぁとヒロトは思った。

ヒロトたちが穏やかな時間を過ごしていると、満面の笑みを浮かべたジャックがやってくる。

「お待たせして、申し訳ありません」

「いい取引ができたみたいですね」

「ええ、今日は人生最良の日です」

ジャックはそう言って、テーブルの上にミスリル貨を積み上げていく。

「ウェルマー侯爵家に二本、グッレグ伯爵家に一本、ヴィンランド伯爵家にも一本。その他、王都の大物貴族たちに四本、計八本も売り捌くことができました。それぞれ十万ガイアです」

「――ッ!?」

ヒロトが息を飲む。慌てて金貨の山を数えれば確かに手数料を引いた七十二万ガイアがあった。

「一体どんな手品を使ったのですか……元は一万五千ガイアだったものが、先日は五万ガイアとなり、そして今日は十万ガイアになっている。魔法としか思えません」

ディアが信じられないといった風に首を振る。ヒロト的には口の端に残る生クリームの残骸に気付かないことのほうが信じられない。

「実はですね、昨晩フェザーダンスを購入されていた方なのですが、王宮の使いだったのです」

何の前触れもなく始まったダンジョンの一斉スタンピードに王宮は揺れた。状況把握さえままならない中、王宮はひとまず軍に出兵の準備をさせる。しかし麦や塩、干し肉といった糧食が一部の商人たち――ヒロトを含む――によって買い占められてしまったことで頓挫してしまう。

このまま手をこまねいていては、魔物の軍勢に国中を蹂躙(じゅうりん)されてしまうという。

そこで彼らは作戦を立てた。王都から王家直属部隊を先遣隊として出発させ、その権威によって地方領主たちが保有する私設軍を吸収、糧食の供出までさせてしまおうというものだった。

要するに、物資から率いる兵力まで現地調達してしまおうという無茶苦茶な作戦である。この作戦において重要なのは知略や武勇ではない。指揮官の『格』であった。領主たちに膝をつかせ、兵や食料を差し出させるほどの圧倒的な権威が必要なのである。

領地持ちの大貴族をも従わせるとなれば、国王による親征が妥当である。しかし、国王ローラン三世は高齢で軍事行動には耐えられない。そこで白羽の矢が立ったのが後継者たる王太子だった。

「ちょうど退位も噂されるタイミングでしたからね。王位継承を確実なものにするため、ここらでひとつ大きな武功が必要だったのです」

次期国王ともなれば格は充分だ。しかし次期後継者の身に万が一などあってはならない。

王太子は有能な政治家だが、武人としての才はなく、むしろ目も当てられないレベルだそうだ。そこで王宮は、強力な武具によって身の安全を確保しようとした。

「しかし強力な武具、特に力ある魔剣には大概何かあります。使用者の魔力を使ったり、稀に暴走したり、持ち主を選んだりといろいろと制約があるものなのです」

魔剣の加護は呪いと表裏一体だ。身の丈に合わない武具は不幸な事故につながりかねない。王宮は、王太子が身に付けるに足る格と安全性と高い性能を併せ持つ武器を求めていた。そんな時、とある魔剣が競売にかけられると噂を聞きつけた王宮は、大急ぎで使者を派遣したのだ。

「〈フェザーダンス〉は希少な魔剣として知られていますし、性能も抜群に高い。加護についても装備者を〈加速〉させるだけですから、危険性もほとんどありません」

そして使者となったサンドリオン将軍は、箔付けのために相場の倍以上の値段で落札したという。

「このレベルの宝物の相場などあってないようなものです。この国において最高権力者たる王宮がその価値を示したのですから、異を唱える者などいるはずもありません。そして最大の幸運は、出陣式の最中、国王陛下が手ずから王太子殿下にかの魔剣を下賜されたことでしょう」

つまり国王が、愛する息子を託すに足る名品だと認めたということだ。これにより王都ではフェザーダンスフィーバーが起きた。商人など呼び寄せるのが当たり前の大貴族が、わざわざ使いを出して買い求めるほどの大人気商品となったのだ。

「ヒロト様、こんな好機は二度とありません！　フェザーダンスが手に入り次第、すぐに持ってきてください！　その全てを十万ガイア以上で売却してみせます！」

「あ、はい……わかりました、ちょっとだけ待っててください……」

テーブルに身を乗り出しながら目を血走らせる奴隷商人の迫力に飲まれたヒロトは、残っていた在庫を全て渡してしまうのだった。

＊

「ところで本日はどのようなご用向きで？」

「あ、そうでした。今日は相談しに来たんでした」

強欲な商人の気迫に完全に飲まれていたヒロトは、少し怯(おび)えながらも話を切り出す。

「なるほど、戦力の増強をしたい、と」

「そうなんです。うまくいけばフェザーダンスも、もうちょっとお渡しできるかもしれません」

幸いなことにDPは有り余っている。〈シルバースライムの渦〉はいつでも増産可能なのだ。奴隷部隊による討伐ペースさえ上げられるなら〈フェザーダンス〉なんていくらでも手に入る。

「申し訳ございません。今は戦闘奴隷を切らしておりまして……一般的な奴隷ならばご用意できるのですが……」

先日、ダンジョン進攻に合わせて大量に買い集めていたというのに、すでに売り抜いてしまっているとは凄まじい手腕である。さすが、王都一の奴隷商人といえよう。

やはり才能のありそうな奴隷を選抜して育てるしかないのだろう。別に効率が悪いというだけで、新入りたちもまったく倒せていないわけじゃない。レベルアップや戦闘訓練を続けさせることで、いつかは普通に倒せるようになるかもしれない。

「ヒロト様が求めているのは即戦力です。悠長に育てている暇はありません」

「そうでしょうな……あ、もしかしたらアレならば……」

「良い人材が？」

「良い、とは言えません。しかし、ヒロト様ならあるいは、と」

普段は見せない何とも歯切れの悪い口調でジャックが言う。

とりあえず件の人物に会いに行ってみようかということになり、ヒロトとディアの二人はジャックに連れられて王都の四等区へ向かった。四等区はいわゆるスラム街というやつで、屋敷のある三等区の向こう側、城壁を抜けた先にある。

この先に壁はない。この世界の都市はほぼ例外なく強固な防壁を持っている。高い壁で街を囲むことで初めて魔物の脅威から逃れられるのだ。つまり王都とは本来三等区までなのだ。四等区とは、繁栄著しい王都に吸い寄せられた人々が勝手に住み着いてできた貧困街なのである。

当然、治安は最悪だ。馬車から降りて酒場に入るわずかな間に視線を感じる。穴の開いた壁に、埃っぽい空気、所々に傷の付いたテーブル。カードゲームに興じるいかにも柄の悪そうな男たち。殺伐とした雰囲気はウエスタン映画を彷彿とさせる。

「すいません、こちらは取引先様のために用意した場所でして」

男たちは値踏みするようにヒロトとディアを見ていたが、ジャックの姿を確認すると視線を外した。ただし警戒するような気配は消えない。

よもや嵌められたか？　と思ったが、心配する理由がないと警戒を解く。

ヒロトがいなければジャックは、〈フェザーダンス〉を入手することができなくなる。それに今もジャックの影にクロエはひそんでいて、首筋にナイフを押し当てられ続けているようなもの。

さらに付き添いのディアはガイア神族の一柱であり、ヒロトだってダンジョンマスターの端くれなのだ。気性が穏やかなため警戒感を抱かれ難いが、それなりの観察眼さえあればその溢れ出んばかりの魔力に気付くはずだ。ダンジョンマスターの潜在能力は四ツ星級モンスターに比肩する。レベルの低いうちはそれほど強くないが、現段階でも街のチンピラごとき物の数ではなかった。

ジャックはこちらを振り返りながら店の奥まで案内する。

「紹介したいのは……これになります」

どんな傑物かと期待して来てみれば何てことのない、ただの呑んだくれた老人であった。白髪交じりのぼさぼさの髪、長らく処理されていないだろう無精髭、深い皺の刻まれた顔、目の下に隈が浮き、瞳に生気はないが、好物らしきアップルパイを口に含んでは、酒瓶を傾けて流し込んでいる。

「ウォルター、挨拶を……おい、ウォルター！」

「……そんな大きな声を出さんでも聞こえていますぞ、旦那？」

「であれば返事ぐらいしろ……まあいい、こちらは私の大事な取引相手で――」

「なるほど。旦那も成長しなすった。こんなおっそろしい……化け物共を連れてくるなんて――」

瞬間、剣で叩き切られたような錯覚に襲われる。思わず飛びすさり、懐から短剣を抜いていた。クロエから習った簡単な護身術だ。即死さえしなければディアが多分何とかしてくれるだろう。

ヒロトがひそかに期待を寄せるディアは、面白そうに目を眇めているだけである。

「ほっほ、こりゃいい反応じゃわい」

「ウォルター！　すぐに謝れ……いや……おまえはその前に〈苦しめ〉！」

老人は小さく鼻を鳴らす。奴隷紋には主人の命を受けて強烈な痛みを与える機能がある。気の弱い者ならそれだけでショック死するほどの激痛を与えるのだ。粗相をした奴隷や言うことを聞かない奴隷を痛めつけ、命令を遵守させるための必要措置である。

「ほっほ、悪かったのう。お客人よ……ほら、謝ったぞ。さっさとそれを解いておくれ。老骨に堪えて仕方ないわい」

そんな激痛の中、ウォルターは表情ひとつ変えずに言う。彼の胸の魔力が不自然に動いているので発動はしているのだろう。奴隷紋による懲罰は奴隷本人の魔力を使って行使されるため、どれだけ魔法耐性が高かろうが作用する。つまりこの老人は尋常ならざる胆力によって、常人なら狂いかねないほどの苦痛に耐えているだけなのだ。

「ジャックさん、こちらは大丈夫ですよ？」

「……申し訳ございません、ヒロト様」

罰を受けた本人より、主人であるジャックのほうがむしろ苦しそうだった。

「お恥ずかしい話ですが、このとおり私では持て余しておりまして……」

「なるほど並の戦闘奴隷とは格が違いますね。使いこなせばライバルに差をつける強力な切り札にもなり得ますが、奴隷紋による拘束が効かないとなると常人には難しいでしょう」

ディアの分析にジャックは深々と頷く。

「ええ、そのとおりです。危険すぎて近くにも置いておけず、このとおりです……」

奴隷契約は完璧ではない。主人への攻撃の意思を確認すると、奴隷紋は自動的に激痛を走らせて拘束する。その間に主人は心臓を吹き飛ばすかどうか決めるという仕組みなのだ。しかし激痛に耐えるような胆力の持ち主なら、主人を攻撃できてしまうのである。

「かと言って余所（よそ）の同業に渡るのも恐（こわ）い。そのため飼い殺しにせざるを得ない、と」

「はぁ、こんな人もいるんだね……さすがファンタジーだ」

ヒロトが感心したように言った。

「ヒロト様、ご注意を。こういった古強者（ヴェテラン）に限って確固たる信念というものを持っています」

ディアが格好をつけて言う。注意深く観察すれば口端にまだ生クリームが残っている。

ヒロトが残念なものを見る目でため息をつく。思ったのとは違う反応にディアは首を傾げる。何かと殺伐としやすいスラム街の酒場に、妙にほのぼのとした空気が流れ出す。

「ふむ、やはり面白いのう」

ウォルターが楽しげに呟く。

ヒロトは目前の古強者に向き直ると尋ねた。

「ウォルターさん、相席してもいいですか？」

「うむ、好きにするがよい」

ウォルターが鷹揚に頷くので差し向かいに座る。ディアとジャックもそれに続いた。

「まず聞きたいんですけど。ウォルターさんの信念ってなんですか？」

「ふむ、そこのクリームを付けたお嬢ちゃんに何を言われたか知らんが、こんな場末の酒場で呑んだくれているような老人が持ち合わせているはずがあるまい」

「なるほど、そりゃ確かに」

ヒロトがディアを見れば口元をハンカチで擦っていた。顔はいつもの無表情だったが、耳や首元が真っ赤になっていた。相当恥ずかしかったらしい。

それからヒロトは、彼の来歴や奴隷に落ちたきっかけを聞いた。

「竜を殺した。あと気に入らない貴族連中もだ」

ウォルターはそう言って口を閉じる。

仕方なくジャックが代弁する。

ウォルター・アイナック。田舎の農村に生まれた彼は、十五歳の時にドラゴンの襲撃を受けて故郷を失う。そして彼は故郷を奪ったドラゴンに復讐を誓う。

ウォルターは冒険者となり、すぐさま頭角を現した。無印冒険者――冒険者の等級は星で表される――であったにもかかわらず、一ツ星級最強とされるオーガの群れを単独で討伐。脚光を浴びた彼は、才能ある仲間たちにも恵まれて次々と凶悪な魔物を討伐していく。

そして二十五歳の時、故郷を滅ぼしたドラゴンの討伐に成功する。十年越しの悲願を達成した彼は、その功績を認められ騎士叙勲を受ける。

庶民から見れば栄達だったが、彼は失意の中にいた。何故ならドラゴン討伐の際、パーティメンバーの多くを失ったからだ。ウォルターは王国中を放浪する。弱気を助け強きを挫く水戸黄門みたいな旅をしていたらしい。そして故郷に帰り、村を興した。私財を叩いて住居を建て、離れ離れになったかつての村人たちを呼び戻していった。

十年をかけて村はかつての繁栄を取り戻した。そして三十五歳の時、ドラゴン討伐パーティの唯一の生き残りであった聖職者ソフィアと結婚。その後、一女を授かる。

長きにわたる戦いの日々を経て、ウォルターはようやく平穏を手に入れた。

しかし、そんな彼を再び不幸が襲う。

開拓村にほど近い領地の貴族たちが村の所有権を主張してきたのだ。村には特産品があり、開拓村ということもあって税率も優遇されている。竜殺しにして剣聖と名高いウォルターの存在もあって治安は万全であると近隣の村々の住民が集まったのだ。

割を食うのは周辺領主である。人が減れば税収が落ちる。魅力ある村を作り上げたウォルターたちからすれば村の繁栄は当然の権利だったが、彼らが納得するはずもない。幾度となくいやがらせを受け続け、しかし家格に勝る相手に武力行使をするわけにもいかず悔しい思いをしていた。

そんな中、村の近くで大規模なオークの集落が見つかる。どうやら別の地域での生存競争に敗れた勢力が移動してきたようだ。ウォルターは村の冒険者や男たちを集めて討伐部隊を結成、夜陰に紛れオークの群れを強襲。作戦が功を奏し、危険な魔物の群れの討伐に成功する。

意気揚々と凱旋するウォルターたち。そこで彼らが見たのは燃え尽き、瓦礫と化した自らの村であった。ウォルターが家に駆け込めばそこには無数の傷を受けた妻子の亡骸が晒されていた。

ウォルターは村の生き残りから真相を知らされる。この惨劇は近隣の領主たちによる仕業だった。度重なるいやがらせに耐え、日々勢力を拡大していくウォルターたちに危機感を覚えた周辺領主が寄り親である伯爵の元へ集結、ウォルターが留守にしている隙に攻め込んだのだった。

当初はウォルターの妻子を人質にして不利な条約を結ぶくらいのつもりだったらしいが、妻ソフィアとて竜殺しメンバーである。娘のミリアと共に抵抗を続け、最後に自刃する。

領主連合は腹いせに逃げ惑う住民を虐殺し、村を焼き払った上で二人の遺体を晒した。

ウォルターは怒り狂った。単身、伯爵家に乗り込むと伯爵家の私兵や使用人をみな殺しにする。そのまま伯爵一族を攫い、泣き叫んで許しを請う伯爵の目の前で妻や娘を裸に剝いてゴブリンの群れの中に投げ込んだ。跡取り息子たる長男を切り刻み伯爵本人に食わせ、飲み込まなければ漏斗を使って流し込む。伯爵本人は回復薬で死なないように細心の注意を払いながら爪を剝ぎ、指をハンマーで破壊し、関節を少しずつ切り刻み、股間を千切って野良犬に食わせた。

じっくりと時間をかけて最大級の痛みと苦しみと屈辱を与えた上で殺害した。復讐の手は伯爵と行動を共にした周辺領主たちにも及ぶ。彼らもまた伯爵と同じような拷問を受ける。死者が百名を超えたあたりで国軍が出動した。竜殺したるウォルターを捕らえるべく精鋭部隊が編制されたが、凶行を止めることはできなかった。

そうして復讐を完遂したウォルターは自らの意思で王城へ出頭する。発端となった伯爵たちの卑劣で残忍な所業を知った国王が慈悲をかけ、本来なら死刑となるはずのウォルターは身分を剝奪され、奴隷に落とされた。

〈狂い竜の復讐〉と呼ばれた大事件はそれでおしまい。

「そして愛すべき家族と民を失った英雄は、抜け殻のようになり……」

ジャックは痛ましそうにかつての英雄を見た。瞬間、ウォルターの雰囲気が豹変する。

「貴様に何がわかる！」

老いた復讐鬼がジャックの襟首を摑む。

「言え⁉　貴様ごとき木っ端商人に一体ワシの何がわかるというのじゃ‼」

「グッ……やめ……」

片手で持ち上げられたジャックは必死に抵抗するが、ウォルターは地面に根を張った大樹のごとく微動だにしない。奴隷紋が一際強く輝くが、単なる痛みでは凶行を止めることなどできやしない。

「やめろ！」

影から出てきたクロエが手にした短剣で切りかかる。しかしウォルターはそれを予期していたかのようにジャックを投げつけた。彼女は護衛対象を守るべく受け止める。

「――くッ！」

そこに鋭い前蹴りが放たれる。古参組随一の反射神経を持つクロエでさえ反応できない速度だった。蹴りつけられたクロエはそのまま壁に叩きつけられる。

「殺す！　殺してやる！」

すぐさま立ち上がったクロエを見て、老練な戦士は目を細める。

「ふむ、頑丈じゃな……いいじゃろう、揉んでやる。酒も少し飽きていたところじゃしな」

ちょいちょいと手招きするウォルターを見て、クロエの尻尾が太くなる。

「絶対殺す！」

二人の殺気が限界にまで高まり――

拍手が二つ。

「はいはい、じゃれ合いはその辺で。お店の人が迷惑しているからやめてね」

そこでヒロトがのんびりとした口調で声をかけた。彼は未だにテーブルに座り続けていて、おつまみに出された煎り豆を頬張っていた。

ぼりぼりというやけに小気味いい音だけが酒場に響く。

「小僧……」

「主様、真面目にやって……」

修羅場のど真ん中にいるとは到底思えない楽観的な雰囲気に、さしもの二人も毒気を抜かれる。

「ジャックさん、大丈夫ですか？　僕、ウォルターさんのこと、気に入りました。このまま連れて帰ってもいいですかね？　あ、そういえばいくらでお譲りいただけます？」

咳き込みながらもジャックは「差し上げます」と答え、その場で所有者譲渡を行う。

「助かります。じゃあ、クロエはこのままジャックさんを護衛してお店まで連れていってあげて。ディアさん、帰りましょう。ウォルターさんもついてきてください。あ、これ、命令ね」

呆気に取られる周囲を余所に店主に修理代といって金貨を数枚握らせると、ディアを伴い、何事もなかったかのように酒場を出た。

「おい、小僧、ワシが大人しくついてくるとでも……っぐ……」

抵抗しようとしたウォルターも、命令違反による苦痛を覚えたところで従わざるを得なくなった。いくら強靱な精神力を持っていても痛いものは痛い。

「……何やってるんですか、早く行きましょう」

「……ヒロト様、本当によろしいので？」

馬車に乗り込むとディアが不安げに尋ねてくる。

仮にも神の一柱である彼女からすれば竜殺し程度、恐ろしくない。しかしヒロトは違う。高位のダンジョンマスターならいざ知らず、成長段階の彼はそこまで飛び抜けた存在ではないのだ。

ウォルターがその気になればヒロトを弑することだってできるだろう。

「大丈夫ですって。あの人はそんな無意味なことしませんから」

ヒロトには妙な確信があった。

それは同じく他人に家族を殺された、被害者ならではの共感なのかもしれなかった。

*

屋敷に帰ってきたヒロトは、ウォルターに屋敷内を案内しつつ、奴隷たちを紹介した。さらに共同生活をする上でのルールを教え、屋敷やヒロトの職業についての秘密を厳守するよう命令する。

「変な家じゃのう」

ウォルターが首を傾げる。屋敷にいたのは妙に『力』を持った子供ばかりだった。鋭く力強くあどけない動作は、歴戦の戦士からするとものすごい違和感を覚えるようだ。

ヒロトはそのまま地下室にある武器倉庫で、ウォルターの装備を整えさせる。

「ウォルターさん、サイズのほうは大丈夫ですか？」

「ああ、大丈夫じゃが……おまえさん、恐くないのか？」

これ見よがしに魔剣〈フェザーダンス〉を鞘から引き抜きながら、ウォルターが尋ねてくる。

「何がです？」

「おまえさんも見ただろう……このワシがジャックや獣人の小娘を殺しかけたところを」

「いや、殺そうとしてないじゃないですか」

そう、ウォルターは二人を殺そうとなどしていなかったのだ。ジャックの首を絞めた時も、クロエを蹴り上げた時も、殺気は放たれていたが殺意は抱いていなかった。

殺気と殺意というものは、似ているようでまったく異なる性質のものだ。殺気とはおまえを殺してやろうかという気迫に過ぎない。しかし殺意は違う。必ず殺してやるという誓いだ。

元々、他人の害意に敏感だったヒロトは、ダンジョンマスターになることによっていつしかその違いを明確に嗅ぎ分けられるようになっていた。

「ウォルターさんだっていやでしょ？　特に恨みもない人間を殺して死ぬなんて」

「まあ、それは確かにのう」

ヒロトの意見にウォルターは首肯する。ウォルターは確かにヒロトを殺せるかもしれないが、恨みがあるわけじゃない。自殺願望があるわけでもなく、ルークやクロエといった子供（どれい）たちを紹介した今となっては罪のない彼らを道連れにしてでも、と思われない限りは安全なのだ。

「……大した肝じゃな」

「いや、奴隷紋の痛みに耐えられる人に言われてもねぇ」

ヒロトは薄く笑う。そのまま武器庫の在庫管理表に目を落としている。試しにウォルターが殺気を放ってみるものの、気付いただけで何の反応も示さなかった。これでは面白くない。

「じゃあ、さっそく働いてもらいますね」

「ふん、この老骨にできることなぞ敵を縊り殺すぐらいしかないぞ？」

この老いぼれが屋敷でできることなど何もなさそうだ、とウォルターは思った。彼は生粋の戦士だ。それ以外のことは何もできない。村の運営だって、聖職者であった妻や冒険者時代に知り合った商人の知恵を貸してもらって何とか回してきたのである。

屋敷の雰囲気は穏やかで明るい。だから敵はいないように思うのだ。子供たちは飢えた様子もなければ怯えた様子もない。むしろ明るく元気で生き生きとしている。

ヒロトはウォルターを主寝室に招き、そのままクローゼットを開く。

「大丈夫ですよ、敵を縊り殺すだけの簡単な仕事ですから」

ウォルターが瞠目する。ヒロトはいたずらを成功させた子供めいた笑みを浮かべる。そこには冒険者時代にいやというほど見たダンジョンの入り口があった。

＊

『貴様ッ！　老人を少しは労らんか――!?』

「それくらい元気があるならまだまだ大丈夫ですねー」

モニター越しに聞こえてくる悪罵にヒロトは笑って返した。

『老人虐待じゃー！　このワシを過労死させるつもりか!!』

魔物部屋に設置された十個の渦が一斉にシルバースライムを吐き出す。シルバースライムたちは老人の周囲を高速移動し、上下左右あらゆる方向から攻撃を仕掛けた。

『くそ――ぬんッ！』

ウォルターは前方にダッシュすると剣を一閃させた。前方から迫っていた二匹のスライムが断ち切られる。振り返りながら背面切り、さらに一匹が断ち切られる。そのまま老戦士は独楽のように回り敵を切断する。切断。切断切断切断。五分とかからず全ての魔物が倒される。

「お、出た出た。ルーク君、回収よろしく！」

『はい、マスター！』

ルークを始めとする子供奴隷たちが走り回り、レアドロップである〈フェザーダンス〉や通常ドロップである〈銀塊〉を回収していく。

「それじゃあ次、投入しまーす」

ヒロトはルークが部屋の隅に移動したのを確認するやいなや、メニュー上にある〈待機エリア〉から十匹のシルバースライムを選択し、ドラッグ&ドロップする。

魔物部屋にシルバースライムの群れが出現する。

「次行ってみよー」

『じゃからペースが速いって！　少しは休ませよー！』

主人の無茶振りに悪態をつくウォルターの声は、やけに明るくダンジョンに響いた。

＊

「かれこれ八時間休みなしですか……鬼ですね……」

ディアが呆れたように言う。〈迷路の迷宮〉ではこのほど、シルバースライムの渦を十個にまで増産した。渦は三十分に一匹のペースで魔物を吐き出すため、一日に四百八十四ものシルバースライムを狩る必要がある。しかしこの恐ろしく素早い魔物をコンスタントに討伐するのは難しく、最古参のクロエが抜けていることもあって百匹前後しか倒せない状態だった。

その不足分をヒロトたちは竜殺しの英雄たるウォルターで埋めていた。この老剣士の手にかかれば、シルバースライムなんてちょっと足が速いだけの獲物に過ぎない。

『はぁ、はぁ……ふん、どうじゃ、見たか、小僧め！』

モニターに映るドヤ顔を見て、ヒロトは少しイラッとする。

「助かったよ、ウォルター。後、百匹ぐらいだからよろしくね」

『いい加減にせよ！　ワシを殺す気か！』

ともあれ、いくら強くても人間である以上は休憩だって必要だ。

「仕方ない、残りは明日ですね」

『このクソマスターめ……弱った老人を扱き使いおって。覚えておれよ！』

「あはは、そんなに働くのがいやならさっさと子供たちを育ててくださいね」

『何ッ、まだ働かせる気なのか!?　お主、それでも人間か!!』

「ダンジョンマスターですけど?」

『ぐぬッ、減らず口を!』

『師父、抑えてください。マスターが部屋に高いお酒を用意してくれたみたいですから』

モニター越しに悪態をつくウォルターとそれを必死で宥めるルークが見えた。向上心と剣の才能に溢れた少年はその腕前を見るやすぐさま敬服し、師父と呼び慕っては剣術の教えを乞うていた。

おかげでただでさえ速かった成長スピードがさらに加速し、他の子供たちも焦って指導を受けるようになっていった。

『騙されるな、ルークよ。あやつのことじゃ、お主らだけで対処できるようになったらさらに渦を増やすに違いないのじゃ!』

「あは、ディアさん、バレちゃいましたね」

「四ツ星級の英雄をこんな風に使うとは……私は時折、ヒロト様が恐ろしく思える時があります」

遠い目をするディアを横目にヒロトはくつくつと笑う。

フェザーダンスの売れ行きは相変わらず好調だし、奴隷たちがレベルアップしてくれたおかげでダンジョンの収益も日に日に増えている。

全てがうまく回っている。

――さて、今日も迷路を広げようかな。

ヒロトは微笑を浮かべると玉座の上のダンジョンマップを広げるのだった。

【ヤ○チャVS】ダンジョンバトルについて話し合うスレ【フリ○ザ様】

1：無名のダンジョンマスター
で、結局私はどこ攻めればいいのよぉおぉおぉぉ⁉

3：無名のダンジョンマスター
どうした、突然

4：無名のダンジョンマスター
ご乱心乙

8：無名のダンジョンマスター
美少女が乱れていると聞いて

10：無名のダンジョンマスター
ダンジョンバトルよ！　ダンジョンバトル！
どうすればいいいかわかんないのよぉおぉおぉぉ⁉

>>8　残念喪女でした

12：無名のダンジョンマスター
経緯わからんからなんとも言えんがお悩みのようだね

14：無名のダンジョンマスター
>>10　ラリってねえではよいえ
聞いてもらうだけで楽になることもあるだろうしな

15：無名のダンジョンマスター

>>14　サンクス
渦作りすぎわろたす→維持コストやばみ→進攻する→あぼん→DP不足

20：無名のダンジョンマスター
スタンピード、失敗したの？　あんな簡単なゲームで負けたの？

29：無名のダンジョンマスター
>>20　負けたよちくせう
で、お金欲しいからビッグネームを殺りたい。具体的にはランカー以上を狩りたい

35：無名のダンジョンマスター
>>29　もちつけ
そもそも何でランカーを狙うんだよ。危なすぎだろ

42：無名のダンジョンマスター
でもランカー倒せばDPがっぽっしょ？
貴重なアイテムとか奪えてWでがっぽり
何より、私は恵まれたセレブ共の泣き顔が見てみたいんだ♥

43：無名のダンジョンマスター
>>42　なんたる盗賊精神

44：無名のダンジョンマスター
これだからゆとりは

45：無名のダンジョンマスター

つーかあつかましいわ、働けよこの引きニート！
50：無名のダンジョンマスター
>>44　おまえもゆとりだろＷＷＷ
>>45　それに引きではないだろ、スタンピーしてんだし
52：無名のダンジョンマスター
>>50　スタンピーってなんかかあいい
53：無名のダンジョンマスター
>>50　あれだろ、トイレ綺麗にするやつだろ。ショップに売ってたっけ？
58：無名のダンジョンマスター
便所の話はどうでもいいんじゃ！
いいから早くアイデア出せよ、アイデア！
65：無名のダンジョンマスター
>>58　だからもちつけ
まあ気持ちはわかるよ
ランカーあたりはめっちゃ強いだろ
連中どんだけ冒険者コロ四天王ｔｔかんじ
67：無名のダンジョンマスター
>>65　冒険者コロ四天王ＷＷＷ
68：無名のダンジョンマスター

四天王ＷＷＷ
69：無名のダンジョンマスター
うろたえるな、65は我らの中でも最弱よ
70：無名のダンジョンマスター
>>65の才能に嫉妬
72：無名のダンジョンマスター
噂のコロ四天王がいると聞いて
75：無名のダンジョンマスター
だから聞けよ！　四天王も便所もどうでもいいんだって！
159：無名のダンジョンマスター
豚切りすまん、俺なりに分析してみた
ランカーも特徴があって、格上に挑戦するなら狙い目があると思う
163：無名のダンジョンマスター
>>159　ほう？　聞かせてもらおうか
170：無名のダンジョンマスター
まずランカーでもアタッカータイプとタンクタイプに分かれる
ダンジョン属性が火は撃破数が高い→つまりアタッカー
逆に土や水は撃退数でポイント稼いでる→タンク
さらに主力でも差が出る。鬼や獣はアタッカーが多め。無機物系、樹木系はタンクになる

171：無名のダンジョンマスター
いやそれ当たり前じゃね？

172：無名のダンジョンマスター
>>171　焦るなし
>>170　つづきはよ

173：無名のダンジョンマスター
格上挑戦なら狙い目はタンク
理由は侵入者をコロ四天王せずにニガ四天王と思われるから
つまり、落とすのは難しいけど攻撃力は低い。格上でもコアが奪われるリスクは低い
先制攻撃に成功したらそのまま逃げ回るとかすれば判定勝ちとか狙えるかもしんない

178：無名のダンジョンマスター
>>173　一里ある！　もしかしたら二里ぐらいあるかもしれない

180：無名のダンジョンマスター
それ距離なＷＷＷ　確かに格下相手ならアタッカーと戦ったほうがいいっぽい気がする
タンク系だと搦め手とかがこわい

183：無名のダンジョンマスター
ちょおまいら見ろＷＷＷ
90位の迷路の迷宮ってダンジョンＷＷＷ

185：無名のダンジョンマスター

初年度の成績　撃破0　撃退53万

190：無名のダンジョンマスター
ニガ四天王現るWWW

203：無名のダンジョンマスター
気をつけろやつはまだ2回くらい変身を残しているぞ

209：無名のダンジョンマスター
私の対戦相手が決まったぞぉぉぉ！

213：無名のダンジョンマスター
>>209　おまえ、絶対1だろWWW

215：無名のダンジョンマスター
やめとけ、相手はフリ◯ザ様クラスだぞ

217：無名のダンジョンマスター
>>1の圧倒的ヤ◯チャ感

218：無名のダンジョンマスター
その後、1の姿を見たものはいない……

223：無名のダンジョンマスター
>>1　おまえまた負けたんか……

第三章　ダンジョンバトル

この世界に連れてこられてから一年が過ぎた。この世界の暦は地球のそれとまったく変わらない。閏年まで同じである。そのことにヒロトは作為を感じずにはいられない。

「明けましておめでとうございます。本年もどうぞよろしくお願い致します」

玉座に向けて丁寧な挨拶をするのは、いつものセクシー秘書姿のディアであった。

「明けましておめでとうございます、ディアさん。今年もどうぞよろしくお願いします」

「ん、あけおめ」

ヒロトが丁寧に挨拶をするのに対して、クロエは気軽な感じで返している。

おめでとう、と口にしているものの目出度い感じは一切ない。迷宮神に拉致されて一年が経過してしまったという気分だ。

そもそもヒロトにとって年末年始が憂鬱なのは今に始まったことではない。交通事故で家族を失った彼にとってクリスマスは家族の命日だ。正月も同じようなもので、冬休み中は何もする気が起きずに家の中に一人でいることが多かった。世間が盛り上がる分、余計に孤独感を覚えてしまう。

そういった意味では今年は穏やかな気分でいられた。少なくとも一人ではない。ディアやクロエらがいるし、子供たちだっている。〈迷路の迷宮〉はいつだって子供たちの明るい声で溢れている。

「いつもより早いですね……他の担当ダンジョンは？」

「軒並みいません。例の一斉スタンピードで出払っています」

「みんな、元気だなぁ……」

年の瀬も迫った十二月中頃、〈掲示板〉で二つのスレッドが上がった。

ひとつは恋人たちの聖なる夜をぶち壊してやりませんか？　というものだ。十二月二十四日の未明からスタンピードを始め、幸せなカップルの仲を引き裂いてやろう、という企画である。参加条件は恋人がいない人。この世界にはクリスマスなんてないため単なる暇つぶしだろうと思う。

二つ目は十二月三十一日の深夜からダンジョンを出て一緒に初日の出を見に行きませんか？　という企画だ。正月くらいダンジョンから離れたい、というのが理由でやっぱり暇つぶしであった。

「〈クリスマス大作戦〉に〈初日の出暴走〉でしたか」

「みんなよくやるよって感じ」

〈クリスマス大作戦〉では同時期に二百ものダンジョンが一斉蜂起した。しかし各国は前回のような混乱に陥ることなく対処してみせたそうだ。ガイアの人々だってバカじゃない。前回の〈スタンピード祭り〉を教訓に兵を鍛え、武器や糧食を確保し、防御施設を建設することで備えていた。

しかしその防衛計画も、年明け直後に行われた〈初日の出暴走〉によって破綻する。〈初日の出暴走〉は〈クリスマス大作戦〉に比べて遥かに規模が大きかったのだ。

これは参加資格以前の話で、昨年初めの〈スタンピード祭り〉に参加済みのダンジョンは、チケットの関係でどうやっても〈クリスマス大作戦〉には参加できないのだ。しかし〈初日の出暴走〉は違う。年明け直後に〈進攻チケット〉が配付されるからだ。前回に比べてダンジョンの戦力だって遥かに充実しているし、初参加組の存在もある。いくら備えていたからといって、想定を遥かに上回る戦力で攻め込まれたらどうにもならないのだ。

立て続けに行われた大規模な一斉スタンピードに、人々は終末思想に駆られているという。

「まあ、ビジネスチャンスではあるんだけど……」

掲示板を通じてこの一斉スタンピードを知ったヒロトは、懇意にしている奴隷商人ジャックにこのことを報せている。彼は王都中の物資を買い集めて莫大な利益を上げたようだ。

王国軍に優先的に物資を流して借りを作りつつ、民衆にも売り捌く。世情不安により武器や食料、戦闘奴隷の値段は高騰を続けており、ジャックは嬉しい悲鳴を上げているそうだ。

「土地が荒廃すれば難民が増え、難民が増えれば身売りする人も多くなる。相場で儲けた金を使い、奴隷部隊を大きくする……悪辣ですね」

「返す言葉もございません」

「ヒロト様はダンジョンマスターでしょう？」

褒め言葉です、と続いたのでヒロトは困ったように頭を掻いた。

奴隷市場は身売りする人々で溢れている。高騰を続ける戦闘奴隷と異なり、一般奴隷の相場価格は暴落の一途を辿っている。困窮する人々にとってある種のセーフティネット的な役割も担っていた奴隷制度は需要と供給のバランスが大きく崩れたことによりほとんど破綻しつつあった。

ヒロトは値崩れした一般奴隷を大量に仕入れ、訓練を施すことでダンジョンを運営している。今の状況はダンジョンマスター的にはむしろありがたいぐらいである。

しかし、家族や故郷を失った人々を利用していることに罪悪感を覚えていた。これらの悲劇が自分の同級生たちの手によってもたらされたものだと考えると、なおさらにその思いは強くなる。

「すいません、さすがに不謹慎でした」

「いえ、僕がこの状況を利用しているのは事実ですから……」

「こんなの主様のせいじゃないし……というか、ディア、考えなし」

「返す言葉もありません」

「はぁ……で、ディア。今日は何の用？」

うなだれるディアを見て、クロエが仕方ないとばかりに強引に話題を変えた。

「すいません……そうでした。改めましてヒロト様、昨年は大活躍でしたね」

「いや、まあ、ありがとうございます」

「本日は運営から贈呈品をお届けに参りました」

「何か感謝されるようなことしましたっけ？」

ディアは眉を寄せ、大きくため息をつくと賞状を広げた。

「〈迷路の迷宮〉殿。

貴殿は昨年度のダンジョンランキングで九十位の好成績を修めました。

よってその功績を称えると共に、貴ダンジョンの今後いっそうの発展を願います。

ダンジョン暦二年一月吉日　迷宮神ラビン……おめでとうございます」

大層立派な羊皮紙に子供っぽい丸文字で書かれた賞状をぐいっと押し付――もとい、渡される。

「あ、ありがとうございます……？」

反射的に受け取ってしまったヒロトは疑問形で返す。だから何なの？　という気持ちである。

――やばい、正直、要らない……

ミスリルでできたド派手な額縁まで渡され、どこに置くかで悩まされる。額縁は鋳潰してナイフにでも加工してしまったほうがよほど役に立つ気がする。もちろん賞状はゴミ箱へぽいだ。

「……ちなみにですが、この賞状と額縁はセットでひとつのマジックアイテムになっています。これをコアルームの目立つ場所に飾っておくと地脈から得られるＤＰ量が増えるようです」

「くそう！　どうやってもこのゴミを飾らせる気か！」

ヒロトは憤りながらも賞状を額縁に入れると玉座の上に掛ける。普段の視界にさえ入らなければいいと割り切るしかなかった。

「はぁ、何だかこれだけで疲れてしまった」

誘拐犯から感謝状なんて渡されて嬉しいはずがない。それを飾れと強要されるのだ、腹が立たないはずがない。ディアから、わかります的な視線を向けられることにさえ苛立ち（いらだ）を覚えるほどだ。

「あとは――」

「え、まだあるの？」

「粗品です」

身構えていたところに渡されたのは、小さな箱に入ったチケットだった。

「何だ、粗品か」

クロエが鼻で笑う。

「ええ、賞状や額縁よりもむしろこちらのほうがメインの報酬となりますね」

――そんなんでいいのか、迷宮神よ。

思わず内心で突っ込むが、その中身を見ればディアがそう断言してしまう理由もよくわかった。

「〈レアガチャチケット〉と〈原初の渦〉が一枚ずつ。後は……〈眷属（けんぞく）チケット〉？　ディアさん、この眷属チケットってなんでしたっけ？」

「配下モンスターを眷属にするアイテムですね。眷属とはダンジョンマスターをサポートするサブマスター的な存在です。眷属になればダンジョンレベルに合わせてステータスも向上しますし、さらにダンジョン操作権限の一部が与えられます」

「つまり玉座を留守にしていても面倒を見ていてくれる人が増えると？」

「知性ある種族を選べばそれも可能でしょう。また眷属はダンジョンマスターと同じく不老の存在となります。もちろん不死ではありませんので殺されれば死にますが、生物として絶対に起こり得るはずの寿命や老衰といった制約から解き放たれるのです」

「へえ、便利なものだね」

「入賞者以外は〈眷属チケット〉一枚しかもらえませんから、かなり優遇されていますよ」

「実質、三ツ星級の渦がひとつだもんね……さっそく使ってみようかな……」

戦闘向きの強力なモンスターを引ければダンジョンの一般公開だって可能かもしれない。幸せな未来を妄想していたヒロトだったが、クロエに袖を引かれて現実世界に戻される。

「主様主様、まず主様は私を眷属にすべき」

「ごめん、眷属はまだいらないかな」

ダンジョンの運営はヒロト一人で充分だ。レベルが上がるたびに迷路を置くだけの簡単なお仕事で、最近はダンジョンメニューすら開いていない。そもそも三ツ星級侵入者であるクロエは、システムバグ〈奴隷の奴隷〉における稼ぎ頭である。眷属化なんてできようはずがない。

「あとはいくつか重要なお話があります。少し長くなりますが、よろしいでしょうか」

「じゃあ、時間もあれだし、リビングで聞くよ。クロエ、朝食の準備をお願いね」

「主様主様、私も一緒に食べていい？」

「もちろん。三人分、用意してくれるかな」

「やった、主様大好き！」

長い尻尾をご機嫌に揺らしながらクロエは走り去っていった。

「ヒロト様、さすがに毎日ご馳走になるのは……」

「遠慮しないでください。それに食後にはデザートのケーキが付きますよ」

「そこまで言われるのなら仕方ありませんねご相伴にあずかります」

果たしてその効果は絶大で、やたらと早口で了解してくれた。

ディアは無表情こそ装っているが、その口元は完全に緩みきっているのだった。

＊

暖炉の火が小さく爆ぜる。そのタイミングに合わせるようにディアが長い足を組み替える。思わず前かがみになりそうになったが、隣に座るクロエから妙な殺気が放たれているのに気が付いて慌てて背筋を伸ばした。

——無自覚な美人って困るな。

ディアは恐らく形から入るタイプなのだろう。ダンジョンマスターたちのサポート役と聞いて、社長秘書的なイメージとしてこの服装を選んだのだと思う。その選択は間違っていないけれど、並外れた美貌とプロポーションを併せ持つ女神様がそんな際どい格好をすれば、男共がどう思うかとか、その辺はきっとまったく考えていないに違いない。千年要塞ディアはお茶目さんなのである。

「まず簡単なところから。二年目に入ったタイミングでダンジョンが補充されました」

「千のダンジョンを常に維持するつもり、ということですか……」

ディアが頷く。この一年で冒険者たちに攻略されてしまったダンジョンの数は三百を超えるらしい。しかも半数以上はダンジョン公開から三ヵ月以内に攻略されてしまっている。

——つまり、三百人以上が死んだんだ。

冷たい汗が背中を伝う。原因の多くは〈スタンピード祭り〉のせいだという。スタンピード終息後、各国はダンジョン攻略に血道を上げた。人海戦術で出入り口を捜索し、軍の精鋭部隊や二つ名持ちの一流冒険者たちを次々に投入していったという。

生まれたばかりのダンジョンに精鋭部隊が攻め込めばどうなるかなんて火を見るより明らかだ。

考えなしにイベントに参加したダンジョンマスターはある意味、自業自得と言えなくもないが、可哀想なのはスタンピードに参加しなかった近隣のダンジョンマスターたちだろう。

初期ポイントだけで歴戦の戦士たちを迎え撃つことなんてできようはずがない。スタンピードによって大量のDPを手に入れていれば弾き返す手立てもあったかもしれないが、巻き込まれた近隣ダンジョンは為す術もなく攻略されていったに違いなかった。

ディアの担当するダンジョンもいくつか攻略されてしまったという。

「第二陣は初期ポイントを増やすなどしていますが……果たしてうまくいくでしょうか」

ディアは心配そうに呟く。彼女は今でこそ迷宮神の使いになっているが、元々は武神に連なる善良なガイア神族だそうだ。異世界から強制的に連れてこられ、無理矢理に戦わせられているダンジョンマスターたちにひどく同情してくれている。

「僕も先輩として何とかしてあげたいけど……」

「あまり目立つ真似はしないほうがいいでしょうね」

〈迷路の迷宮〉では〈奴隷の奴隷〉と呼ばれるシステムバグを利用して収益を上げている。自身が所有する奴隷に他の奴隷の所有権を移し、間接支配しつつ迎撃ポイントを稼ぐというものだ。もちろん、システムの不正利用なので運営サイドに見つかればすぐに修正されてしまうだろう。

ヒロトが後続ダンジョンを直接的に支援するような真似をすれば、いつかは管理者共の日に留まり、バグの存在に気付かれてしまうに違いなかった。

ダンジョン運営の肝は侵入者からもたらされるDPと経験値だ。DPがなければダンジョンは何もできないし、経験値を得られなければレベルは上がらず強い魔物や罠、施設等を配置できない。

ヒロトは弱い。見知らぬ誰かを助けてやれるほどの余裕はない。王都に住まう冒険者や精鋭部隊をまとめて退けられるほど強くはないのだ。

「強くなりたいなあ。あらゆる困難を跳ね除けられるだけの圧倒的な力が欲しいよ。その力でもって他のダンジョンマスターだけでなく、ガイアに住まう全ての人を救ってやりたい」

それは神の御業だと言いかけ、ディアは笑みを浮かべた。

「あなたなら大丈夫です、きっと」

それは優しい笑顔だったに違いない。それでもヒロトはどこか心が震えるような感覚を味わうことになった。また少しディアへの信頼感や好意が増した気がする。

「いや、ごめんなさい……自分で言っといてあれだけどやっぱり無理だと思います」

「私も微力ながらサポートしますから。ヒロト様、一緒に頑張りましょう」

「主様、私たちのことも忘れちゃダメ」

「……そうだね。ありがとう。頑張るよ。あのいけ好かない迷宮神の横っ面をぶっ叩いてやる」

「ええ、そうしましょう」

ヒロトが冗談めかして言えば、ディアは楽しげに頷く。

「さすがは主様。神に喧嘩を売ろうだなんて普通は考えない」

一方のクロエは真に受けてしまったらしく、黄金色の瞳を爛々と輝かせている。クロエの喜ぶ顔を見ていると、今更訂正するわけにもいかなくなってしまう。

「ま、まあ、何百年かかるかわからないから、あまり期待しないでね」

ヒロトは若干引き攣った笑みを浮かべると、そう答えるのだった。

＊

「他にも何か連絡が？」

「はい、これが一番大きな内容でして……明日よりダンジョンバトルという機能が追加されます」

「説明書にも大型アップデートの予告はあったけど、またベタな機能を追加してきましたね」

ダンジョンバトルとは、遠く離れているダンジョン同士の出入り口をつなぎ、お互いのダンジョンを攻略し合うというものだ。ダンジョン経営物であれば当たり前のように出てくるはずの機能だったが、管轄が違うだの何だのと諸事情があったせいで初期導入には間に合わなかったそうだ。

「で、今更なんでそんな機能を？」

「まず運営の言い分ですが、現在のランキング評価方法では不均衡が生じるとのことです」

ダンジョンランキングは侵入者の撃破数や撃退数、スタンピードで得た戦果等をポイント化して決まる。しかし、それでは近くに人が住んでいるかどうかで順位が大きく左右されてしまうのだ。

「ダンジョンの設置場所は自分で決めたものなんだから、不公平も何もないと思うけど……」

「はい、もちろん建前です。ダンジョンマスターたちにもっとやる気になってもらいたいというのが本音でしょうね」

現在、積極的に活動しているダンジョンは全体の半数以下だという。その理由は単純に公開直後から全体の三分の一、三百以上のダンジョンが攻略されてしまったからだ。それを恐れた多くのダンジョンマスターは出入り口を隠して引き籠もるようになっている。

そうするとダンジョンレベルは上がらないが、地脈から吸い上げられるDPだけでも最低限の生活は営めるようで、余計に動かない原因になってしまっているそうだ。

「この仕様変更により、全てのダンジョンは最低年一回のダンジョンバトルへの参加が義務付けられます。違反するとペナルティ――DPによる罰金が科せられます」

「なるほど……地脈からのDPだけで生活している人には特に辛いですね」

「はい、罰金額はランキング順位により変動しますが、少なくない額になります。こうして罰則を科すことで、ダンジョンマスターたちが積極的に動かざるを得ない状況を作り出しているのです」

「引き籠もればペナルティで生活は困窮する。でもダンジョンバトルに参加するには、相手から殺されない程度には強くならなくちゃいけない……なおさら積極的に活動せざるを得なくなるね」

ヒロトは呻くように言った。さすがは運営である。相変わらずえげつないことを考える。

「確認しますが、勝敗は敵ダンジョンマスターを倒すか、コアを奪うとかで決まるのですかね」

「それは完全勝利の条件ですね。ダンジョンコア奪取または破壊、ダンジョンマスターの殺害に成功した場合、勝者は敗者のダンジョンの全てを奪うことが可能です。DPや経験値、各種アイテム全てを奪うこともできますし、ダンジョン自体を隷属化させることも可能です」

「他にも勝利条件があると」

「あります。バトルには二十四時間という制限時間が設けられており、勝敗が付かない場合は判定によって勝敗が決まるのです。討伐した魔物をポイント化して、より多くのポイントを稼いだ方を勝者としています。それでも差が付かない場合は、総与ダメージ量による判断になりますね。

判定勝ちの場合には対戦相手の順位に応じたDPを奪うことが可能です。また敵が所有する魔物やアイテムも奪うことが可能です。さらに格上相手戦に勝利した場合にはその量も増え、運営側からも特別ボーナスを支給するつもりのようです」

「これが普通の勝利って意味だね。ちなみに、ダメージ量でも勝敗が付かない場合は？」

「引き分けですね。運営ではまず起きないと考えているようです」

水泳の世界大会で同着一位なんてこともあるが、それと同程度のレアケースと考えているのだろう。なお、引き分けの場合、運営から参加賞レベルの報酬が出るらしい。

「なるほど……ちなみに上位にいるランカーダンジョンが、下位のダンジョンを相手に好き勝手に暴れ回るなんてことも考えられると思うんですが……」

「それは運営でも気にしており、不当な戦いとならないよう格上からの挑戦は拒否することが可能です。ただ格下からの挑戦を断る場合、条件によってペナルティを受けることがあります」

格上、格下の判断は自分と対戦相手とのランキング順位によって決められるそうだ。基本的には三ケタ単位で分けられていて、三百位台にいれば二百位台以上が格上となる。百位台は百位以上のランカーダンジョンが格上。ランカーの場合、十位以内のいわゆるナンバーズと呼ばれる最高位のダンジョンだけが格上になるそうだ。なお、ナンバーズ同士は全て同格とのことである。

現在、ランキングで九十位の〈迷路の迷宮〉はランカーダンジョンが同格、ナンバーズが格上、それ以外は全て格下扱いとなるわけだ。

最後にディアからダンジョンバトルの操作方法を教えてもらう。画面操作は簡単で、ランキング順に並んでいるダンジョン名を選択し、〈挑戦〉ボタンを押すだけだ。

対戦相手を選び終えると、ダンジョンバトル申込書〈果たし状〉をサポート担当が持ってきてくれる。そこに必要事項を明記し、サポート担当に渡せば申請完了、とのことである。

「〈果たし状〉ってここだけ妙にローテクですよね」

ＦＡＸ用の申請用紙を市役所のＨＰからダウンロードする時のようなチグハグ感を覚える。

「それはダンジョンバトルがガイアにおける〈戦争〉という物理法則（システム）を流用しているためですね」

担当部署が違うのです、と役所みたいなことをディアが言うので思わずヒロトは笑ってしまった。この世界を管理しているお役所（かみがみ）の仕事なのだから、ある意味、当然と言えるのかもしれない。

「えっと、これで全部、かな？」

「私に教えられることは……いや、今回はこれがありましたね」

ディアは懐から――ヒロトの視線を釘付けにしながら――小冊子を取り出し、テーブルに置く。

「本日、私はうっかり管理者用に配られた詳細なルールブックを忘れて帰ってしまいます」

「……ディアさん、ありがとうございます」

「お気になさらず。別のダンジョンの所にも忘れたいので明朝には回収させていただきますね」

「ディアさんが僕の担当で本当によかった」

「ふふ、朝食のお礼です。クロエさん、ごちそうさまでした」

「ん、また用意しておく」

ディアを見送ったヒロトはさっそく、彼女の忘れ物を書き写しながら読み込んでいった。

「どう、主様？」

「なるほど……うん、これならうちでも何とかやっていけそうだ……」

＊

あくる日、ディアが〈迷路の迷宮〉を訪れるとヒロトが難しい顔でウィンドウを操作していた。

「こんにちは、ヒロト様……今、お忙しいでしょうか？」

「あ、こんにちはディアさん。いや、忙しいわけじゃ……今、少しまとめサイトを編集してて」

ダンジョン運営を部下任せにしてダンジョンマスターらしい仕事をしていないヒロトは、暇を持て余した挙句、ついには掲示板の編集、いわゆるまとめサイトを立ち上げ始めたらしい。

「ほほう……どれどれ……」

ディアはその場で管理者用ウィンドウを開くと、ヒロトが編集したまとめサイトを閲覧する。

「初心者ダンジョンマスターが疑問に思うようなスレッドを記事にしたり、知っていると便利そうなテクニックの載ったものを記事にしたりしています。全部検証するわけにもいかないけど、掲示板には意外とダンジョン運営に使えそうな情報が転がっているので」

「なるほど、それらをまとめて後発のダンジョンマスターたちに伝えようという作戦ですね……なるほどヒロト様らしい深謀遠慮です」

ディアが優しく微笑む。ヒロトが無秩序に後発組に知識を与えるような真似をすれば運営から目を付けられたかもしれないが、他のダンジョンマスターたちが流した情報をまとめるくらいなら問題ないだろう。ご丁寧なことにダンジョン運営とは無関係な記事も多数見受けられる。

「まあ、暇人……いや、暇ダンジョンマスターですし」

ダンジョンは限界まで拡張済み、シルバースライム狩りは古参組が指示を出し、ついでに子供たちへの技術指導まで行ってくれる。屋敷の管理もクロエやその部下たちに任せっきりだ。

暇を持て余したヒロトは、まとめサイト運営以外にも手を出している。たとえば暴落した元職人の奴隷を多数購入、彼らにシルバースライムの通常ドロップ品〈銀塊〉を渡して武具の生産を始めさせた。しかし職人仕事に口を出すわけにもいかず、結局は丸投げすることになった。生産した武具の販売もジャック氏に委託してしまったのでヒロトは何もすることがなかったりする。

後は子供たちと一緒に日本食の再現をしてみたり、子供たちと一緒に剣術の訓練をしてみたり、子供たちと一緒に王都を散策したりするくらいだ。まるで年金暮らしのおじいさんみたいだなあ、とヒロトは他人事のように思っていた。諦めの境地というやつである。

「あと情報操作や印象操作も入れています。全部が全部、善意からのものじゃないです」

スタンピードイベントに参加すると近隣ダンジョンに迷惑がかかる可能性があること、サポート担当にも個人差があってダンジョンマスターに同情的な人もいること等々、盛り上がりはしなかったが、ヒロトが重要視している情報なども取り上げているのである。

「それでも後発組はずいぶんと助かっているでしょう。単純にこういった情報を見落としていたダンジョンマスターもいるはずです。さすがはヒロト様ですね」

「あー、この話、やめません？」

ヒロトは照れくさそうに頭を掻いた。

「ふふ、残念ですが、またの機会に。今日は重要なご報告がありますので」

どうやら真面目な話らしい。ヒロトは居住まいを正した。

「昨日から〈迷路の迷宮〉に多数のダンジョンバトルの申し込みが入ってきています」

ディアは革張りの書類入れから五枚の〈果たし状〉を取り出す。仰々しい名前の割に体裁の整った事務的な申込用紙だった。自ダンジョンと対戦相手のダンジョン名、対戦希望日時などが印字されていて、後は申し訳程度に自由入力欄があるだけだ。決闘に対する意気込みだとか、挑発的な文言、丁寧な挨拶などが書いてあって、そこにダンジョンマスターの個性が出ていた。

「全部格下だね……」

「はい、最高位は序列百九位〈ガーデンパーリ〉です。それ以外は二百位から三百位に位置するいわゆる中間層のダンジョンとなりますね。〈果たし状〉の有効期間は一ヵ月で、同月中に複数のダンジョンから挑戦された場合、どれかひとつと対戦すれば残りは拒否することが可能です」

申し込みのあったダンジョンは合計五つ。ヒロトはさっそくとランキング画面から申し込みのあった各ダンジョンの成績や属性などを調べていく。

「格下が我らに挑むだと？　ふん、ずいぶん舐められたものだ……主様、我らにお任せを！」

クロエが横から覗き込み、茶々を入れる。

「はいはい、わかったわかった」

突然、時代劇ごっこを始めたクロエを軽くあしらいつつ、ヒロトは分析を続ける。

以前、暇を持て余した時に子供たちへ日本文化――侍や忍者などの外国人が特に好みそうなやつ――を教えたところ、何故か〈迷路の迷宮〉では空前の時代劇ブームが起きてしまっているのだ。

「どのダンジョンと対戦しますか？　ルール上、一週間以内に返事をいただきたいのですが……」

渡された〈果たし状〉には承諾と拒否の枠があり、対戦開始日時の記入欄があった。挑戦を受ける側に対戦開始日時を指定する権利がある。

ヒロトは玉座隣にある事務机から羽ペンを取り出すと、丁寧な文字で返信していく。ひらひらと申請書を振ってインクが乾くのを待ってから返却する。

「はい、ディアさん」

「……これは……本当によろしいので……？」

ディアがいぶかしむように尋ねる。

全ての用紙には承諾にチェックが付いていた。対戦日時も早いものだと三時間後となっている。

「はい、これから毎日、全員と戦っていきます」

＊

マツリ――花園祭(はなぞのまつり)――は、ダンジョン〈ガーデンパーリ〉のダンジョンマスターだ。彼女は自分の名前をそのままダンジョン名にしてしまうくらい自己顕示欲が強かった。

だからこそ今のランキングには納得がいかなかった。〈ガーデンパーリ〉のダンジョンランキングは百九位。活動しているダンジョンが半数以下であることを考慮しても、上位に位置するダンジョンである。先日だって一ツ星冒険者パーティを〈捕獲〉したばかりだ。

〈捕獲〉とは侵入者を生きたまま捕らえ、〈牢屋〉や〈監獄〉といった専用施設に閉じ込めることを指す。侵入者が生きている間は通常よりも多くのＤＰや経験値を得られるため、長期的には殺してしまうより多くのポイントが得られるのだ。掲示板のまとめサイトで知った便利情報だった。

〈ガーデンパーリ〉では生ける大樹〈エント〉によって侵入者を足留めし、花の妖精〈アルラウネ〉の痺れ粉や眠り粉といった状態異常スキルを駆使する戦法で多くの侵入者を捕らえてきた。

おかげで順位は大分上がった。

「でも全然、足りないのよ！」

現状のランキング制度では百位以内をランカーと呼んで厚遇している。ランカーには毎年〈レアガチャチケット〉や〈原初の渦〉などの特別ボーナスがある。逆にそれ以降には〈眷属チケット〉一枚きり。つまり参加賞だけである。運営は百一位以降を価値のないダンジョン、期待外れダンジョンと思っているのだ。

このままではマツリは、価値のないダンジョンマスターとして生涯を終えることになるだろう。そんな未来は御免被る。彼女は負けず嫌いだった。どうせやるなら何だって一番になりたい。だからこそ彼女は、日本時代の倫理観を棄てて〈スタンピード祭り〉に参加した。全世界で同時多発的に進攻する前代未聞の大事件に人類側の対処は遅れに遅れ、面白いほどＤＰを稼げた。

しかし今回の〈初日の出暴走〉は違った。数日前から開催された〈クリスマス大作戦〉の直後であったにもかかわらず対応してきたのだ。スタンピードが一ヵ月で解散することを知った彼らは、城壁のある都市や砦などの防衛拠点に籠もり、近隣住民を保護しつつ、隙あらば精鋭部隊を投入、群れの指揮官であるボスモンスターを狙い撃ちにする作戦に出たのだ。

〈ガーデンパーリ〉もその作戦にやられた。城壁から飛び出してきたやたらめったら強い冒険者に大事に育ててきた指揮官、二ツ星級〈エルダートレント〉が倒されてしまったのだ。スタンピードでは指揮官たるボスモンスターが死亡すると、魔物の群れ自体が強制解散させられてしまう。

——大人しくＤＰになっていればいいものを！

マツリが多大なコストをかけて作り上げ、育ててきた進攻部隊は何の戦果も挙げられぬまま壊滅した。おかげでこちらは大損害だ。一時は二百位近くまで順位を落としてしまった。

しかも人類側から危険なダンジョン認定された結果、毎日鬼のように冒険者がやってくるようになった。忙しかった。怖かった。追い詰められ、マツリ自ら剣を取ったこともあった。それでもなんとか侵入者共を撃退し、力を取り戻すことができた。今の順位は過去最高だ。

——それでも足りない。

ランカーの壁は厚く、ここから先はかなりの差がある。しかし今の順位から格上の大物食い（ジャイアントキリング）を果たせば一気にランカー入りできるのも事実だった。ダンジョンバトルに勝利すればＤＰだけでなく、敵ダンジョン固有のモンスターやアイテムを奪えるという。格上ともなればその量はさらに増える。ブルジョワ共が溜め込んでいるお宝を根こそぎ奪えるチャンスなのだ。

格上戦を勝利し、戦力強化を行う。そして新たな力を得たところで更なる上位者へ挑戦する。

ただのダンジョンマスターではいられない。マツリの矜持（きょうじ）が停滞を許さない。絶対にランカーダンジョンになるのだ。そして最終的には十傑の頂きに名を連ねる。

それはこの世界における最強の一角——

「そういうものに、私はなりたい」

＊

そんなマツリの思いとは裏腹に、ダンジョンバトル当日、彼女はヒステリックに叫ぶことになった。

「なんでよおおおぉぉぉぉー！」

彼女は掲示板の教えに従い、精鋭部隊を率いて相手ダンジョンに攻め込んだ。先制攻撃を決め、自ダンジョンに戻って守勢に回るつもりだった。

もちろん判定勝ち狙いである。主力部隊を失ったばかりの自分が格上のランカー相手に正面切って戦って勝てるはずがない。だからこその先制攻撃なのだ。敵モンスターを一体でも仕留めればこちらの勝ち。後はダンジョンに引き上げて守りを固めれば勝てるはずだ。

対戦相手の〈迷路の迷宮〉は初年度撃破数がゼロだった。撃退数は凄まじい数に上っていたが、その名が示すとおり巨大な迷路で足留めをして撤退させていたのだろうと掲示板では分析されていた。主力モンスター欄に大量の経験値をくれる〈シルバースライム〉の名前があり、それで冒険者を誘引しているとのことだ。確かにこれだけ大量の侵入者を撃退しながら、撃破数ゼロというのはダンジョン内に強力な魔物がいないという確かな証拠と言えなくもない。

——だから大丈夫、順位ほどの実力は……ない！

要は単なるラッキーボーイ。たまたまシルバースライムなんて貴重なモンスターを手に入れ、たまたま王都ローランという好立地にダンジョンを構えられただけ。いくつもの幸運が重なっただけで実力は低いはずだ。少なくとも百戦錬磨の我らがパーリピーポーが負けるはずがない。

「往くわよ、みんな油断しないで……」

それでも相手はランカー級のダンジョンだ。油断などできようはずがない。マツリは此度のダンジョンバトルに賭けており、彼女自身が前線に立ち、指揮を取ることを決めていた。

ダンジョンマスターの潜在能力は高い。ダンジョンが成長すれば四ツ星級モンスターに匹敵する戦闘能力を持つようになる。さらにスキルなどをうまく活用すれば神の階さえ見えてくるそうだ。

事実、マツリはダンジョン最強の戦闘ユニットである。ただダンジョンマスターが倒されるとその時点でダンジョン滅亡（ゲームオーバー）なので、この選択は自らの身命を賭した一世一代の大博打（ばくち）でもあった。

「ふッ……！」

マツリは大きく息を吸い、敵ダンジョンに飛び込む。しかし予想された襲撃はなかった。

胸を撫で下ろす。そのまま慎重に通路を進む。曲がり角があればマツリ自ら剣を抱えて突っ込んだ。その背中をダンジョンの精鋭〈ハイアラクネ〉と〈エルダートレント〉がフォローする。

「またいない……なるほど、油断したところを狙うつもりね……」

その後もマツリは集中力を切らすことなく巨大な迷路を進んでいった。

三時間経ち、さしものダンジョンマスターも疲れを見せ始めた時、背後でカチリという音がした。

「この音——トラップ！　全員防御態勢！」

前後左右あらゆる方向から雨のような矢が降ってきた。前方の矢はマツリが全て切り払った。後方や左右からの飛来物はエルダートレントが身を挺して庇ってくれたようだ。

「全員、無事ね……危ない危ない、油断大敵だわ」

一人の脱落者もいないことにほっと息を吐く。矢数は多いが威力自体はそれほどでもなかったようだ。被弾したエルダートレントには、薬草を煎じた〈回復薬〉をかけておく。

「さあ、往きましょう」

そうしてさらに三時間後、やっと巨大なこの迷路にも終わりが見えてくる。

扉だ。扉がある。つまりその先に何かがあるのだ。

「この扉を開けたらきっとモンスターがいるはずよ……ご大層に扉付きだから、ボスか魔物部屋のどちらかだと思う……みんな、絶対に油断しないで」

背後の魔物たちに注意を促しながら、マツリはドアノブに触れた。

「あれ？　ん、どうして……」

押して、引く。

「ん、あっ、これ、開かない……どう、なってるの？」

押しても引いても上げても横にずらしてもダメだった。ドアノブをよくよく見てみれば鍵穴が付いていた。

「はぁぁあぁぁ――!?　〈鍵付き扉〉ぁあぁぁぁぁ――!?」

〈鍵付き扉〉は、対となる鍵がなければ開けることのできない特殊な障害物だ。鍵の位置は当然、わからない。つまり半日かけて踏破したこの迷路をしらみ潰しにして見つけ出すしかなかった。

「やってられるかあぁぁぁぁああぁぁ――ッ！」

マツリはキレた。目の前に立ちふさがる扉――非破壊オブジェクトを幾度となく蹴りつける。

――こんなふざけた戦いで、負けてたまるかあぁぁぁ――！

いい加減、限界だった。先制攻撃からの離脱を狙い、六時間にも及ぶダンジョン探索を続けてきた。全ては上位者に至るため、尊敬と名声をかき集め、自己顕示欲を満たすためだ。その道が閉ざされかけている。こんなふざけた障害物ひとつのせいで、だ。

「この迷路をしらみ潰しにしなさあぁぁあぁぁぁいっ！」

自棄になったマツリはダンジョン内全てのモンスターに号令を発する。本来ならダンジョン防衛に使う魔物はもちろん、次回のスタンピードのために用意していた予備戦力まで総動員して探索に当たらせたのだ。途中、罠にかかる魔物もいれば、逸れて狙い撃ちにされる個体も出てくるだろう。そういったリスクを覚悟した上での全力攻撃であった。

「なんでよおぉぉ！　どうしてこんだけやってるのに攻撃してこないのよおぉぉぉ――ッ!!」

マツリは地団駄を踏んだ。噛み続けた親指の爪は赤く血が滲んでいた。

これだけの距離をこれだけの時間をかけて探索したというのに、迎撃モンスターはおろか致死性の罠さえなかった。迷路にはわずかなダメージを与えるだけのちんけな罠しかなかった。おまえなんかこれで充分だ、と思われているのだ。完全に舐められていた。その事実にこそ怒りを覚えた。

「でも！　これで！　終わりよ!!　ちょこまかと逃げ回る卑怯者め!!」

全ユニットを総動員して十五時間。長きにわたる探索の結果、彼らはようやく扉の鍵を発見する。マツリは手に入れた鍵を勢いよく鍵穴に差し込み、扉を蹴り飛ばした。

「死ねぇぇぇぇ……え？　あれ……は……階、段……？」

叫び、剣を構えて飛び込んだ先にあったのはぽつねんと佇む階段だった。てっきり強力なボスモンスターが待ち構えているとばかり思っていたマツリは顔を青ざめさせる。

いやな予感がした。それでもマツリは諦めず階段を降りていった。この先にもしかしたら魔物の襲撃があるかもしれない。まだ見ぬ二階層目に一縷の望みを託したのだ。

「もぅ……いやあああぁぁぁぁ――！」

結果は案の定だった。マツリは叫びながらその場にへたり込む。目の前には見慣れた狭い通路があった。目の前で三つに枝分かれしたそれは無数の分岐へとつながっているのだろう。

そのダンジョンはただの〈迷路〉であった。ただひたすら長く狭く複雑なだけの通路の塊。誰だっていつかゴールに辿り着ける。ただ二十四時間という短い時間では誰も踏破できないだけ。

故にこそ難攻不落。巨大な迷路のダンジョンは静かにしかし着実に勝利を積み重ねていった。

＊

「おはようございます、ヒロト様。先日の勝利、おめでとうございます。相変わらず相手に手も足も出させませんでしたね」

「あはは、こっちも手も足も出してないけどね」

ヒロトはこの一週間で五回のダンジョンバトルを消化した。やることは変わらない。玉座に座って敵の動向をモニタリングしているだけである。

これまで対戦相手は全て精鋭部隊による一撃離脱戦法を取ってきた。敵モンスターと接敵したら全力で撃破し、そのまま自ダンジョンに引き上げるというもの。その後は地の利を生かして守りを固め、撃破数による判定勝利を狙うという、掲示板で話題に上げた作戦であった。

わざわざ相手の術中に自ら嵌りに行くバカはいない。ヒロトは迎撃戦力を一切配置しなかった。これによりヒロトは二十四時間というわずかな時間で全八階層、総面積百平方キロメートルにも及ぶ巨大迷路を踏破されなければ負けることはなくなった。

さらにヒロトは各階層に複数の罠を設置した。手数や速度、命中率を重視した罠を配置することでわずかにでもダメージを与え、総与ダメージ量による判定勝ちを狙ったのである。

これらの作戦が功を奏し、相手は文字通りに手も足も出せずに敗北していった。それは〈迷路の迷宮〉というよりもダンジョンバトルのルールに負けた感じであった。

「……それで今週も〈果たし状〉が来たんですか？」

「はい、さらに増えて十通ほど」

「わかりました。全部受けますね」

ヒロトは〈果たし状〉を受け取ると丁寧な文字で返事を書いた。

「はーい、みなさん午後からダンジョンバトルがありますので、今いる分が終わったらダンジョンからはけてくださーい」

ヒロトがダンジョン内放送を行うと一斉に抗議の声が上がった。

『さすがに早すぎるぞ、小僧！』

『いい加減にしてくれよ、大将！』

『マスター、これでは討伐が終わりません！』

『……主様、さすがにこれはないと思う……』

「えっと、最後の声はクロエさんでは？」

ディアは溢れる抗議の中にヒロトの護衛役たる黒豹娘のものが交じっていた気がして聞き返す。

「はい、クロエも今日は魔物部屋にいますよ。なんでも連日のダンジョンバトルのせいでシルバースライムが溜まってしまったらしくて、総出で処理しているんですよ」

ダンジョンバトル中はダンジョン内のほぼ全ての活動が制限される。子供たちは関係者専用スペース——特定の人物やモンスター以外の立ち入りを禁止した空間——で待機してもらっているのだが、訓練でもして怪我を負えば被ダメージとしてカウントされてしまうし、シルバースライムでも狩ろうものなら相手側に撃破ポイントをプレゼントしてしまうことになるからだ。

そのためここ一週間はほとんど討伐作業ができなかった。しかし渦は変わらず魔物を生み出し続けるわけで、待機エリアには三千を超えるシルバースライムが溜まってしまっているのである。

さらにドワーフ職人たちの抗議が続く。知識奴隷たちを中心に組織した〈メイズ工房〉——知らない間にそんなブランド名が付いていた——も生産中止に追いやられたからだ。いつの間にか王都で大人気ブランドになっていたらしく、未処理の注文書が大量に積み上がってしまっているそうだ。

もちろんヒロトも事前に説明はしていた。ダンジョンバトルに勝利すれば大量のＤＰや経験値を得られること、敵ダンジョン固有のモンスターや貴重なレアアイテムを奪い取れること、掲示板による情報操作ブーストがかかっている今が稼ぎ時であることなどだ。

ただし物事には限度がある。一週間という長い停止期間で溜まり続けた仕事量は半端なものではなく、それを処理するためにみなが必死になって働いているところに、気軽にまたストップでーなんて言われようものなら頭に来るのは当然のことだった。

「ごめん、ディアさん。ちょっと書き直させてください」

ヒロトは慌ててダンジョンバトルの開始日を修正していくのだった。

*

「王都に広い土地ですか？」

「ええ、今すぐではないんですけど。できれば一区画をまるっと買い取るような形で」

ヒロトから相談を受けたジャックは眉を寄せる。王都は碁盤の目のようになっており、馬車がすれ違える幅の広い道が縦横に走っている。その内側、碁盤でいうところの一マスを区画と呼ぶ。

ダンジョンバトルによって全ての業務が止まってしまうのはさすがにまずい。あの従順な子供たちでさえ反抗したのだ。この事実は重く受け止める必要があった。

それに子供たちの育成はシルバースライム狩りによるレベルアップだけではない。たとえば自主的に行う素振りやイメージトレーニング、ウォルターのような戦闘技能者から受ける技術指導だって重要な訓練だ。ダンジョンバトル中ずっと子供たちを待機エリアに押し込めておくのも忍びない。彼らのためにいつでも自由に動き回れるスペースを確保したいと思うのは当然の流れだった。

そもそもドワーフ職人らによる武具の製造については、ダンジョンで行う必要もない作業である。

さらに言えば体面上の問題もある。ヒロトの屋敷は確かに広いが、五百名を超える子供たちを住まわせていると言い張るにはどう見ても無理があった。もちろんダンジョン内で暮らしていることを知られるのはまずい。今は人の出入りを極端に減らしたり、官憲に金を握らせたりすることでごまかしている。しかし奴隷たちは今後も増やしていく予定なので、いつか無理が出てくるだろう。

こういった事情もあって、早いうちに広い土地を確保してしまおうということだった。

「少し、難しいかもしれませんね……」

ジャックは渋い顔で言った。曰く、王都の土地相場が急激に値上がりしているとのことだった。

「高い城壁の内側……三等区や二等区に住んでいればスタンピードがあっても安全です。王都の民は誰しもそう思っています」

王都ローランは、霊峰ローランドの裾野に広がる堅牢な城塞都市だ。豊かな地下水源を持ち、鉱物資源も採れ、街の東側は海と接続しているため海産物まで採れる。塩田だってすぐに作れるだろう。さらに世界屈指と呼ばれる巨大な貿易港もあるので大量の物資や人員が輸送可能なのだ。

都市防衛に必要な物資のほとんどを自力で賄え、戦力の補充まで容易なのだ。これだけ条件が揃っているなら何年でも籠城することが可能だろう。

「しかし城壁の外……防壁のない四等区、いわゆる貧困街は違います。ダンジョンによる進攻を受けた場合、真っ先に被害を受けるのはこの地区になるのです」

「それで四等区の住民が大挙して押し寄せてきていると」

「はい、貧困街と言うと聞こえは悪いですが、経済活動はありますし、経済的に成功した者も多数おります。それに他の街に住んでいた富裕層も安全を求めて王都に流れ込んでおり、一軒二軒を購入するならともかく、一区画まるごと購入するのは現状では不可能です」

「なるほどね……」

ダンジョンの脅威が完全に取り除かれるか、財力のある人間が王都に入りきるまで土地の値上がりは止まらないだろう。不動産屋も故意に値段を吊り上げている節があるようだ。

　そんな中、まとまった土地を購入するのは至難の業だ。それこそ地上げ屋みたいなあくどいことをしなければならなくなる。

　魔剣〈フェザーダンス〉の供給元であり、多数の難民を——奴隷として——保護し、高品質な銀製武具の製造販売まで始めたメイズ一家——ヒロトたちのことを世間はそう呼んでいる——は世間の注目の的である。そんな中で悪徳商人まがいのことをすれば、悪評はすぐに広まるに違いない。

「……そうなると逆に四等区は値下がりしているんじゃないですか？」

「ええ、そうですが……しかし四等区にはこれまでの住人だけでなく難民なども押し寄せています。治安は悪くなる一方で……正直、お勧めできませんよ？」

　せっかく大きな土地を手に入れても管理できなければ意味がない。今や王都中の注目を浴びている〈メイズ工房〉をそんな所に移動すればどうなることか。

「いや、むしろそっちのほうが嬉しいかな……物盗り、盗賊、どんと来いです」

　ヒロトはそう言うと穏やかに笑い、ジャックはひそかに戦慄する。

　ガイアでは犯罪者は捕縛者が自由にしてもいい、という便利な法律があるのだった。

*

　かつて所狭しと住居が並んでいた王都の一角は、まっさらな更地に戻されていた。

「みんな、真面目だなあ……休憩時間だっていうのに」

ヒロトはそう言うと芝生の上に寝転ぶ。暖かな陽だまり、大きく息を吸い込めば青々とした草木の香りが胸いっぱいに広がる。逆さまになった視界の先では子供たちがおり、その多くが素振りをしたり、ペア同士で組み手をしたり、並んで槍を突き出す集団戦の訓練をしている。

広場は完全に訓練場と化していた。ヒロトは先日、四等区の区画をまるごと買い取ることに成功した。かなり金を積んだが、冷たく仄暗(ほのぐら)いダンジョンではなく、燦々(さんさん)と太陽の降り注ぐ広々としたスペースを与えてあげられたと思えば、むしろ得した気持ちになるから不思議だった。

――まあ、元々お金なんてなくても生きていけるしね。

ヒロトはダンジョンマスターだ。この世界に流通する貨幣には依存していない。ゲーム内通貨みたいな感覚でいくらでも使うことが可能だ。少し残しておこうかな的な気持ちさえ湧かない。

大事なのはDPだ。度重なるダンジョンバトルによってダンジョンのレベルは九まで上がった。今ならダンジョン内で全てを完結させることさえ可能だ。武具はモンスタードロップを鍛冶職人に加工させればいくらでも作れるし、〈農場〉を作れば自給自足さえできてしまう。

奴隷を大事にすることで知られるメイズ一家には、金なんて要らないから奴隷にしてほしいなんて身請け話がいくつも舞い込んできている。もはや奴隷を購入する費用さえ不要だった。

「主様、鼠(ねずみ)、捕まえたよ」

クロエが誇らしげ――それこそベランダで小鳥を捕まえて自慢しに来る家猫みたい――な顔をしてやってくる。目隠しされ、猿轡(さるぐつわ)を噛まされ、全身を簀巻(すまき)にされた哀れな男を転がしながら。

「んーっ、んんっー！」

ジタバタともがく男。身なりは貧困民そのものといった風情だが、胸元に高価な銀の短剣を隠していたというから、どこぞの商家が放った密偵だろうと思われた。

「ああ、お疲れ様、クロエ。後で見に行くから〈監獄〉に入れておいて」

「んっ……メイ、あとよろ」

「承知しました、首領。それでは上様、失礼します」

クロエが言えば、どこからともなく現れたメイド服の少女が密偵男を担いで去っていった。

忍者集団〈メイズ御庭番〉の構成員だ。〈メイズ御庭番〉はクロエがいつの間にか立ち上げた組織で、隠密（おんみつ）行動に長（た）けた子供たちを選抜し、暗殺者時代に磨いた技術を伝授、諜報（ちょうほう）部隊として活動しているという。組織名は件の時代劇ブームのあおりを大いに受けたようである。

そんなクロエの活躍もあり、この区画で活動し始めたもうひとつの目的も成果が出始めていた。

侵入者の〈捕縛〉だ。王都で売り出し中の武具メーカー〈メイズ工房〉は、誰がどうやって材料を仕入れ、どのようにして武具製造を行っているのか、その一切を秘匿している。ダンジョン内で取れたドロップ品をダンジョン内で加工しているのだから公表なんぞできようはずがない。

だからこの区画に製造拠点を移せば、競合他社がこぞって探りを入れてくるだろうと予想されていた。当初はアポを取る、見学の許可を得ようとするなど穏当に活動をしていたライバルメーカーたちだったが、その全てをすげなく断られた結果、ついに密偵を放ってくるようになった。

ありがたい話である。無断で私有地に立ち入る不審者は、ガイアの法律ではその場で犯罪者とみなしてもいいそうだ。普通は衛士隊に引き渡すそうだが、義務ではない。雇い主を吐かせてからダンジョンで処刑するもよし、〈監獄〉にぶち込むもよし、やりたい放題だ。

それに密偵は特殊な潜入訓練などを受けており、クロエの部隊向きの人材も多い。スカウトの意味も込めてしばらくはこの形で手勢を増やしていきたいところである。

「ふふ、主様、我らの所帯もそろそろ三十を超える。次なる任務を……」

「はいはいそうだねこれからもよろしくね」

忍者ごっこに付き合うつもりのないヒロトは棒読みで返す。不満顔のクロエは、ほほをリスみたいに膨らませるとヒロトの隣で寝転び始めた。

「あれ、クロエも休憩?」

「ん、一緒に寝る」

二人して目をつむる。

「よーし、子供たちよ！　出発するぞい！」

ウォルターの声が広場に響き渡る。ルークやキール、さらに数名の完全武装した子供たちが集まり、そのまま隊列を組んで去っていった。彼らは竜殺しの英雄ウォルターが組織した——やはりヒロトが知らぬ間に——〈メイズ抜刀隊〉なる部隊の隊員たちだ。

子供たちの中でも特に才能あるメンバーを選抜した武闘派組織で、王都郊外の魔物の生息地に遠征したり、攻略済みの比較的安全なダンジョンにアタックしたりして実戦経験を積むことが目的らしい。名前の由来は例のごとくだ。時代劇ブームは止まるところを知らない。

「平和だね、クロエ」

「毎日こんなだったらいい」

クロエの言葉に、ヒロトは心から同意する。

青葉色の鮮やかな風が吹いていた。

第四章　bugfixと対応策

年明けから半年が経った。

「ディア、遅いね……」

クロエは不安そうに呟く。いつもなら昼前にはダンジョンを訪れるディアだったが、もう日が暮れるというのに未だに姿を見せていなかった。

「……お昼、頑張って作ったのに」

クロエが唇を尖らせる。普段は憎まれ口を叩いている彼女だが、不思議とディアと気が合うらしい。ヒロトの護衛として侍っていることもあり、自然と仲良くなったようだ。

「仕方ないよ、あっちも仕事なんだし」

「確かに……夕飯は美味しいのを作っておく」

「うん、そうしてあげて」

ヒロトはクロエの頭を撫でる。猫のように細くて柔らかい髪がひどく心地よかった。

*

「ん、来た」

夜半過ぎ、眠そうに欠伸をしていたクロエがそう呟いた直後、コアルームにディアが現れる。

「申し訳ありません、会議が長引きました」

会議が終わったその足でダンジョンに来たのだろう、ディアはいつものスーツ姿ではなく白い貫頭衣姿だった。ギリシャ神話を彷彿とさせる装いでフレームレスの伊達メガネもない。

いつもと違った硬い雰囲気にヒロトは何か重大なことが起きたのだと察する。食事も取れていない様子だったので屋敷のリビングに招く。

「ディア、食べる？」

クロエが残しておいてくれた食事を持ってくる。

「はい、ありがとうございます！　あ、でも、報告が……」

「いや、食べてからで大丈夫ですから」

昼と夜の二食分が残っていたのだが、よほどお腹が減っていたのだろう、ディアは大皿に山と盛られたそれらをぺろりと平らげてしまう。その辺はさすが、ダンジョン一の食いしん坊であった。

「……何かあったんですね？」

「はい、そのとおりです」

ディアは答えながら残ったポタージュスープを飲み干す。唇から溢れた白い液体が首筋を伝う。

「ディア、こぼれてる……いろいろ」

胸元の緩い衣装のせいで、たわわに実ったあれやこれやがまろび出そうになっていた。隣に座るクロエからひどい殺気が放たれ、ヒロトは千年要塞千年要塞とうわ言のように呟いて耐え抜いた。

「……あ、すみません……それで、ヒロト様、良い知らせと悪い知らせがあります」

「それじゃあ、良いほうから」

ヒロトは答える。悪いほうから聞いてしまうと良い話を聞いても喜べなくなってしまう。どうせいやな思いをするなら一度は喜んだほうがいいと思ったのだ。

「では。ヒロト様のダンジョンは先日のダンジョンバトルにて最速五十勝、ならびに前人未到の五十連勝を達成致しました。それを記念してこちらを贈呈します」

ディアはそう言って表彰楯(たて)を渡した。クロエが代理で受け取る。賞状やトロフィーなどの記念品はコアルームに飾っておくと様々な恩恵が受けられるようになっており、今回の表彰楯も魔物の維持コストが軽減されるという、ダンジョンマスター垂涎(すいぜん)の効果を持っていた。

「クロエ、あとでいつもの所に片づけておいて」

「ん、わかった」

平和な世界で暮らしていた千名もの少年少女を拉致し、ダンジョンマスターに仕立てあげた張本人からの贈り物だ。正直、触るのはおろか視界に入れることさえしたくなかった。しかしダンジョン運営には役立つため設置する必要があり、仕方なく玉座の背後——ヒロトからすれば死角——に専用の飾り棚(ゴミ箱)を用意して、トロフィー(ゴミ)をぽいする手筈(てはず)になっていた。

「主様、主様。別に良い知らせでもなかったね」

「まあ、正直ね」

「副賞として〈レアガチャチケット〉、〈原初の渦〉、〈眷属チケット〉を五枚ずつ贈呈致します」

「なんだ、いつものか」

クロエがつまらなそうに言う。しかしまあ、最速十勝&十連勝、最速二十五勝&二十五連勝と事あるごとに表彰されていることで、見飽きてしまっている感もある。

「でもさ、やっぱり副賞はばかにならないよ。新しいレアモンスターが手に入るかもしれないし」

「そう言っていただけると助かります」

「けど、ガチャチケットもらったところで主様の引きじゃ〈シルバーゴーレム〉が限界」

「悪かったな、クジ運なくて！」

ヒロトはこれまで三十回近くレアガチャを引いてきたが、ハズレとしか思えないような魔物しか引けていない。大抵は〈シルバースライム〉で、たまに〈巨大蜘蛛（タイラントスパイダー）〉や〈シルバーゴーレム〉が出るくらいだ。巨大蜘蛛はそのまんま大きな蜘蛛で、シルバーゴーレムは銀製のゴーレムである。

両者とも、シルバースライムに比べれば遥かに強いが、火魔法が弱点だったり、動きが鈍かったり、遠距離攻撃力に乏しかったりして、三ツ星級モンスターとしては微妙な性能しかない。

ディア曰く、三十回もガチャを引けば普通は四ツ星級とまではいかなくても三ツ星級上位くらいは引けるはずなんだそうだ。三ツ星級上位には竜の眷属である〈飛竜（ワイバーン）〉や魔獣〈ヘルハウンド〉、〈単眼巨人（サイクロプス）〉や〈吸血鬼（ヴァンパイア）〉などがおり、一気に戦力を増強できるそうだ。

ランカーダンジョンは大抵、三ツ星級上位のモンスターを確保している。むしろこのような強力な切り札がいるからこそランカーに入れているとも言えるだろう。

「次だ、次こそは……」

ギャンブルにのめりこむダメな中年親父（おやじ）みたいな台詞を吐くヒロト。ディアとクロエは視線を合わせると肩をすくめて苦笑する。ヒロトは十連ガチャならば何か起きるかもしれないと勝手に期待を寄せており、今はガチャチケットを集めている真っ最中であった。

「それじゃあ、ディアさん。悪い報告を」

「わかりました……今日の全体会議で〈迷路の迷宮〉に注目が集まってしまいました」

ディア曰く、今年から半期ごとにサポート役を含めた関係者全員が出席する全体会議が開催されるようになったそうだ。議題には直近で大きくランクアップした注目株を紹介するものがあり、ダンジョンバトルで連勝を続け、九十位から二十位台まで急上昇した〈迷路の迷宮〉も入ってしまったらしい。サポート担当であるディアもいくつか質問を受けたそうだ。もちろんはぐらかしたが、その表情からして派閥のトップである迷宮神は勘付いた様子であったという。

「なるほど……少しやりすぎましたね」

「申し訳ありません。正直、油断していました。神々は高位になればなるほど些事、地上での出来事に興味を示さなくなりますから。個々のダンジョンにまで話が及ぶとは思いもしませんでした。今後、迷宮神やその直卒の神々がヒロト様のダンジョンを監視しに行くかもしれません」

古代魔法である〈転移魔法〉を無詠唱で行使するディアでさえ下級神でしかない。そんな彼女よりも遥かに高位の存在が相手だ。ヒロトたちでは見られていることにさえ気が付かないだろう。

「そうですか……じゃあ今の状態はそう長くは持たない……と」

「ええ、そう思われます」

ヒロトは頭を抱えた。〈奴隷の奴隷〉というシステムバグを利用したＤＰ＆経験値取得方法は今なお〈迷路の迷宮〉の収益の柱であった。ダンジョンバトルでも収益は上がっているが対戦相手が必要な以上、どうしても安定収入にはなり得ない。

「それに掲示板のブーストはもうじき終わるしなあ」

ヒロトはダンジョンメニューのひとつである掲示板機能を使い、有用な情報をまとめたサイトを立ち上げた。閲覧者がタイトルを見て気になる記事へ飛べるリンク機能まで付けている。

後発組の支援のために始めたことだったが、全部が全部、善意というわけでもない。一部の記事には印象操作も入っていた。現にヒロトは〈迷路の迷宮〉を戦闘能力の低い、安全なバトル相手として紹介した記事をリンクのトップに配置している。ダンジョンバトルは目下、ダンジョンマスターたちが最も注目している内容だ。目論みは見事に的中、翌日から申し込みが殺到したのである。

しかし最近では勝ち星を挙げ続けたせいか、申し込みも減ってきている。二十四時間という短い時間で巨大な迷路を攻略するのは不可能じゃないかという風潮になりつつあるのだ。むしろ〈迷路の迷宮〉こそが最強のダンジョンなのではないかという書き込みさえあるほどだ。

未だにダンジョンバトルの申し込みは続いているから、今すぐどうにかなる話じゃない。それにこうした記事は拾わないか、リンクを目立たない所に配置するなどの抵抗も続けている。しかし書き込み数に反比例するように申し込み数が減っていく現状を鑑みるに、今のペースでダンジョンバトルを続けていくのは難しいだろうと思われた。

「仕様変更が入るのはいつですかね？」

「恐らく次回の定期メンテナンスに合わせてくるはずです」

定期更新は四半期ごとに行われ、次回は九月の予定である。残された時間は三ヵ月もない。

ヒロトは小さく頷くと思考を巡らせ始めた。

——そろそろダンジョンを公開しようか。

それは意味がない。〈迷路の迷宮〉は王都に住まう冒険者たちにとって面白みのあるダンジョンではないからだ。ただひたすら広いだけの迷路に集客能力なんてあるはずがない。

シルバースライムを囮にすれば冒険者は呼び込めるが悪手かなと思う。迷路はいつか攻略されるのだ。ダンジョンバトルと異なり、冒険者たちには時間制限がない。冒険者ギルドを介して情報共有もされるだろう。毎日、大量の冒険者たちにアタックされたらいつかは攻略されてしまう。

　普通のダンジョンのように魔物を配置し、迎撃に当たらせるのもできればやりたくない。何せ憎しみは連鎖する。一度でも戦えば後は血みどろの殺し合いだ。それにこの世界にはウォルターのような例外(ばけもの)もいる。人の集まる王都なら英雄クラスの強者が現れないとも限らない。一度、ダンジョンを公開すればいつ訪れるとも知れない強敵の影に怯えながら日々を過ごすことになる。

　そして本当に追い詰められた時、ヒロトはルークやクロエといった子供たちを使わざるを得なくなる。子供たちを戦争に送り込むのだ。そして戦い続ければいつか犠牲者が出てくるだろう。

　子供たちが死ぬ。

　――そんなの、耐えられない。

　一年半もの間、ヒロトは子供たちと生活してきた。素直で明るく一生懸命に努力を続ける彼らを見ていると、心の奥底に溜まった澱(おり)のような暗い感情が取り除かれていくような気がしていた。

　生きようと、生きたいと、そう思えるようになってきた。

「これまで通りに人間社会に溶け込み続けるという手もあると思いますが？」

　ヒロトは苦しげに頭を振った。

「ダメだよ、逃げてるだけじゃいずれ絶対に立ち行かなくなる」

　侵入者がいなければダンジョンは成長しない。ヒロトたちが足踏みをしている間にライバルたちは先に進む。今でこそランカー上位に位置する〈迷路の迷宮〉だが、隠遁生活を何年も続けていればいずれは追いつかれ、追い抜かれ、置いていかれるだろう。そうなればもはや追いつけない。いつか搾取される側に回ることになる。怯えながら暮らすなんてまっぴらごめんだ。

「……やっぱり目立つようなことをするんじゃなかったよ」

ヒロトは己の愚かしさを責めると同時に嘆いた。平穏に生きていたい。子供たちに囲まれながらのんびりと暮らしていきたい。しかしその平穏を享受し続けるには強くあらねばならないのだ。

その矛盾がヒロトをひどく苦しめる。

「主様は悪くない。何も悪いことなんてしていない。ただ一生懸命にやっていただけ」

「そのとおりです。平穏を求めることの何が悪いのでしょう」

クロエは追い詰められたような表情を浮かべる主人を慰め、ディアがすかさず同意する。しかし周囲の賛同が得られたところで事態が好転するはずもない。

「……そうだね、ありがとう……」

「ヒロト様、何か妙案があるのでは？」

「……いや、ごめん……今は何も思いつかないや」

ヒロトは少し焦った様子で頭を振った。

「……とりあえず、今はとにかくやれるだけやってみるよ」

*

ヒロトは訓練場の片隅にある木陰に寝転び、思考を巡らせていた。

じりじりと焼けるほほを、霊峰ローランドから吹き降ろされる風が撫でていく。六月も終わったばかりだというのに季節は夏真っ盛りだ。空はいっそ憎らしいほどに碧(あお)く高く、その中を入道雲が優雅に泳いでいる様はまるで地上であくせく働く人々を嘲笑っているかのようだ。

ヒロトは次回のシステム改修に対して、何の手段も打てぬまま日々を過ごしていた。

目を閉じて考える。対策案はある。簡単なことだ。

「奴隷解放、か……」

奴隷たち——子供たちを奴隷という身分から解放すればいいだけだ。そうすればシステム上、子供たちと普通の侵入者たちに違いはなくなる。そんなこと、バグ修正の話が来る前からわかっていた。しかし、ヒロトにはそれを実行するだけの勇気が持てなかった。

両親が交通事故で亡くなった後、ヒロトは人間の本性を知った。保険金や慰謝料など五億円もの大金が舞い込んでくることを知った親族たちはこぞってヒロトを引き取ろうとした。仲の良かった叔父や叔母が恐ろしい形相で養子縁組を迫り、ろくに顔を合わせたこともない遠縁が優しい貌を作ってすり寄ってきた。親族同士が顔を合わせれば口汚く罵り合い、殴り合いにまで発展したこともあったくらいだ。

生物は全て自分本位だ。厳しい生存競争を生き抜くためにそう設計されているのだろう。人間だって同じだ。社会という枠組みの中で生きていくために表面上、取り繕っているに過ぎない。

今はいい。奴隷解放してもしばらくはこれまで通りに従ってくれるだろう。子供たちは奴隷という身分でありながら、貴族や大商人の子供並みの生活を送っている。

しかしそれはヒロトが子供たちのために多額の資産を投資しているからできることなのだ。

もしも運営がうまくいかなくなったら？

彼らを養う資金が手に入らなくなったら？

ヒロトがどれだけ子供たちを大切に思っていても、子供たちがヒロトに対して同じ思いを抱いてくれているかなんてわからない。それに彼らのほとんどはスタンピードで故郷を追われた難民だ。その原因を作り出したダンジョンマスターのヒロトにいつまでも従ってくれるだろうか。いざという時に命をかけて戦ってくれるだろうか。

そうでなくても子供たちは成長する。大人になれば自立したがるはずである。その時、彼らは秘密を守り続けてくれるだろうか。

ルークやクロエ、キールといった最古参であっても例外ではない。彼らが進んで秘密を暴露することはないだろうが、酒の席でぽろっと漏らしてしまうだとか、敵に人質を取られて喋(しゃべ)らざるを得なくなるなんてことは充分にありえる話だった。

王都においてヒロトたちを目の敵にする連中は少なくない。ドロップ品を利用して高品質な銀製武具を生産する〈メイズ工房〉の秘密を探るべく、連日のように密偵連中が忍び込んできている。喋れば即死。伝えようとしても即死。ヒロトが殺されれば連座で即死。そんな契約で縛っておけばひとまず情報が漏れることはないだろうし、たとえ追い詰められた状況でも自分や仲間の命を守るため戦ってくれるはずだ。

――そんなことはない。彼らは僕のことを……――

内心ではわかっていた。陰でヒロトのことを『お父さん』と呼び慕ってくれるあの子たちが、ヒロトを裏切る可能性は限りなく低い。

頭では理解している。それでも、怖いのだ。どうしようもなく胸の奥が震えるのだ。

ヒロトはもう誰にも裏切られたくない。あんな醜い姿を見たくない。だからヒロトは信用しない。信用しなければ油断することもない。裏切りのリスクだって最小限に抑えられる。

生物は全て自分本位だ。追い詰められればその本性を曝け出す。

だから結局、ヒロトは他人を信用できない。

「……こちらにおられましたか」

そんな風に声をかけられてヒロトは慌てて体を起こした。すぐ傍に銀髪碧眼、人間離れした美貌の女神が座っている。

「すいません、ディアさん、ちょっとぼうっとしてしまっていて」

「……リラックスしていたようにはとても見えませんでしたが」

「……はい、そのとおりです」

「お聞きしても？　話せば少しは楽になるかもしれません」

ディアの気遣いを、ヒロトは微苦笑を浮かべて拒絶する。

ディアにだって立場がある。彼女はガイア神族の一員であり、良好な関係は築けていても上位の神々の意向には逆らえない。命令されれば従わざるを得ないのだ。

「その、何か？」

「……先日のシステム変更の件が本決まりとなりました。九月よりダンジョンマスターに隷属している者、さらにその隷属者など全てがダンジョンに所属する戦力として認識されます」

ヒロトは天を仰いだ。

＊

「ところでヒロト様、彼らは……」

訓練場に居並ぶ少年少女たちを見て、ディアは目を見開く。

その千名に届かんという数の戦士たちが号令に合わせて剣を振るっているのだから、その迫力たるや凄まじいものがあった。広い区画をまるごと使った訓練場が手狭に見えるほどである。

「どうせ最後だから派手にやってやろうと思って増員したんです。二千人くらいだったかな？　もう半分がダンジョンに潜っていますよ」

仕様変更の報せが入ってから、ヒロトは監視を無視して稼げるだけ稼ぐことにしていた。王都にはダンジョンの一斉スタンピードのせいで故郷を失い、難民となった人々が集まっており、奴隷を手厚く遇することで知られるメイズ一家には身請け話が殺到していたのだ。

「確かに最近、子供が増えたなとは思っていましたが、まさかそれほどとは……」

これまでヒロトたちは剣や魔法など戦いの才能を持った子供しか奴隷にしてこなかったが、この際だからと間口を広げ、若くて健康であれば合格として、とにかく数を集めたのである。

ヒロトたちは、訓練を続ける子供たちに目を細めながら教官役のウォルターに近づく。

「どう、ウォルター。訓練状況は？」

「うむ、難しいのう。以前と違って才能のバラつきが激しい」

子供の数が単純に増えただけではないのだ。今回、身請けした子供たちには戦いに向かない者も多数交じっている。これまでと同じ訓練内容でうまくいくはずがない。

「ごめん、しばらく増やすつもりはないから勘弁してね」

「まったく老骨に鞭打つなど、まともな人間のすることではないぞ」

「僕、ダンジョンマスターだから」

「また減らず口を！　最近の若いもんはこれだから……むっ、そこ、剣は手で振るうでない――」

ウォルターは悪態をつきながらも教官役に戻っていった。

「主様、お昼の準備できた」

次にやってきたのはメイド服姿のクロエだった。

子供たちに訓練を施す男衆も大変だが、古参組の中で最も忙しいのは間違いなくクロエだろう。

〈メイズ御庭番〉なる諜報部隊の創設に続いて、貴族屋敷に潜入してきた頃に身に付けたメイド技能を活かして〈迷路のメイドさん（メイド・メイズ）〉なる使用人部隊まで組織していた。両組織のトップとして働き、あらゆる面から屋敷を守ってくれているのだ。

ヒロトの護衛を行う傍ら、屋敷やダンジョン内の掃除、二千名分の物資の確保と炊事・洗濯、子供たちのメンタルケア、さらに王都内外の情報収集を行いながら、屋敷や区画に忍び込んでくる密偵を捕縛するなんて離れ業をこなしているのだ。一体、いつ休んでいるんだろうと思う時がある。

「クロエもいつもありがとうね」

「ん、平気」

「食事とかに関しては近くの飲食店に頼んで用意させてもいいから。もちろんお金は出すし」

「今のところ、大丈夫。みんな手伝ってくれるから」

ヒロトは頑張り屋さんの少女の頭を撫でる。

「じゃあ、主様。ご飯に行こう？　みんな待ってるよ」

「そうしようか。ディアさんも一緒にどうですか？」

「別に無理して食べなくてもいいし」

「いや、行きますよ。何で私だけ除け者にするんですか」

三人で夏空の下を歩いていく。

遠く蟬の声が聞こえた。

*

十一月も半ばまでくると秋もすっかり深まってくる。人々は軒先に果物を干したり、野菜を塩に漬けたりして保存食を作り、暖炉に使う薪を積み上げては冬支度に余念がない。

子供たちを解放するか否か、答えを出せぬまま二ヵ月が過ぎた。

その間、ダンジョンの収益は激減している。地脈からもたらされるＤＰや二週間に一回のペースで行われるダンジョンバトルによってわずかながら収益を出せているものの、十五位まで上がっていたランキングも今では三十位台にまで落ち込んでしまっていた。

「ヒロト様、そろそろお時間ですよ」

「はぁ、憂鬱だ」

ヒロトはダンジョンの玉座で呟いた。傍らのクロエがよしよしと頭を撫でる。

「どう？　気分は良くなった？」

「うん、ありがとう……はぁ」

言った先からため息だ。これは重症だとディアとクロエは肩をすくめる。

十一月十一日、ダンジョンの一斉スタンピードが始まった。前回のシステム更新ではバグ修正の他、〈進攻チケット〉にも仕様変更が入り、消費期限という設定が追加された。

チケット配付から一年以内に使用しなければ効力が失われるという仕組みだ。チケットを使わないまま死蔵しているダンジョンが多いことに業を煮やした運営側の策略だろう。日本人特有のもったいない精神を刺激してスタンピードイベントに参加させようという作戦である。

さらに運営側は、仕様変更により初年度に配付されたチケットが使用できなくなる事象（バグ）が発生したと言い出し、そのお詫び（わ）として全ダンジョンに一枚ずつ〈進攻チケット〉を配付した。

不満はまったく上がらなかったにもかかわらず、だ。基本的にチケットを死蔵させたのは出入り口を隠して引き籠もっているダンジョンだ。今後も使う見込みのないチケットを失ったところで痛（いた）くも痒（かゆ）くもなかった。つまりこれは活動中のダンジョンへの支援活動と言えるのだ。

ともあれ多くのダンジョンの手元には二枚の〈進攻チケット〉が残ることになった。大抵のダンジョンは年末イベントのためにチケットを残しているからだ。

時を同じくして掲示板では〈期間延長〉なるテクニックが公開される。チケット実行後、魔物の群れは一ヵ月で自然解散するのだが、期間中にもう一枚チケットを消費すれば遠征期間をもう一ヵ月延ばせるという裏技である。手元に年内有効なチケットが二枚あり、年明けすぐにもう一枚手に入るとなれば最大三ヵ月もの長期遠征が可能になるわけだ。

掲示板でその話題が上るや、すぐに開催日が決まる。選ばれたのは十一月十一日。理由は特にない。ぞろ目だから、何となく気分がいいから、ポッキーが食べたいから、そんなところだろう。

〈ポッキー賞味期限騒動〉と命名されたイベントに参加するダンジョンは五百を超えるだろうと予想された。これは過去最大級の参加数であり、その背景には運営の目論み通り、日本人特有のもったいない精神が働いたのだと思われた。今回のイベントが初参加というダンジョンも多く、掲示板では進攻のコツだとか、有効な戦術などが盛んに議論されていた。

ヒロトもまたこの手のイベントに初参加する者の一人だった。

「とりあえず、行きましょう。ヒロト様」

「ディアの言うとおり。みんな主様を待ってる」

「うん、わかったよ……押さないで、自分で歩くから」

物理的にも精神的にも背中を押されたヒロトは、四等区の訓練場に移動する。

そこには百名からなる少年少女が整列していた。陽光に煌(きらめ)く銀の甲冑(かっちゅう)、銀の兜(かぶと)、そのひとつひとつに迷路を模した——ドワーフ奴隷たちが勝手に作った〈メイズ工房〉の——意匠(ロゴ)が刻まれている。

「これより主よりご挨拶を賜る。総員、傾聴せよ！」

指揮官たるウォルターが声を張り上げる。

〈メイズ抜刀隊〉。それは二千名を超える子供たちの中から選抜された戦闘集団だ。ウォルターやキールが子供たちに実戦経験を積ませたいと勝手に発足させた組織で、王都近郊に遠征してはダンジョン——自然発生した比較的安全なそれ——を攻略したり、王都近郊のオークの集落を殲滅(せんめつ)したり、死霊術師の制御を離れて暴走したアンデッドの群れを討伐したりと華々しい戦果を挙げていた。

すでに歴戦の雰囲気を漂わせる二百の瞳に見つめられ、ヒロトはにわかに緊張してしまう。

「えーみなさん、ご苦労様です」

しかし、ヒロトが口を開くや緊迫した空気が解け、戦士たちが年相応の子供に戻ってしまう。全員がため息をつき、肩をすくめ、仕方ないなあ、という顔をした。平和な日本で生まれ育ったヒロトは穏やかで優しく親しみやすい、でもちょっぴり情けないご主人様だと思われていた。

「ご、ごめん、改めて挨拶を」

ヒロトは小さく息を吸う。行事のたびに校長先生が長々とわかり難く頭にまったく入ってこない挨拶をしていたのはこういう雰囲気にしたくないからなんだな、と唐突に理解する。しかし、今更原稿を差し替える時間なんてあるわけもなく、予め用意しておいた原稿を読むしかなかった。

「みなさんはダンジョンによるスタンピードを止めたいと志願してくれました。誰かのために命をかけることができる。そんな部下を持ててとても嬉しく思います。しかし遠征とは家に帰ってくるまでが遠征です。決して無理はせず、危なくなったらすぐに帰ってきてください」

戦いに行く前から逃げろと言われて、子供たちの士気が見るからに下がった。指揮官役のウォルターやキールは呆れ、ヒロトに心酔するルークたちでさえ呆然とした様子だった。

――でもなあ、これは絶対に言わないと……。

「もう一度、言います。危なくなったら逃げなさい。絶対に死なないでください。これはみんなの主である僕からの絶対命令であり、願いです。みんなは僕の奴隷ですが、僕の大切な家族でもあります。みんなはそう思っていないかもしれないけど……僕はこれ以上、大切な家族を失いたくありません。ですから道中、気をつけて、無理をせず、絶対に僕らの家に帰ってきてください」

途端に広場が静寂に包まれる。

本音を言えば子供たちを危険な戦場なんかに向かわせたくなかった。しかし、屋敷に引き籠もり、銀製武器を生産し、奴隷を買い漁っては鍛え上げるという奇行を繰り返すメイズ一家が怪しまれないはずがない。明確な犯罪行為はしていないので王国政府は静観してくれている。実際にはスタンピードなどの国難続きで放置されているというのが正しい認識だろう。

少なくとも危険人物としてマークされていることは間違いない。正体まではバレてはいないだろうが、未知のダンジョンを不当に占拠し、利益を上げている悪党くらいには思われている。

だからヒロトは自身が危険な存在ではないと、王国の役に立つ存在だと世間に知らしめる必要があった。幸か不幸か、この一斉スタンピードが最大のチャンスだった。魔物の群れに自前の戦闘部隊をぶつけ、戦果を挙げることができれば、これまでの奇行が全てダンジョンに対抗するための手段だったのだと主張することができる。

「本当なら君たちを戦わせたくなんてない。安全な屋敷で健やかに成長してほしい。でも世間はそれを許してはくれません。こんな状況を作ったのは僕だ。その責任を君たちに押し付けている。本当にごめん。でも、僕たちは僕たちの居場所を守るために戦わなくてはならない」

ヒロトは出陣する百人の子供たちを見つめた。体は成長した。立ち振る舞いだって堂々としたものだ。しかし歴戦のような雰囲気の中にどこか子供特有のあどけなさが残っている。

子供だ。みんな子供だ。ヒロトの大事な子供たちなのだ。確かに最初はダンジョンを成長させるための道具として手に入れた。しかしいつしかヒロトは彼らを大切に想(おも)うようになっていた。

一緒に遊び、食卓を囲み、風呂に入り、今日も寒いね、なんて会話を交わしているだけで、『お父さん』なんて慕ってくれるのだ。可愛くないはずがなかった。愛おしく思わないわけがなかった。この子たちは少しばかり人懐っこすぎた。

――そして僕は、そんな可愛い子供たちを戦場に送り出さなければならない。

涙を堪える。情けなくて、恥ずかしくて、どうにかなってしまいそうだ。

「回復薬は充分ですか？　かすり傷ひとつでもちゃんと薬を使いなさい。携帯食は持ちましたね？　お腹が減ったら食べなさい。寝具の類も忘れていませんね？　おなかを冷やしたら風邪を引きますから気を付けなくてはダメですよ？」

「……ヒロト様、それではまるで世話焼きのお母さんです」

「と、とにかく必要なら何でも使いなさい。物資が減ったら戻りなさい。あらゆる手段を講じて生き残りなさい。負けてもいい、戦果だって要りません。生きて帰ってくれればそれでいい」

お願いします、とヒロトが頭を下げると、どこかからすすり泣くような声が聞こえた。

「うっ……ぐず……」

「ま、ますだー……」

ヒロトはたまらなくなって子供たちを抱きしめた。何だかもうめちゃくちゃだった。戦いを前に息巻く勇敢な戦士たちなど一人もいなかった。単なる養父との別れを惜しむ子供たちの集団だった。

この中の数人が、もしかしたら全員が帰ってこられないかもしれない。

ヒロトは子供たちと別れるのが怖かった。死別への恐怖心は子供たちにも伝播（でんぱ）しただろう。それでいいとヒロトは思った。戦場に蛮勇は要らない。戦いにおいては臆病なくらいがちょうどいい。

全員で別れを惜しんだ。そして必ず全員でこの場所に帰ってくると誓いを立てた。

どれだけ強く願ったところで願いが叶（かな）うとは限らない。しかし、実現困難な目標を達成するには、奇跡を起こすには、強い思いが、動機が、意思の力が必要不可欠だ。

だからこの別れはきっと、無駄な時間なんかじゃなかったのだ。

*

金属製の車輪が澄んだ音を立てる。純銀製でできた箱馬車が次々に出立していく。四つの車軸にそれぞれ二つずつ車輪がついた大型馬車。素材は純銀製である。ガイアにおいて銀は鋼鉄よりも遥かに頑丈な金属だ。魔力含有率というものが関係しているらしく、銀の魔を払う特性もあいまって銀馬車は下手な城壁よりも頑強な作りとなっていた。

箱馬車を牽くのは高価なゴーレムホースである。魔力を動力とするそれは普通の荷駄馬に比べ遥かに力があり、また戦場を恐れることもない。今回の任務には打って付けの引き馬と言えた。

子供たち五人につき一台の箱馬車が割り当てられている。荷台の天井にハンモックを吊るせば簡易住居に早変わりするという設計だ。硬い地面の上での野宿よりはずっと楽に過ごせるだろう。

物資は唸るほど用意した。予備の馬車には武器や食料、医療品が山と積まれており、水や火を作り出す高価な魔道具も入っている。もはや動く要塞といっても過言ではない装備だった。

それでも心配は尽きない。戦場に不測の事態は付き物だ。そのため指揮官たちにはそれぞれ百万ガイア——およそ百億円——を預けている。

恐ろしいほど金をかけて安全策を講じたつもりだ。それでもまだ打つ手があるのではないかとヒロトは早くも不安に駆られ始めている。

「あまり入れ込んではいけませんよ」

ディアの手が肩に触れた。まるで壊れやすいガラス細工でも触るような優しい手つきだった。

「わかってます、僕は大丈夫……いてっ！」

ヒロトが言うとウォルターが頭を小突いてきた。

「どこが大丈夫なんじゃ。バカたれ。そんな真っ青な顔をしよってからに」

「ウォルター……」

「小僧が心配せずとも子供たちは立派に成長しておる。今やどこに出しても恥ずかしくない一角の戦士じゃ。それに子供たちの傍には歴戦のキールがおるし、剣に愛されたルークだっておる。何よりもこのワシが付いておるのじゃぞ？　何を心配することがあろうか」

銀色の戦鎧に身を固めた竜殺しが断言する。このスタンピード討伐部隊、通称〈メイズ抜刀隊〉には二千名からなる子供たちの中でも特に優れた百名が選ばれている。全員が二ツ星級、冒険者なら二つ名持ちに選ばれてもおかしくないような一流の戦士たちなのだ。ウォルター曰く、抜刀隊の練度は王国の最精鋭たる近衛騎士団にも匹敵し、むしろ装備の面で上回るやも、とのことだった。

「それでも不安で……」

隊員たちは全員子供だ。本来なら経験を積んだ大人たちが選ばれそうなものだが、変に下地があるより素直で何の癖もない子供たちのほうが成長しやすいようだ。もちろんウォルターやキール、クロエのような優れた先達の指導、ルークという同世代の圧倒的な存在も影響しているのだろう。

「このワシをあまり舐めてくれるなよ？」

ヒロトが目を見開く。そこに人生に倦んだ老人の姿はなかった。数多の闘争に勝利し続け、ついには〈竜殺し〉まで成し遂げた精悍な戦士の威風だけが残っている。

「このワシが子供たちを守ろう。だからヒロトよ、お主は子供たちの帰る場所を守るんじゃ」

「……わかった。子供たちをお願いします。全員を生かして帰してください」

「命に代えても」

手を握る。今、初めてウォルターと心が通じ合ったような気がした。

「二人も気を付けて」

同じく隊長格であるキールとルークにも声をかける。

「はい、マスター。往って参ります」

「そんな心配そうな顔しなさんな。さくっと倒して帰ってくらぁ」

古参組が馬車へと向かう。

「あ、そうだ……ちょっと待って」

ヒロトは彼らを呼び止め、懐から三枚のチケットを取り出した。

「それは？」

「〈眷属チケット〉。余ってるから、よかったら使う？」

〈眷属チケット〉は配下モンスターをサブマスターにランクアップさせるアイテムだ。ダンジョンマスター同様に不老の存在となり、ダンジョン運営に関連するシステム操作権限が与えられる。さらにダンジョンレベルに応じて各種ステータスが軒並み向上するという優れものだ。

一番のデメリットは、ダンジョンマスターの眷属として本格的にダンジョン側の人間——つまり人類の敵になってしまうことだろう。またダンジョンマスターと強固な従属関係が結ばれることで、裏切りはおろか敵対の意思さえ抱けなくなってしまう。

部隊長に任命した三人に万が一などあっては困る。戦闘中に彼らが倒れようものなら部隊は大混乱するに違いない。最悪、全滅する可能性だってあり得る。

幸いにもチケット自体はランカー入りの副賞やダンジョンバトル連勝記録の副賞でたびたび手に入れている。ここらで在庫を消費するのもありだろう。

「やった！　ありがとうございます、マスター！」

「おお、こりゃ助かるぜ！　大将！」

二人はさっそくと眷属化を始める。チケットの使い方は簡単で、ダンジョンマスターが配下にチケットを渡し、本人がそれを受諾するだけだ。

二人の体が光に包まれる。それだけで眷属化は完了だ。見た目の変化は特にない。しかしステータスが大幅に上がったらしく、その場で飛び跳ねたり、剣を振ったりして状態を確かめていた。

「……むぅ、すまんがワシは遠慮しとくかのう……」

そんな中。ウォルターが少し申し訳なさそうに頭を掻く。

「そっか、欲しくなったら言ってよ」

一度、眷属になってしまえばもはや後戻りはできない。本格的に人類の敵に回ることになる。そんな重大な決断をその場のノリで決めてしまう二人のほうがおかしいのだ。

「…………」

ヒロトが視線を感じて振り返れば背後には黒豹娘が半眼で立っていた。

「えっと、クロエも、よかったら使う？」

「やった！　ありがとう、主様！　あ、でも……本当にいいの？」

「何が？」

「私が眷属になるの、いやじゃない？」

「もちろんいやじゃないよ。むしろクロエこそ無理してない？　だってダンジョンマスターの眷属だよ？」

眷属は不老の存在である。つまり地獄の果てまでヒロトについていかなければならないのだ。

「ううん、嬉しい……とても」

クロエは花が咲いたみたいな笑みを浮かべる。チケットを大事そうに胸に抱く。小さな体がわずかに発光し、眷属化は完了する。

「これでずっと主様と一緒……ありがとう、主様」

クロエはヒロトに抱きついて頬擦りをする。人懐っこい猫みたいだとヒロトは思った。

「いいなぁ……」

「私も欲しいですわ……」

子供たちが羨望の眼差し（まなざし）で古参組を見ていた。馬車を止めてまで様子をうかがっていた。

「……みんなも欲しいのかな？」

「……何を今更」

ディアが呆れたように言う。子供たちはヒロトのことを『お父さん』と呼び慕っているのだ。眷属ともなればまさしく家族ではないか。これが羨ましくないはずがない。

「今回の遠征で活躍したら、僕らももらえるかな」

「きっともらえるよ！」

「ご主人様、僕、頑張りますからね！」

「俺だって頑張るからな、見ててくれよ！」

「ええ、草の根搔き分けてでも敵を殲滅してくれますわ！」

「そうねぇ、みなさん、眷属目指して、頑張りましょう？」

「「おー！」」

遠く子供たちの元気な声が聞こえてきて、ヒロトは思わず目を細めた。

「そろそろ俺たちも行かなきゃだな。達者でな、大将」

「今度こそ往って参ります、マスター」

「残った子供たちをくれぐれも頼むぞ！」

三人はゴーレムホースに騎乗すると颯爽(さっそう)と駆けていった。

「三人とも、危なくなったらすぐに逃げるんだよ！　無理だけは絶対しちゃダメだからね！」

「主様主様、それ割と縁起でもないから」

「ええ、そうですね。みなさんの武運を祈りましょう」

ヒロトは子供たちの乗る馬車が消えても訓練場に残り続けた。

馬車の轍(わだち)をじっと見つめる。

――僕は、醜いなぁ……。

自分がどれだけ彼らを大切に思ってきたのかを知り、大切に思われていたのかを知った。

それでもまだ、ヒロトは子供たち(たにん)を信用できないのだ。

第五章　メイズ抜刀隊

〈メイズ抜刀隊〉は王国を北上しながらダンジョンから溢れ出した魔物の群れを捜索していた。

運営の発表によれば、今回の〈ポッキー賞味期限騒動〉では過去最高の六百五十一のダンジョンが参加したそうだ。予想外の大勢力に各国は多くの被害を出しているという。

これまでは三百程度のダンジョンしか参加してこなかった。つまり半数以上が初参加のダンジョンだったのだ。スタンピードを行ったダンジョンはすでに出入り口が発見されている。監視網が敷かれ、ダンジョン近くに砦や簡易陣地などの防衛施設を建設、さらに近隣領主が市民に戦闘訓練を施すといった対策が取られている。

逆を言えばそれ以外の地域の対策は遅れているのだ。初参加ダンジョンは各国が作り上げた監視網をくぐり抜け、何の対策も取られていない集落や村に襲い掛かったのだ。

王国中で救援を求められているような状況だった。だから自然と気が急いてしまう。もしかしたらあの〈スタンピード祭り〉に劣らぬ被害を出すかもしれない。そんな不安を全員が抱えていた。

不幸中の幸いだったのが、初参加組の戦力が少なかったことだろう。掲示板内では無職ダンジョンなんて呼ばれ方をする彼らが用意できる戦力はさほど多くない。

そのためメイズ抜刀隊は初参加組の魔物の群れを優先的に狙っていた。抜刀隊メンバーは最低でも二ツ星級の実力者が揃っている。腕利きの職人たちが作り上げた純銀製の防具に身を包み、シルバースライムのレアドロップである魔剣〈フェザーダンス〉を佩く彼らは、単独で三ツ星級の怪物ともやり合えるほどの戦闘能力を持っていた。

　だからこそ少数の敵を狙うのだ。少数精鋭の強みである高い機動力を生かして王国中を駆け回り、監視網をくぐり抜けた小規模な敵を狙い撃ちにする。同数の敵であれば確実に勝てるからだ。

「師父、いました！　前方十キロ先、魔物の群れです！　主力は鬼族。オークが三百、ゴブリンは千を超えています。一部に星付きのオーガの姿も見えました！」

　偵察に出ていたルークが報告を上げる。

「あのクソ領主、嘘の情報寄越しやがったな……何が二百程度の魔物の群れだよ。こちとら百程度だぞ、十倍じゃねえか十倍……どうするんだ、爺（じい）さん、逃げるか？」

　キールは悪態をつきつつ、指揮官たるウォルターに指示を仰ぐ。

「この距離で逃げてもどうにもなるまい。しかし……さすがにまともにぶつかりたくはないのう……いつものように箱馬車で壁でも作るか。ルークは回り込んでボスの討伐。いけるな？」

「はい、師父！」

　ルークは了解すると、精鋭ぞろいの抜刀隊の中でも特に戦闘能力に秀でた隊員たちを選抜する。

「ふむ、ここはワシが前線に出張ろう。キールには全体の指揮を執ってもらおうかの」

「何だよ、たまには俺にも戦わせろよ」

「いやじゃ。戦いたいんだもん」

「ふざけんな、爺（じじい）！」

「だってワシ、総大将だもん」

「はぁ……結局、いつものパターンかよ。仕方ねえ、壁の前に穴でも掘っとくか……柵もあったほうがいいな……ぶつかる前に何台か突っ込ませるか、勢いも止まるだろ」

文句を言いつつも次々に策を吐き出し始めるキール。彼は元帝国軍人であり、正規の教育を受けた士官でもあった。豪快な見た目に反して抜刀隊一の軍略家だ。

「頼むぞ、キール。子供たちを守ってくれ」

「わかってるよ、じゃあジャリ共に命令してくるわ」

キールは言いながら小隊長たちに命令を下していく。指示は短くシンプルに。しかも子供でもわかるよう嚙み砕いた表現で伝えられている。

うまいものだとウォルターは思った。面倒見のいい性格なので、子供たちからも慕われているという。指揮官になるべくして生まれてきたような人材だった。

「二人とも頼りになるのう……おかげで楽ができるわい」

古参組の中でも抜群の戦闘能力を誇るルーク、優れた戦術眼を持つキール。おかげでウォルターは目の前の敵を殺し、子供たちを守るだけでよかった。

*

小高い丘に陣取った抜刀隊は箱馬車を円形に並べた。純銀製のそれは、ただそこにあるだけで強固な防壁となる。馬車の前に堀を作り、丸太を打ち付けて補強。陣地前に落とし穴や雑草を束ねて結ぶなどの簡易罠も作った。最後に馬車と馬車の隙間に槍を並べて簡単に近づけないようにする。

敵を待つ。三時間。交代で休憩を取りながら戦意を高めていく。

そろそろ日も暮れるという頃になってやつらは姿を現した。

千匹の魔物。言葉で聞けばそれだけだが、直接対峙した者にとってその迫力たるや尋常なものではなかった。雲霞のごとく押し寄せる化け物共の姿を見て浮き足立たない者はいない。ましてや抜刀隊は子供たちがほとんどだ。実戦経験はあれど、これほどの大規模な会戦は初めてである。

「大丈夫じゃ！　ワシがおる！　ワシが守るぞ！」

しかしそんな子供たちの不安をウォルターは一瞬で吹き飛ばしてみせた。これまでの戦いでも古参組はその実力を遺憾なく発揮してきた。今更その武勇を疑う者はいない。

あの三人がいれば負けることはない。その確信が子供たちに勇気を与えた。ゴブリンたちの耳障りな奇声も、オーク共の野太い怒声も、オーガの恐ろしい咆哮でさえ少しも恐ろしくない。

数に勝る魔物の群れは気勢を上げながら突貫してくる。歩調を合わせることもなく、それぞれがてんでばらばらに突撃をしてくる。ダンジョンマスターはボスには命令できるが、配下のモンスターにまでは行き届かない。戦術を理解する知性がなければ隊列など組めるはずがないのだ。

それが抜刀隊との、いや人類との差だった。

「魔法隊、撃てぇぇぇぇ――――ッ！」

彼我の距離が三百メートルを切った時、キールの号令が響いた。瞬間、陣地の向こう側から〈火球〉の魔法が一斉に飛び出す。放物線を描く五十余りのそれが敵陣へ同時に着弾する。

「いいぞ、さすがだ、ジャリ共！」

火柱が上がる。それはまるで古の大魔法〈爆撃〉を彷彿とさせる威力だった。

それは〈連鎖〉と呼ばれるガイア特有の物理法則だった。ガイアでは同属性の攻撃スキルを同一タイミングで直撃させるとスキルの威力が高まり、効果範囲まで広がるという現象が起きる。もちろん重なったスキルが増えるほど効果も増していくのだ。

拳大ほどの火の玉を投げつける〈火球〉の魔法は単独ならせいぜいゴブリンを倒すくらいの威力しかないが、五十発分の破壊エネルギーが〈連鎖〉によって増幅されることで、莫大な威力を誇る範囲攻撃魔法へと変貌するのだ。その破壊力たるや尋常なものではなく、ゴブリンやオークはおろか、優れた膂力(りょりょく)と耐久性を持つ三メートル超の怪物オーガでさえ消し炭に変えてしまう。

思わぬ先制攻撃に魔物たちが動きを止める。爆発の中心地にいた個体はもちろん、余波だけで戦闘不能になった魔物が続出したのだ。突撃を続けるか、一度陣地に戻るべきか、考えたのだろう。

「次、弓兵、撃て！」

その隙を歴戦のキールが見逃すはずがない。すかさず弓矢による攻撃を行う。無数の矢が襲い掛かる。〈矢の雨(レインアロー)〉というスキルで、一息に十本もの矢を射掛ける攻撃スキルだ。レベルアップにより強化されたステータスと、高価な銀製武器から放たれるそれは凄まじい威力を誇り、敵を容易(たやす)く貫通すると次の個体に突き刺さってようやく停止するほどだった。

「馬車を走らせろ！」

今度は空堀の前に陣取っていた箱馬車が一斉に動き出す。出鼻を挫かれ浮き足立つ敵に重量物による突撃を見舞う。ゴブリンは吹き飛び、オークは牽き潰され、オーガたちでさえ倒れ込む。

凄まじい三連撃に気勢を吐いていた魔物たちも及び腰になってしまう。

「グオオオオォォォ――――ッ！」

いけるか、そうキールが思ったところに吼声(こうせい)が響き渡る。

〈単眼巨人〉。三ツ星級の中でも上位に位置する災害級の化け物だ。その威圧感は凄まじく、ボスモンスターの咆哮ひとつで魔物たちは恐慌状態から立ち直ってしまった。

そこからは長い防衛戦の始まりだ。迫り来る魔物たちに馬車の上から矢を射掛け、槍を突き刺す。近づかれたら〈フェザーダンス〉を抜いて切り結ぶ。隊員たちの士気や練度は高く、魔剣の加護で底上げされたステータスもあいまって危なげなく敵を倒していく。

それでも徐々に押され始める。どれだけ練度に差があっても普通は数の暴力には勝てないのだ。

「では往くかのう」

だからこそ、尋常ではないウォルターが往く。

「そら死ね死ね死ね死ね死ねぇぇぇぇぇぃぃぃぃぃぃ」

ウォルターは前線を駆け回りながら剣を振るった。

それはまるで刃を纏った竜巻が戦場を駆け抜けていくかのようだった。老剣士の往った後を赤いものが飛び散る。血飛沫(ちしぶき)が、肉片が、屠(ほふ)られた敵の断末魔が乱舞する。

ウォルターの役割は子供たちのサポートだ。押され始めた防衛線を見つければすぐさま駆けつけ、忽(たちま)ちのうちに魔物を殲滅する。敵の勢いが衰えたところで後方部隊と入れ替えるのだ。

そして前線が安定すれば単身、群れの中に飛び込んで魔物たちを殺して回った。特に優先してオーガを狙う。無印級の雑魚ならいざ知らず、一ツ星級最強と呼ばれるオーガが相手だと子供たちでは万一のことが考えられるからだ。

「グオオオォォォ――――ッ！」

単眼巨人が苛立ったように吼(ほ)える。棍棒(こんぼう)を振り回し、配下の魔物へしきりに突撃命令を下している。しかし魔物たちはすでに全力での攻撃を加えており、これ以上の攻勢は不可能だった。

何せ敵はあまりにも強い。弓矢や魔法による効果的な後方支援、立てかけられた槍と連結された銀製馬車による強固な防壁、その屋根に立つ腕っこきの戦士たち。陣地を崩そうにも恐ろしい化け物によって戦線は立て直され、オーガのような強個体は狙い撃ちにされる。簡易陣地は予想以上の堅牢さと剣呑さでもって魔物の群れを寄せ付けなかった。

あまりの被害の大きさに敵の勢いが衰えていく。瞬間、戦場を銀色の閃光が駆け抜けた。

「……ルークめ、焦りおったな」

ウォルターは敵を切り捨てながら視線をやる。ルーク率いる別働隊だった。本来なら敵の撤退に合わせて襲い掛かる手筈になっていたが、敵が攻勢を強めるあまり、指揮官たる単眼巨人の守りが手薄になったと見て動き出したのだ。

ルークが率いる手勢はわずか十名。しかし全員が才能溢れた剣士であり、三ツ星級と判断される手練ればかりだ。素早く動くために革鎧を着用した彼らは〈フェザーダンス〉の〈加速〉の効果もあいまって矢のような速度で戦場を駆け抜けていく。

凄まじい練度だった。その衝突力たるや騎馬突撃さえ遠く霞む。敵の群れに突貫してもなお、勢いは止まるところを知らず、まるで魔物の群れが太い槍で貫かれていくかのようだ。

「はあああぁぁあぁぁぁ――ッ！」

鋭い刃の切っ先こそルークだった。少年剣士は両手に持った魔剣で敵を撫で斬りにしながら前進する。そして隊長が広げた傷口を部隊員が広げていくのだ。

「グオォォ――……ぐボォ……！」

一ツ星級最強と言われるオーガも、ルークの前には手も足も出せない。振り下ろした拳は全て空を切り、次の瞬間には首が落ちていた。あるいは懐に入られたと知覚する間もなく足首を切断され、地面に倒れる個体もいた。

指揮官たる単眼巨人を守るべく布陣していた魔物たちはルークらの手で鎧袖一触にされてしまう。事ここに至ってようやく単眼巨人も目の前の小者が自らを殺しうる強敵と認識したようだった。

しかしそれは遅きに失した。

「グオオオォォォ――――ッ！」

「散ッ！」

咆声に合わせるようにルークたちが散らばると、巨人は手にした棍棒をぶん回し、小癪な人間共を破壊するべく暴力の嵐となる。しかし彼らには当たらない。風の中を泳ぐ木の葉のようにひらりひらりと躱し続ける。元より素早さで勝る彼らは〈フェザーダンス〉の特殊効果もあいまって鈍重な魔物の一撃など目を瞑っても避けられるのだ。

「殺ッ！」

そして号令一下、散らばった木の葉が一斉に集まる。その手に強力な魔剣を携えて。

「ギ、グ……グロォォォあぁぁぁぁ――――ッ！」

前後左右、さらに上空から襲い掛かった十二の刃が単眼巨人を肉片に変えた。指揮官を失った魔物たちが動きを止める。ダンジョンシステムによる支配から解放され、混乱を来たしているのだ。

「全軍突撃――――ッ!!」

その隙を見逃すキールではない。指揮官の命令が戦場に響き渡るや、魔剣を携えた戦士たちが一斉に馬車を飛び越える。

追撃戦という名の虐殺劇の始まりであった。

戦場に響き渡ると、逃げ惑う魔物が次々に切り捨てられていく。

指揮官を失い、混迷する有象無象などに後れを取る抜刀隊ではない。子供特有の甲高い雄叫びが
ウォルターとキールが並んで敵を屠っていく。暴力の嵐に晒された魔物たちは壊走を始める。

「ふん、誰に物を言っておる!」

「遅れるなよ、爺さん!」

*

ヒロトは玉座からダンジョンに設置されているモニターを凝視していた。

一言も喋らずに、まるで祈るような面持ちで。ヒロトの作り出す雰囲気は壮絶なもので、ディアやクロエに呼吸することさえ躊躇わせるほどだった。

戦端が開かれてから十分、二十分と過ぎ、一時間を超えたところで戦いの趨勢が決した――ルーク率いる別働隊がボスモンスターを見事に討ち果たした――瞬間、ヒロトはその場に崩れ落ちた。

コアルームが静寂に包まれる。しばらく膝をついて蹲るヒロトの呼吸音だけが響いていた。

「……心臓に、悪い」

「主様は心配しすぎ。もっとみんなを信用すべき」

ヒロトの呟きに、クロエがもっともな意見を返す。ぐうの音も出なかった。そもそも長時間にわたって極度の緊張を強いられていたせいで、反論する気力もないのだが。

「でもよかった……みんな無事で」

「ええ、しかし戦況をリアルタイムで確認できるのは大きなメリットですね」

クロエの言葉にディアが頷く。ヒロトは遠征に際し〈進攻チケット〉を使って抜刀隊メンバーをスタンピードの群れに登録していた。〈奴隷の奴隷〉対策でダンジョンマスターの支配下にある奴隷が、ダンジョンの戦力として認識されるようになったことで可能になった操作だった。

抜刀隊をスタンピード部隊に設定することで得られるメリットは計り知れない。まず彼らの動向をリアルタイムに確認できるようになった。その副作用でヒロトは疲れきっていたが、王都にいながら支援物資の手配や増援の派遣などができるようになった。

さらに指揮官に任命したウォルターへ直接命令が飛ばせるようになったのもありがたい。スタンピード中はDPを支払うことで遠隔地にいる指揮官へ手紙を送りつけることが可能なのだ。配達に一時間ほどのタイムラグがあるものの、王都で収集した最新情報を知らせられるのは大きなメリットだ。

「むしろ仕様変更してくれてよかったかもしれないね」

システムバグ〈奴隷の奴隷〉を利用してDPを荒稼ぎすることはできなくなったが、逆説的に言えばDPを支払わずにダンジョンの戦力を増強できる手段を得たということでもある。全部が全部悪いことではなかったのだ。

奴隷解放に思い悩むあまり、仕様変更によるメリットにまで考えが及ばなかったのである。

「心配して損した」

「……ごめん、クロエ」

「抱っこしてくれたら許す！　主様だから特別に！」

「わーい、主様大好き！」

クロエが両手を広げて抱き着くと、ディアがわざとらしく咳払いをする。

「クロエさん、少し破廉恥では？」

「ふ、ふん、これが我が家のお作法だから」

さすがに無理筋だと思っているのか、獣耳を力なく垂らしながらクロエが言う。

「ヒロト様だって本当は迷惑のはずですよ？」

「えっ……ほんと、主様？」

「そんなことな――いや、ノーコメントで」

不安げなクロエに言葉を返そうとしたところ、隣から妙なプレッシャーを感じたのでヒロトはそっぽを向いて口笛を吹くことにした。沈黙は金である。

「ヒロト様、奴隷に優しくしすぎるのも問題ですよ。一部のお調子者が調子に乗りますから」

「私は眷属だし。そもそも部外者、黙ってろし」

「私だってサポート役です。運営に必要なアドバイスをしただけです！」

「姑かよ。これだからお節介ババアは……」

「――クロエさん、一回、死んでみます？」

クロエは慌ててヒロトの影の中に隠れた。ものすごい威圧感だった。さすが腐っても神様である。

「二人ともその辺で……それにしてもディアさん、すごい戦果ですね」

ヒロトがモニター上にリザルト画面を表示させると、ディアが口を開く。

「ええ、この一戦だけで二千名体制で回していた頃の半年分の収益になっていますね」

「スタンピードのルールも割とえげつないからね。さすがは運営って感じ」

スタンピード中に得た戦果はポイント化され、終了後にＤＰや経験値として還元される。ポイントは道中で冒険者や兵士を倒したり、人類側の拠点を制圧したりすることで得られるわけだが、他ダンジョンの魔物を倒した場合にも手に入るのだ。それどころか敵指揮官を倒せば、相手方がこれまで稼いでいたポイントまで奪えるという仕組みになっていた。

あたかもダンジョン同士が争い合うことを推奨するかのようなルールである。

「ゴブリンが千、オークが三百、一ツ星級のオーガが百。そこに三ツ星級のサイクロプスまで加わるとなればちょっとしたダンジョンの総戦力です。そんな大戦力を倒し、彼らがこれまでに稼ぎ出したポイントまで横取りしたのですから当然ですね」

「ん、とりあえず一安心？」

「そうだね……これならダンジョンの安定収入になりそうだ」

今後、一斉スタンピードに合わせて〈メイズ抜刀隊〉を派遣すればこれまでと同等かそれ以上の収益を上げることができるだろう。

「……でも、こんな戦いを何度も続けられると……さすがに体が持たないけどね」

「今回はさすがに特別でしょう」

今回の戦いはこの地を任じられていた領主が敵戦力を少なく報告していたことが原因だ。あまりに大規模な魔物の群れだと周辺領主や冒険者たちが援軍に来てくれないからだ。周辺領主は自領に引き籠もって防衛準備を始めてしまうし、命知らずの冒険者たちだって負け戦に参加したくはない。しかし領地から逃げ出すこともできないその領主は、敵勢力を小さく伝えることで戦力を掻き集めたのだ。

「いや、人間、自分の身が危うくなれば他人を売るくらい平気でやりますよ」

ヒロトが冷めた口調で言う。誰だって自分の身が一番可愛い。今後もこういった出来事は増えていくに違いない。ヒロトはさっそく、自分たちでも事前に偵察をするよう手紙を書いた。人手が足りないようなら現地の冒険者でも何でも雇って構わないと続ける。

「でも、恨まれるよなぁ……」

今回〈迷路の迷宮〉は他ダンジョンのスタンピード部隊を討伐した。むしろそれを目的とした遠征だ。しかしゲーム風に言うならＰＫ（プレイヤーキラー）行為に他ならないわけで、同業者の稼ぎを横取りする盗賊めいた所業を知られれば、他ダンジョンから恨みを買うことは間違いなしだった。

「しかし、相手方は抜刀隊が〈迷路の迷宮〉の支配下にあることなどわからないでしょう。それに知ったところでダンジョンバトルを挑むくらいでしか鬱憤を晴らせませんよ」

「やったね、主様。新たな収入源」

ダンジョンバトルで〈迷路の迷宮〉が負けることはまずありえないと言っていい。今回の遠征でダンジョンレベルは十に上がった。つまり全十階層にも及ぶ超巨大な迷路なのだ。もはや一度や二度のダンジョンバトルで踏破できるほど生易しいものではなくなっていた。

「ちなみに運営がＰＫ対策に乗り出してくる可能性は？」

「ありませんね。彼らの性質からすれば推奨することこそすれ、禁止するはずがありません」

ディアは憎々しげに断言する。運営の悪辣さにはよほど腹を据えかねているらしい。

ＰＫが大量発生すればゲームは荒れること間違いなしである。オンラインゲームならユーザー離れを引き起こしかねない非常事態。まともな運営ならＰＫを禁止するようなシステム変更を行うか、アカウントの強制停止を行うところだ。しかし悪辣さが売りの運営にとって、ＰＫ行為の黙認はおろか嬉々として推奨してくる可能性さえあるという。

「何故、あのような者たちに神格が与えられているのか理解できません」

ディアは元々異世界から罪のない少年少女を誘拐し、ダンジョンマスターに仕立て上げるこの事業自体に反対だった。しかし冷酷で残忍な運営側に任せては大量の死者を出しかねない。そこでディアたち一部の善神は、惨劇を少しでも減らすべくサポート役に名乗りを上げたのである。

――たとえそれが自らの世界の住人を殺す手助けになったとしても。

「……救いが、ないね」

ヒロトの言葉にディアが少し苦しそうに笑った。

ディアは目の前の少年を見た。こんな世界に連れてこられ、追い詰められ、それでもなお未だに人の心を保っている。大切な人から手ひどい裏切りを受けたというのに他者を思い遣り、寄り添い、愛せる心を残している。心の傷と向き合い、苦しみながらも前を向こうと頑張っている。

その心の何と美しいことか。

「……いえ、私にとって、あなたという存在が救いです」

「ディアさん、今何て？」

「ふふ、秘密です」

ディアはそう呟くと青色のスカーフを撫でた。

*

年の瀬も近づき、武器商人ジャックが屋敷にやってきた。〈フェザーダンス〉や〈メイズ工房〉が作った銀製武具の売り上げを報告したいとのことだ。

リビングでの会談は和やかに進んだ。報告によれば〈フェザーダンス〉はもちろん銀製武具の売れ行きも絶好調なようだ。特に今年は〈進攻チケット〉の再配付のせいで長期間にわたるスタンピードが発生しており、品質の良い武具の需要は高まり続けている。

ヒロトたちが供給する武具の販売権を独占するジャックは人の恨みを買う奴隷商を廃業し、今では新進気鋭の武器商人として名を馳(は)せているようだ。

「こちらが今月の売り上げになります」

山と詰まれたミスリル製の硬貨を見て首を傾げる。

「いつもより少し多くないですか？」

需要が高くても販売価格は変えないようヒロトは指示していた。今の時期ならもっと高くしても売れるだろう。現に同業他社では値段の吊り上げが行われている。しかし王都で最高品質を誇る〈メイズ工房〉までそれをやってしまえば武具の高騰に歯止めがかからなくなる。

逆説的に言えばヒロトたちが販売価格を固定しているおかげで、同業者による値上げ額も抑えられているのだ。品質で敵わない競合他社はどうしても販売価格を抑えざるを得ない。ぼったくり店のレッテルを張られれば需要が安定した後、顧客からそっぽを向かれる。

メイズ氏の賢明な行動を市民は賞賛しており、抜刀隊の活躍もあいまって今では彼こそが真の愛国者だなどと言われているらしい。巷（ちまた）では大賢者メイズなんて呼ばれているようだ。

もちろんヒロトはそんな称号なんて要らないし、王国経済が破綻しようが構わない。しかし子供たちが母国の混迷を悲しむので価格を固定にしただけだ。要するにヒロトの行動は運動会で張り切るお父さんと一緒である。子供たちを笑わせたい。そしてあわよくば尊敬されたい。

ともあれ販売数も販売価格も変わらないなら、売り上げだって変化するはずがない。

「そうではありませんよ。今回の予言でも儲けさせていただきましたから。これはそのお礼です」

ジャックにはスタンピードの発生を予言という形で知らせている。再び戦闘奴隷を買い集めたり、食料を買い占めて荒稼ぎをしたようだ。もちろん王国に睨（にら）まれないよう配慮しながらだが。

「あまり無茶しないでくださいよ」

「安心してください。取引にはダミーの商会を使いましたから」

相変わらず用意周到である。稼げる時に稼ぐのが本来の彼のポリシーなのだ。販売価格の固定にもずいぶん難色を示していたが、約束を守ってくれるならそれ以上は口を出すつもりもない。

「まあ、そういうことならいただいておきます」

後は世間話である。自然と〈メイズ抜刀隊〉の話題になる。王都で一番ホットな話題だからだ。

「そうですか、みなさん帰還されるのですね」

「はい、おかげ様で誰一人欠けることなく、無事に年を越せそうです」

「それはよかった。私も安心しましたよ」

「また防具の性能が良かったから助かったなんて噂を流すんでしょう」

「ヒロト様も大賢者らしくなってきましたなぁ」

賢者どころか人類の敵ですけどね、とヒロトは内心で突っ込みを入れるのだった。

＊

ジャックを見送り、ダンジョンへ移動する。

「あれ、こんにちは？」

そしてコタツに入ってのんびりとお茶を啜っていたディアと目が合う。

「ブフッ！　こ、これはヒロト様、失礼致しました」

ディアは茶を吹き出したり、立ち上がったり、天板を拭いたりといろいろ忙しそうだ。

「クロエさん……あなた、謀りましたね」

「バカめ、油断してるからだ」

にししと小憎たらしい笑みを浮かべるクロエ。ディアが射殺さんばかりに睨みつけるが、口の端についた生クリームのせいでどうにもしまらない結果となった。

「あの、ディアさん。ほっぺに生クリームが」

「はっ、しまった！」

「ディアはいつも一口が大きすぎ。一ピースを丸呑みにするのはやめたほうがいい」

「くッ……道理でいつもより大きく取り分けてくれているなと思ったのです！」

ディアは顔を真っ赤にしながら布巾で口を拭う。それはさっき天板を拭いていた布巾だけどいいのかなあと思いつつ、クロエの頭を撫でる。

「クロエ、対応ありがとうね」

「ふふ、主様。どういたしまして」

どうやらいつもより早く来てしまったディアを、クロエ流のOMOTENASHIしていたようだ。ヒロトはしばらく帰ってこないと嘘をつき、コタツに潜り込ませた上、お茶とケーキを大量に振る舞う。完全に緩みきったところをヒロトに目撃させる作戦だったという。

「名付けて〈人ん家に来ておかわり要求すんな〉作戦」

「……ひどい名前だ」

「まったくですよ！　品格を疑います！」

「ディアにだけは言われたくない」

こんなくだらないいたずらを思い付くクロエもあれだが、普通に引っかかってしまうディアも大概であった。つまり何だかんだで二人は仲良しなのである。

「まあまあ二人とも。ディアさんも自分の家だと思ってくつろいでってください」

「……恐縮です」

ヒロトは言いながら靴を脱いでコタツへと潜り込む。

「それはそうと主様、これはすごい発明」

クロエは言いながら天板の上にしなだれかかる。ダンジョンの気温は常に十度前後に保たれている。さしものダンジョンマスターも冷蔵庫の中に長時間い続ければ体だって冷えてくるので、ドワーフ奴隷たちに依頼してコタツを作ってもらったのだ。

「暖炉も悪くないけど、コタツは別格なんだよね」

「ん、リラックス効果がケタ違い」

「……確かに、これは良いものです」

さらに床板を張り、カーペットを敷くことで寝転びながら仕事ができるようになった。なおダンジョンメニューは玉座に体が一部でも触れていれば操作できる。

「ところでディアさん、今日は？」

「そうでした、実は……」

慌ててコタツから出ようとしてディアは悲しげな顔をする。すっかりコタツの魔性に魅了されてしまっているようだ。

「いや、そのままでいいですから」

ディアは申し訳なさそうな表情で肩を落とす。

「例のごとくダンジョンバトルの申し込みが入っています」

「はい、拝見します」

ヒロトは黙々と〈果たし状〉の束を処理していく。一時は減少したダンジョンバトルの申し込みだったが、最近になってランカークラスを中心に復活してきていた。現に今、ヒロトが手にしている〈果たし状〉もランキング二十三位〈コープス共済〉なるダンジョンのものである。

抜刀隊の活躍もあり〈迷路の迷宮〉のランキングは急上昇している。十一月は四十位近くまで後退していたが、今は二十五位まで順位を上げた。

申し込みが増えたのは掲示板のおかげでもある。〈迷路の迷宮〉がスタンピードで荒稼ぎをしていることから主力部隊を使用しているのではないか、つまりダンジョンには大した戦力が残されていないのではという憶測が流れる――正確には流す――や否や、〈果たし状〉が殺到したのだ。

「それに年の瀬が近づいていることもあって、他のダンジョンも焦っているようですね」

掲示板の情報ではランカーでも上位と下位では副賞が異なるそうだ。どの程度の違いがあるのか定かではないが、少しでも高い位置にいたほうが今後、有利となることは間違いない。ちなみに十位以内、いわゆるナンバーズ入りを果たせば文字通り別格の待遇を受けられるそうだ。

ここが稼ぎ時だと確信したヒロトは全ての挑戦を受けている。確かに精鋭部隊である抜刀隊はいないが、〈迷路の迷宮〉の場合、防衛戦力の多寡は勝敗に影響しないのだ。

〈迷路の迷宮〉は戦うダンジョンではない。全十層からなる巨大な迷路によって敵を足留めし、判定勝ちを狙っているため、防衛戦力が出張る時は迷路が踏破されてしまった時だけなのである。

いざ戦いになってもダンジョンには眷属であるクロエがおり、二千名近い人員が残っている。シルバースライム狩りで鍛えた彼らは少なくとも一ツ星級の戦闘能力の持ち主だ。二ツ星級に届いている者も数多くいる。正面からの戦いでも負けることはないだろう。そもそも防衛戦力が足りないのならその場で召喚すればいいだけの話だ。ヒロトさえ健在ならその辺はいくらでも対処可能だ。

「じゃあ、これでお願いします」

ヒロトは全ての〈果たし状〉で承諾にチェックを入れていくのだった。

＊

「どう？　状況は？」

「ふぁ……おはよ、主様。特に問題なし」

ヒロトが仮眠室からコアルームに戻ると、コタツの中に潜りながらモニタリングを続けるクロエの姿があった。不寝番を買って出てくれた彼女は大きな欠伸をひとつ落とすと答えた。

『迷うな、進めぇぇぇぇぇ――――ッ！』

モニターに目をやれば、女性指揮官らしき三ツ星級〈吸血鬼〉が細剣を振り上げながら叫んでいた。アンデッド族特有の蒼白い肌は怒りによって赤らみ、美しいかんばせは醜く歪んでいる。

「バカなやつら……数を揃えたぐらいでどうにかなるはずないのに」

どのダンジョンもヒロトが用意した巨大な迷路の前に敗北していった。序列二十三位〈コープス共済〉も同じ結果になりそうだ。戦闘開始から二十時間、敵は未だに第四層を攻略している。

「すごいな。第四層なんて新記録だ。このペースだと第五層に辿り着く感じだね」

「それでも三分の一も進めてない」

ヒロトの驚きの表情とは裏腹に、クロエはひどく冷めた口調で答える。ダンジョンに設置可能な施設の容量は深層にいくほど大きくなるため実際にはほとんど進めていない計算になるのだ。

「いや今回の相手は間違いなく、今までで一番の強敵だったと思う」

第四層の通路はゾンビやスケルトンといった無印級のアンデッドで埋め尽くされている。敵は無印級とはいえ二千匹を超えるアンデッドを動員していた。グールのような上位種を多数揃え、指揮官として魔法にも身体能力にも優れた三ツ星級上位の〈吸血鬼〉を配している。

戦術的にも優秀だ。〈コープス共済〉は召喚コストの低い下級モンスターで通路を埋め尽くし、迷路を攻略するという人海戦術を取っていた。これまでの対戦相手は少数精鋭による迷路踏破を目論んできていた。罠にさえ引っかからなければ最悪、引き分けに持ち込めるからだ。

しかし狭く入り組んだ迷路内に巧妙に仕掛けられたトラップの数々を全て回避するのは不可能に近い。逆に〈コープス共済〉は開き直って、罠にかかることを前提に探索を最優先しているのだ。

事実、ヒロトとしてもこの人海戦術が一番恐かった。迷路は時間さえかければいつか踏破できてしまう。限られた時間で攻略するなら人手を増やすしかない。単純なようだが、現状考えられる中で最も有力な〈迷路の迷宮〉の攻略手段と言えた。

――まあ、こっちだってただ手をこまねいているわけじゃないけどね。

「あ、五階に来た……ふふ、落ちた」

クロエが愉快気に笑う。通路一杯に広がる〈大落とし穴〉にゾンビたちが落ちていったのである。最初の一団は底から伸びる無数の槍に貫かれて死亡。何とか生き残った連中も後から落ちてきた後続のゾンビの重みに耐えかね圧死していく。

『落とし穴だ！　全軍止まれえぇぇぇぇ――！』

指揮官たるヴァンパイアが声を張り上げるがもう遅い。知性の低いゾンビ共が狭い通路内に密集しているせいで、止まりきれずに落とし穴へ落下していく。結局、トラップがゾンビで埋まりきったことで通行可能になるという始末だった。

『くそ、進軍開始だ！』

「で、また、落ちる……ぷふっ、何だか遊んでるみたい……」

落とし穴を仲間の体で埋め尽くすことで何とか安全を確保したゾンビたちだったが、一定時間経ってドロップアイテムに変わったことで落とし穴が復活。ゾンビたちが再び落下し始める。

『ゾンビ共は一旦止まれ！　グール軍団は先行して罠を解除しろ！』

喚（わめ）き散らす吸血鬼。ちなみに〈大落とし穴〉のすぐ先には同じ罠が設置されており、そちらも順調に埋まりつつある。

ヒロトはこういった人海戦術にも対応できるよう、一定階層ごとに精鋭を送り込まなければいけない致死性の高い罠を用意していた。落とし穴の他にも槍の付いた天井が落ちてくる〈吊り天井〉や巨大な岩が迫ってくる〈大岩転がし〉などがあり、雑魚モンスターを一掃できるようにしていた。

作戦が功を奏し、その後もゾンビ軍団は雑魚一掃用の大型罠に悉（ことごと）く引っかかった。これにより探索ペースは一気に低下し、第六階層に到達することなくタイムアップする。

「今回も楽勝だった」

「まあ、油断だけはしないようにしようね」

ヒロトはそう言って自らを戒める。その後も同格である上位ランカーとのダンジョンバトルに勝利し続けた〈迷路の迷宮〉は順位を大きく上げ、十三位にまで到達するのだった。

*

夜明け前、王都の入り口に一人の青年が立っていた。

「主様、何してるの？」

振り返った先、クラシカルなメイド服に身を包んだ黒豹少女が立っている。鮮やかな黄金色の瞳に呆れたような、困ったような色が見て取れてヒロトはバツが悪そうに頭を掻いた。

「えっと、一番に出迎えてあげたくて……」

「でもまだ二時間以上かかるよ？」

昨夜、モニタリングした時には抜刀隊は王都近くの草原に野営陣地を作っていた。今の時間帯、子供たちは当然、眠っているため野営地から一歩も動いていないはずである。

「ごめん、何だか居ても立ってもいられなくて」

「わかる。私も同じ気持ち……一緒に待とう」

「……うん、ありがとう」

二人で並んで夜明けを待つ。

クロエは時折顔を上げて寒々しい冬空に文句を付けていた。太陽相手に本気出せよ、みんなが帰ってくるんだから今日ぐらい頑張れよと呟いている。

「主様」

「ん？」

クロエがそっと呼びかける。

「みんな、帰ってくるね」

「うん、帰ってくるよ」

クロエがそっとヒロトの手を握る。

「とっても、とっても嬉しいね」

「ああ！」

ヒロトは明るく答えるのだった。

＊

その日、王都は新たな英雄の誕生に沸いた。若き勇士たちを一目見ようと大通りに数えきれないほどの人々が集まってその時を待っている。

歓声。光り輝く銀の馬車が城門をくぐり抜けるや人々は声を上げ、自然と道端に寄っていく。

それはまるで一振りの刃が敵を切り裂いていくかのようだった。

〈メイズ抜刀隊〉と名乗る彼らは数多の魔物の群れを屠り、凶悪なボスモンスターを討ち取り、追い詰められた人々を救い続けてきた。そんな英雄たちは、とある武器商人の私兵なのだという。

大賢者メイズ。もはやその名を王都で知らぬ者はおるまい。〈メイズ工房〉を立ち上げ、最高品質の銀製武具を低価格で市場に供給し続けることでインフレを防ぎ、武具の販売によって得た利益で巷に溢れる身寄りのない子供たちを保護し続けている真の愛国者であった。

歓声と感嘆。

賢者に導かれし偉大な戦士の一団は堂々と目抜き通りを歩いていく。日の光に照らされて光り輝く白銀の武具、立ち上る強者特有のオーラが人々を魅了していく。

絶望に沈む王国にあって、その輝かしい功績は一筋の光であった。

パレードは長く続かない。大通りをしばらく行軍していった彼らは、途中で右に折れるとそのまま一軒の屋敷へと入っていった。

＊

メイズ抜刀隊帰還の報せが広まったらしく、王都の入り口に徐々に人が集まってきてしまった。

ヒロトたちは後からやってきたディアに説教されて泣く泣く屋敷に帰った。大賢者メイズの正体は防犯上の理由から、いかにも賢者っぽい白髪の老人ということになっている。しかし、往来のど真ん中で子供たちと親しげに話す青年が目撃されればその努力をふいにしかねない。自分たちの出迎えのために敬愛する主人が危険に晒されたとあっては、子供たちだって素直に喜べないだろう。

だからヒロトは我慢した。何せ一ヵ月も待ったのだ。二時間程度、我慢できないはずがない。

遠く歓声が聞こえてくる。王都の住民が集まって抜刀隊を迎えているのだ。ここからは見えないがちょっとしたパレードになっているらしい。その時、ヒロトは屋敷の前で冬眠明けの熊みたくうろうろし始めており、クロエとディアを苦笑させていた。

そして門扉が開く。

「ご主人様！」

待ち望んだソプラノボイスが聞こえ、ヒロトは振り返った。そこには猛ダッシュで走ってくる子供たちの姿が見えた。高ステータスにより両者の距離はぐんぐん縮まる。

「ルーク！　みんな!!」

ヒロトは彼らを受け止めるべく両手を広げた。

「ただいま戻りました！」

しかし子供たちはヒロトの目の前でまさかの急ブレーキ。その場で深く頭を下げた。ヒロトの自慢の子供たちは非常に礼儀正しいので、血塗(ちまみ)れの戦装束で主人の衣服を汚したくなかったのだ。

結果、ヒロトのベアハッグは見事に躱される。

「あれ、どうしたんです？　マスター？」

きょとんとした顔で尋ねてくるルークたち。

「ううん、何でもないよ……何でも……」

ヒロトは心の中でひっそりと泣いた。

＊

ルークに遅れること、数分。銀色の兜を小脇に抱え、ウォルターたちも帰還する。

「メイズ抜刀隊、総員百名。ただいま、帰還したぞ」

どうだと言わんばかりの表情。キールやルーク、子供たちも満面の笑みを浮かべている。

「お疲れ様でした。みんなの活躍はこの目でしっかりと見ていたよ。お風呂を用意しているし、ご馳走だって沢山用意した。思う存分に旅の疲れを癒してね」

ヒロトは遠征隊を労う。が、まだまだ物足りなそうな子供たちを見て、小さくため息をついた。

「お帰りなさい。君たちの顔を見られたことが何よりも嬉しい。辛かったね。悲しいこともあったはずだ。それでもよく生き残ってくれた。君たちは僕の誇りだ」

堪えられなくなった子供たちが抱きついてくる。王国随一と呼ばれる精鋭部隊でも、鎧兜を脱げばただのあどけない子供だった。

大切な人との再会に誰もが涙した。

＊

その後、子供たちを連れてダンジョンに移動する。この日のために用意した施設〈大浴場〉がお披露目され、全員で入浴することになった。当然、男女別なのでヒロトは男湯に入ったのだが、女の子チームから大ブーイングを受けてしまう。

「そんなこと言ってもダメです。女の子なんだから恥じらいを持ちなさい」

しかしヒロトが頑として言えば女の子扱いが嬉しかったのか、満更でもない様子で大浴場へと向かった。

元気なのは男の子チームだ。全員で背中を流し合い、髪を洗う。誰かがヒロトの背中を流すと言い出して俺も俺もと続いた結果、ヒロトの背中は真っ赤になった。

最後に全員で湯船に浸かった。この人数で一斉に湯船に入るとお湯が半分になる。勢いよく風呂桶が飛んでいく。そんなどうでも良いことさえ楽しかった。

風呂から出れば留守組が用意してくれていたご馳走が振る舞われた。王侯貴族が食するような高級食材がふんだんに使われた逸品がこれでもかと並んでいる。

ただしケーキなどの甘味類は早々に売り切れてしまう。見れば女の子チームがゲスト参加のディアを囲んで責めていた。彼女はしきりに頭を下げている。口の端には生クリームが残留している。

クロエが呆れた表情でその様子を見ていた。

祝宴もお開きとなる。その直前、二等区にある高級娼館にしけこむかとバカがバカな発言をした。そこに何人かが同調する。

「大将、そりゃないぜ！」

ヒロトは教育に悪いと許さなかった。彼はこの屋敷のリーダーだ。この世界に来て汚いことやあくどいことも沢山してきているが、それでも表面上は綺麗に見せる必要があった。聞こえてしまった以上、見過ごすわけにはいかない。

「バカキール……しばらく外出禁止」

「若いのう……」

クロエが呆れ、ウォルターが穏やかに笑う。

「うるせえな、たまにはいいじゃねえか。そうだ、大将も一緒にどうだ⁉」

「……黙れ……これ以上言うと去勢する」

それでも騒ぎ立てるキールにクロエが恐ろしい発言をした。本人はおろかヒロトやウォルターさえキュッとなる。

「ご主人様、キョセイって何ですか？」

ルークたち、男の子チームが首を傾げた。このままでいてほしいとヒロトは切に願った。

最後は全員でダンジョンの大広間で雑魚寝した。

ヒロトは笑った。みんなも笑った。

こんな日がずっと続けばいいと思った。

この笑顔を守りたいと強く強く願った。


――そして、いつか絶望するのだ。

幸せというものがいかに儚く尊いものなのか、ヒロトは誰よりもよく知っている。

第六章　ハニートラップ

——ああ、またこの夢か。

それはいつもの明晰夢だった。過去を追想するだけの何の発展性もない悪夢。

あの忌まわしい事故から一週間、奇跡的に軽傷で済んだヒロトは葬儀に参列していた。

喪主は母方の祖母、花枝だ。早くに夫を亡くし、女手ひとつで母を育てた気丈な人だった。明るく快活でヒロトも大好きだった。そんな祖母も最愛の娘と孫娘を同時に失い、憔悴していた。

「おばあちゃん、僕が傍にいるから」

ヒロトは沈み込む花枝の背中を優しく撫でる。それが引き金になったのだろう、祖母はヒロトにすがりつくようにして泣き出した。

わんわんと、まるで子供のように。

ヒロトは泣かなかった。涙を流す行為が家族に対する裏切りのように思えたからだ。

泣くことで悲しみは癒えるという。それは泣くことがストレス発散につながるからだそうだ。それではまるで大切な家族への思いを不要物として扱っているみたいだと思ったのだ。

涙が思い出まで滲ませてしまうなら、少しでも長く体の中に留めておきたい。

『見ろ、あれじゃまるっきり子供じゃないか』

『婆さんじゃダメだな』

『そうね、あんな人にうちの大切なヒロトを任せておけないわ』

ヒロトが苛立ちと共に視線を向けると、そこには親戚たちが並んでいた。

『ちょっと待て。何でアンタがヒロトを引き取る話をしてるんだ？』

『何言ってるのよ、ヒロトは私が引き取るに決まっているじゃない』

『バカ言うな、おまえんとこは――』

『そういう兄さんだって――』

叔父や叔母が罵り合っていた。さらに年上の従兄弟（いとこ）たちまで交じってヒロトの処遇――それに付随する五億という遺産――について身勝手な理論を並べ立てている。

そんなクズ共の隣で父や母の同僚や友人、姉の同級生たちが涙を流して悲しんでくれていた。

他人のほうが家族の死をよっぽど悼んでくれていた。

――家族って何なんだろう。

そう考えると、ヒロトはとても胸が苦しくなった。

＊

十二月二十四日、掲示板は明日に迫った〈クリスマス大作戦〉で大盛り上がりだ。これから年末にかけて世界中でスタンピードが同時多発的に発生し、人類側はその対処に追われることになる。

スタンピードの準備にかかりきりになっているせいか、ダンジョンバトルの申し込みもない。

〈迷路の迷宮〉はダンジョンランキングで十三位に付けている。ナンバーズに到達することはできなそうだが、十位台は確実だろう。もしかしたら結構なボーナスがもらえるかもしれない。

〈迷路の迷宮〉でも年末年始にかけて再び〈メイズ抜刀隊〉を派遣する予定を立てている。次の遠征準備はウォルターたちに丸投げなので、相変わらずヒロトは何もすることがない。

「おくつろぎのところ、申し訳ありません」

ディアが一枚の書類を天板に滑らせる。

「あれ、〈果たし状〉？　珍しいな……」

ダンジョンバトルの申請書には〈ハニートラップ〉というダンジョン名が記載されていた。〈ハニートラップ〉は現在、ランキング十一位に付けている上級ランカーだ。昨年度は序列第七位に輝いた元ナンバーズということを踏まえれば、格上と思って間違いのない相手であった。

「珍しいな……」

これまでナンバーズ級のダンジョンからの申し込みは一度もなかった。ナンバーズ級のダンジョンマスターは慎重な者が多く、搦め手を得意とするダンジョンとの戦いを避ける傾向にあった。

〈迷路の迷宮〉の戦略は掲示板を通して徐々に広まり始めている。彼らは正面からの戦いであれば絶対の自信を持っているが、自慢の大戦力も巨大な迷路には通用しない。〈迷路の迷宮〉との戦いはむしろ時間との戦いなのだ。どこまで続くかわからない巨大迷路、を二十四時間以内に踏破できるかどうかにかかっている。

ナンバーズといえど勝てるとは限らない。万が一、格下相手に敗北することになれば莫大な損失を被ることになる。大事に育てたレアモンスターやアイテム類を根こそぎ奪われかねない。

そんな博打を打たなくても上位にいられるからナンバーズなのだ。だから迷路を簡単に攻略する作戦でも思いついたのかと恐々としていたのだが、読み進めていくうちにその不安も氷解する。

『**よう、ヒロト。久しぶりだな、元気か？**』

果たし状には挑戦者のメッセージを載せる備考欄がある。ほとんどが無記入だが、相手側にバトルを受理させるべく意気込みを語ったり、挑発的な内容を記載したりする輩も少なくない。

『ショウだ。あ、はい、親友の八戸将(はちのへしょう)です……あれ、覚えてるよな？　覚えててくれよ！』

まずは軽口から始めるあたりが親友らしいと思った。普段は見せない穏やかなヒロトの表情にディアとクロエは目を見合わせる。

『メリークリスマス！　ヒロト元気か？　ちゃんと眠ってるか？　腹出して寝るなよ、風邪引くかんな。

　俺のほうは大丈夫だ。俺のダンジョンは南半球にあるらしくてよ、こっちは夏真っ盛りだ。今、赤いアロハシャツとハーフパンツ穿(は)いてサンタごっこやってる。早くトナカイ見つけたいぜ……いや彼女のことな、欲しいわ。切実に。こっち人がいなくてホント参った。ヒロトはどんな所に住んでんだ？　寂しい秘境とか選んでんじゃねえだろうな？　ダメだろう、引き籠もりの癖にそんな所いたら。キノコ生えるぞ。……まあ、ランキングでも上のほうにいるからうまくやってんだろ。そう思うことにするわ』

　間違いなく本人だった。捲(ま)くし立てるような口調が思い出されてヒロトはつい笑ってしまう。ガイアに連れてこられるまで親友のショウとはいつだって一緒だった。同じクラスで同じ法学クラブに所属し、昼休みになれば食堂に行き、体育の授業では常にペアを組んでいた。

『ところで本題。今年さ、結構ヤバめだわ。ナンバーズから外れそう。去年は七位だったんだけどな、年々ライバルも強くなってくし、立地も悪くてさ。なかなか、攻略もうまくいかないんだわ』

　二人の交流はヒロトから遺産を奪うべく親族が押し寄せてきた時から始まった。弁護士であったショウの父親が代理人となり、身勝手な持論を振りかざす彼らから守ってくれたのだ。

『知らないかもだけどナンバーズの特典はでかい。正直、諦めたくない。で、担当に聞いたら、十位と俺の所との差はほとんどないらしい。相手方もスタンピードは終わっちまったみたいだからさ。同格ダンジョンと戦えば引き分け程度でも逆転できるらしいんだわ。

そこでヒロト、おまえに頼みがある。俺とのダンジョンバトルを引き受けてくれないか？　もちろん、俺は攻め込まない。おまえも何もしなけりゃ引き分けになる。そうすれば俺は今年もナンバーズでいられるんだ』

家族を失い、身勝手な親族に翻弄され、憔悴していたヒロトを救ってくれたのはショウだった。何くれとなく世話を焼き、ふさぎがちな彼を外の世界へと連れ出してくれた。

いつしかショウと八戸家の人々はヒロトが唯一心を許せる存在となっていた。

『……頼む。一生のお願いだ。協力してくれ。これが出来レースだってことくらいわかってる。他に一生懸命やってる連中には本当に申し訳ないとも思ってる。

でもな、俺だって生き残りたいんだ。生きて生きて生き抜いて、いつかまたおまえに会いたい。なんてな。ダンジョンマスター同士で仲良くしちゃいけないなんて法律があるわけもなし。一緒にクリスマスパーティーでもしようぜ！

追伸　可愛い女の子がいたら紹介してください。お願いします。　八戸将』

「……辛かっただろうな……」

内心では忸怩（じくじ）たる思いがあるはずだ。ショウは八百長試合を頼むことに何も思わないような人間じゃない。弁護士一家に生まれ、いずれ両親の後を継ぎたいと懸命に努力してきたのだ。そんな親友がプライドを捨ててまで頼んできたのだから、よほど追い詰められているに違いなかった。

どの世界でもトップを走り続けるのは大変なことである。こんな世界に落とされてなお挑戦し続け、自らの信条を曲げてでも努力を続ける親友の姿にヒロトはそっと思いを馳せる。

「日付は明日だよね、クリスマスパーティーだし。ディアさん。これよろしくお願いします」

ヒロトは言って〈果たし状〉をディアに渡す。

「……あの、ヒロト様、このダンジョンバトル、少し考え直しませんか……？」

「ん？　何で？」

「相手方は……こんな言い方は良くありませんが、かなり派手に活動されている方ですよ？」

当然だろう。ダンジョンマスターは人類の敵である。ナンバーズに君臨するようなダンジョンが悪逆非道でないはずがない。

「実は私はこの申し込みを罠なのではないかと疑っています」

「ショウが僕に罠を仕掛けるって？」

「そこまでは言いませんが、妙に引っかかるのです。それにこのバトル、〈迷路の迷宮〉にはメリットがありませんよね」

どう言えばいいのかと困った様子でディアが言う。確かにこの依頼にヒロト側のメリットは少ない。引き分けポイントくらいで順位は変わらないだろう。

「メリットはショウに会えて、親友の力になれることだよ」

親友であり、大恩ある八戸弁護士の息子さんが困っているのだから力を貸さないわけにはいかない。そもそも親友に会えるというだけで危険を冒す価値がある、とヒロトは思った。

「ヒロト様、今一度考え直しては？　この時期にダンジョンバトルなんて普通ではありません」

「そりゃ普通じゃないよ。ナンバーズ入りの瀬戸際なんだから」

「では何故こんな時期に連絡が来たのです？　もっと早くに連絡があってもよかったはずです」

「それはそうだけど……僕が〈迷路の迷宮〉のダンジョンマスターって知ったのが最近だとか？」

「それです！　違和感の正体は！　どうして相手方はヒロト様の名前を知っているのですか⁉」

まとめサイトを編集しているとはいえ、慎重なヒロトが個人情報を漏らすような真似をするとは思えない。そしてサポート役も特定のダンジョン情報を教えることは禁止されている。

〈ハニートラップ〉のダンジョンマスターは、どこでそんな機密情報を知り得たのだろうか。

「それはわからないけど、とにかく大丈夫だって！　ショウは親友なんだから」

ヒロトは常にない強い口調で断言した。

ディアは説得を続けようとし、やめた。これ以上の追及はサポート役の領分を超えてしまう。

「すいません、僭越でした。個人的な信頼関係があるなら問題ありませんね……ただし、対戦相手があなたの親友の名を騙る偽者である可能性もございます。念のためご注意を」

「なるほど、それはあるかも。警戒だけはしておくよ。クロエ、みんなに通達をお願いね……あとパーティーの準備も」

「ん、じゃあ行ってくる」

クロエが伝令に出ていくと、コアルームは沈黙で満たされる。

ヒロトの浮かれた様子を見て、一抹の不安を覚えるディアだった。

＊

「いつの間にこんなものを」

ショウはモニター越しに聳え立つ城壁を忌々しげに睨みつけた。

前回のスタンピード時には存在しなかったそれは灰色の小さな砦だ。規模はさほど大きくはない。五百名も収容できれば御の字だろう。見るからに急造の砦であり、装飾の類だって尖塔にグラニテ王国旗が申し訳程度に揺らめいている以外には存在しない。恐らくこの手のイベントに欠かさず参加する〈ハニートラップ〉を恐れてこしらえた防衛施設なのだろう。

「あー、魔法か……厄介だな、くそ」

ガイアには〈魔法〉という物理法則が存在する。そして魔法によって作られた物質は効果終了後も残留し続けるのが基本原則だ。たとえば魔法で松明に火を付ければ灯りは残り続けるし、水魔法で水を作れば喉を潤すこともできる。土属性の中級魔法〈土壁〉も同じで、一度作られた壁は人為的に破壊するか、雨風に浸食されるまでその場に屹立し続けるのである。

さらに〈土壁〉は発動地点の土を使って壁が作られるため、事前に石灰や樹脂、砂利を大量に撒いておけば魔法終了後はコンクリートとほぼ同成分の壁が残ることになる。

素早く陣地を構築したい場合に利用される工法だ。工期こそ短縮できるものの、貴重な魔法使いの手を必要とし、装飾はできず、複雑な構造物も作れない。加えて石灰などの物資は個別に運び入れる必要があるし、鉄筋なども入れられないため強度も低くなる。よほど切迫した状況でない限り使用されることのない建設方式なのである。

「まあいい、この程度、叩き潰すまでだ」

ともあれ急ごしらえの砦である。ダンジョン〈ハニートラップ〉の脅威にはなり得ないだろう。

砦の上空にはすでに第一陣、千匹からなる一ツ星級〈殺人蜂(キラービー)〉が待機していた。殺人蜂は体長五十センチほどの蜂型モンスターだ。生命力こそ低いが、鋏(はさみ)のような牙は堅い樹木さえ断ち切り、強力な毒針を持ち、高い飛行能力を兼ね備えた強力な飛行ユニットだった。また小型であるため召喚コストは低く、数を揃えやすいのも特長のひとつと言えるだろう。これまで数多の村々を壊滅に追いやってきた〈ハニートラップ〉の主力モンスターである。

「あと二週間でどれだけ稼げるかな」

今日は十一月三日。一週間もすれば他のダンジョンマスターたちもスタンピードを始めるだろう。

〈ハニートラップ〉の順位は現在十一位。あと二つ階段を昇るだけでナンバーズ入りすることができる。そのためには一日でも長くスタンピードで稼ぐ必要があった。

だからショウは周囲と歩調を合わせずにスタンピードを開始していた。〈ポッキー賞味期限騒動〉の開始日は十一月十一日。もう一枚のチケットを使い、期間を延長すると翌年一月十一日まで遠征が可能だ。しかしランキング集計は年末に行われるため十日ほど無駄になってしまう。開始日を前倒しすれば、その分だけ他ダンジョンよりも長く魔物の群れを使役することが可能になるのだ。

今のところ、経過は順調。昨日も小さな村ひとつを壊滅させたばかりだ。襲撃は事前に察知されていたのか村はもぬけの殻だったが、建物を焼き払うことで〈村壊滅ボーナス〉を得ている。

この砦を攻略すればさらにボーナスが得られるだろう。これでまた一歩、ナンバーズへ近づく。

そんな時、指揮官モンスターから砦を攻略すべきかどうか判断を求められ、ショウはため息をついた。手早く命令を書いて転送。貴重な時間が浪費されていくことに苛立ちを覚えた。

「潰すに決まってるだろうが、自分で考えろよ……」

スタンピード中、遠く離れた魔物の群れに命令を飛ばせるのだが、手紙が届くまでに一時間ほどのタイムラグが発生する。そこから指揮官が命令を解釈し、作戦を考え、配下に伝える必要があった。魔物の数が多いこともあり、部隊が動き出すまでに三時間もの時間がかかってしまうのだ。

ようやく殺人蜂の群れが動き出す。千を超える魔物の群れが急造の砦へと殺到する。

「よし、潰せ！」

ショウにとってガイアの人々は逃げ惑い、蹂躙されるのを待つだけの獲物だった。

『構えぇ――放てぇ!!』

しかし、今回だけは違っていた。砦に籠もる三百名ほどの兵士――装備からしてグラニテ王国の正規兵のようだ――は怯えた様子もなく矢を放ち始める。スキル〈矢の雨〉から放たれる千の矢が密集陣形を敷いていた殺人蜂に襲い掛かる。

『魔法兵、前へ！』

続けて杖を構えた魔法兵たちが前に出る。その杖の先端には小さな火の玉が浮いている。

『撃てぇえぇぇぇッ！』

直後、大空を爆炎が包んだ。

「なッ……〈連鎖〉だと!?」

〈連鎖〉とは、同一スキルを同一タイミングで放つことで発生するガイア固有の物理法則だ。〈連鎖〉が発生すると威力は大幅に高まり、有効範囲まで広がるようになる。

五十の〈火球〉は古の大魔法〈爆撃〉並みの威力となり、直撃を受けた殺人蜂はおろか、爆発の周囲にいた個体まで地面へ叩き落とされてしまう。

「何でこんな所にそんな精鋭がいやがるッ⁉」

意図的に〈連鎖〉を発動させることは難しい。貴重な魔法使いを揃え、能力の異なる人員が同一タイミングで詠唱を始め、術式を完成させ、敵に直撃させなければならないからだ。連鎖攻撃は高い練度を誇る精鋭部隊だけが行使できる切り札的な戦術だった。

しかしそれだけに威力のほうは絶大であり、この攻撃だけで第一陣は壊滅してしまう。生き残った数十匹の殺人蜂が城壁に取りつくことに成功したものの、得物を剣や盾に持ち替えた兵士たちによってすぐさま鎮圧されてしまう。

『どうだ、これが人間の力だ！』

砦の兵士が勝鬨を上げる。

ショウは歯噛みした。苦労して作り上げた〈殺人蜂〉の軍勢が、一度の攻防で一掃されてしまったからだ。モニター越しに指揮官モンスターが戦闘を継続するか、お伺いを立ててくる。

——何を当たり前のことを！

あの砦だけは絶対に潰さなければならない。ショウは急いで命令書を転送した。数時間経って次の殺人蜂部隊に再び突撃命令が下る。指揮官とて無策ではなく、今度は部隊を薄く広げることで魔法連鎖を掻いくぐるようにさせていた。

連鎖攻撃に数を減らしつつも、今度は八割方が城壁に取りつくことに成功する。しかし、城壁にいる兵士たちは敵を仕留めきれないとわかるや五名ほどのパーティに分かれて陣形を組む。一方、〈ハニートラップ〉側は連鎖攻撃を恐れて部隊を分散させた結果、襲撃は散発的にならざるを得ず、思ったような戦果が挙げられない。

殺人蜂たちは着実に仕留められていく。固まれば打ち落とされ、バラければ一匹ずつ倒される。兵士たちはその状況に応じて得物を持ち替え、臨機応変に戦った。盾兵が守り、槍兵(そうへい)は刺し貫く。後方から飛来する弓や魔法による支援攻撃もあり、蜂たちは数の優位を活かしきれずにいた。

「休まずに攻撃しろ！　敵は寡兵だ！　攻め続ければいつか倒せる！」

ショウは不甲斐(ふがい)ない配下を罵りながら声を荒らげる。命令こそ届いていないが、指揮官も同じことを考えたのだろう。殺人蜂部隊を百匹程度の小部隊に分けて次々と投入していった。

倒しきられる前に増援を向かわせることで、被害の大きな魔法の一斉掃射を封じたのである。

作戦が功を奏し、城壁に取りつく戦力が増えていく。それに従い、徐々に天秤(てんびん)が傾いていく。グラニテ王国が取る高度な戦術を〈ハニートラップ〉は単純な数の暴力によって無意味にした。

泥沼の殴り合いになれば勝利するのは数で勝るダンジョン側だ。城壁での戦いが優勢に転じたところで、指揮官は二ツ星級の精鋭〈殺戮蜂(マーダービー)〉の戦闘部隊を投入する。

殺戮蜂は殺人蜂を大型化した上位種だ。体長は二メートル、顎と毒針の威力、優れた飛行性能はそのままに弱点であった生命力の低さを強固な甲殻と大型化によって補っている。気性も荒く、性格も残忍、まさに殺戮のために生まれたようなモンスターである。

兵士たちは慌てて砦の中へ避難する。熟練の冒険者でさえ裸足(はだし)で逃げ出すような化け物が群れをなして襲い掛かってきたのだからたまらない。

「よし、城門を開け放て！　全軍突撃！」

怪力を誇る殺戮蜂が閂を破壊する。歪んだ扉の隙間に殺人蜂が滑り込み、砦内部に侵入する。

「往け、殺せ！　やつらをみな殺しにするんだ！」

兵士共をＤＰへ還元すべく殺人蜂たちが砦内部を探索する。敵集団はすぐに見つかる。砦内部にある奥まった場所に固まっていた。

『怯むな、行くぞ！』

指揮官の号令で兵士が前に出る。大盾を構える兵士たちで狭い通路がふさがれる。同時に弓兵や魔法兵が後方支援を開始。強力な遠距離攻撃により殺人蜂たちが次々と倒れていく。犠牲を承知で接近しても盾兵に行く手を阻まれ、槍兵に貫かれた。

兵士たちは徐々に後退しながら粘り強く戦った。仲間が怪我をすればすぐさま次の兵士が前に出る。回復薬で傷を癒しながら魔法や弓で後方支援を欠かさない。まさに歴戦の勇士であった。

敵の組織だった抵抗に対し、知性の低い魔物の軍勢は狭い通路一杯に魔物を並べては突撃させるしかなかった。持久戦が開始されると瞬く間に損害が増えていった。

「クソ、いつ崩れるんだ……」

十分経った。二十分も待った。三十分も粘られた。それでもまだ落ちない。一時間ほどしてようやく敵の動きが鈍り始める。原因は魔力枯渇だ。魔力は貴重な魔法薬でなければ回復できない。戦闘開始から休みなく魔法を行使し続けた兵士たちはついに魔力切れを起こしたのだ。火力が落ちれば殲滅スピードだって落ちる。モンスターの攻勢に耐えられなくなっていく。

前線が崩れる直前、盾を構えた数名の兵士が躍り出る。大盾を構えて突っ込み、剣をむちゃくちゃに振り回す。囮だ。残りの兵士たちは通路の扉を閉めながら逃げていく。

「小癪な！　殺戮蜂、扉を破壊しろ！」

自重の軽い殺人蜂では頑丈な扉を破壊できない。殺戮蜂が前に出る。彼らはその体格を活かして体当たりを行い、扉の留め金ごとぶち壊すつもりのようだ。

砦に轟音が響く。一度、二度、三度とぶちかましが続き、十を超えたところで扉が軋み始める。

「よし、あと少しだ――ッ!?」

ショウが声を弾ませたその瞬間――モニターが砂嵐に包まれた。

「お、おい！　どういうことだッ!?」

モニターに映し出される映像は、配下モンスターの視覚情報を利用して投影されている。システム的に保護されている通信なので妨害されることはありえない。つまり、突入部隊からの通信は全て途絶したということだ。仕方なく上空で待機していた指揮官モンスターの視界に切り替える。

「やられた……ッ」

そこには崩壊した砦の姿があった。あの扉を破壊すると砦全体が崩れるように設計してあったのだろう。二千を超える殺人蜂や虎の子の殺戮蜂部隊は瓦礫の山に押しつぶされ、壊滅したのだ。

遠くに視点を向ければ馬車に乗り、砦から遠ざかる憎き人間共の姿があった。

「追いかけ――いやダメだ、撤退だ……撤退しろ！」

指示を出しかけて止める。残存戦力はすでに五百匹を切っていた。切り札である殺戮蜂部隊もいない今、精鋭部隊に挑んだところで返り討ちに遭う可能性のほうが高かった。

一方的に人類を叩けるように思うスタンピードだが、ボスモンスターが倒され、部隊が瓦解するとこれまで得てきた拠点制圧系のボーナスがなくなってしまうというリスクがあった。

――これ以上は無理だ……チケットを使って部隊を再編させるしかない。

結局、ショウは部隊を再編するためだけに〈進攻チケット〉を消費することになる。援軍と合流した後はそれなりの戦果を挙げたが、ライバルたちを追い抜くまでには至らなかったのだった。

＊

『ヒロト、うちへ来るんだ』

『いえ、ヒロト君はうちが預かるわ』

家の前が迷路だったらいいのにとヒロトは思う。簡単には攻略できないような巨大な迷路だ。そうすればやつらは道に迷い、立ち往生し、不安に駆られて帰るんじゃなかろうか。

ヒロトはここ最近、毎日のようにそんなことを考えていた。リビングに居座る親戚共が原因だ。彼らの言いたいことを要約すれば『おまえを引き取ってやる、だから金を寄越せ』であろう。

頼りにしていた祖母の花枝はもういない。今は病院にいる。心労が祟って倒れてしまったのだ。入院したらすぐに老人ホームに入居させられることが決まっていた。叔父たちの判断だった。

ヒロト一人では生活ができない。年老いた祖母が心配だ。うまく取り繕ったつもりだろうが、ヒロトと祖母を引き離す算段であることは明白だった。

やつらはあの手この手で遺産を取り合っていた。身柄さえ確保すれば自動的に大金が転がり込んでくるとでも思っているのかもしれない。

――お引き取りください。

――僕の家はここだけです。

――あなたたちは家族なんかじゃありません。

そんな言葉が出掛かるが、中学生だったヒロトは親族の剣幕を前に何も言えなかった。

心が乾いていく。

いっそ無機物になりたいと思った。そうすれば何も考えなくていい。

目の前で自殺してやったらどうだろうか。遺書には遺産は全て恵まれない子供たちへとでも書いておけばいい。それができればどれだけ痛快だろうか。

――**お願い、ヒロト……生きて**――

記憶がフラッシュバックする。砕けたフロントガラス、ひしゃげたフレーム、押しつぶされた後部座席、目の前でこぼれ落ちていく家族の血液（いのち）。死にゆく姉が遺していった言葉が蘇（よみがえ）る。

自分の命すら自由にならないもどかしさに、ヒロトが唇を噛んでいると不意に呼び鈴が鳴った。

『こんな時間に誰だ』

『ヒロト、開けなくていいぞ』

叔父たちの言葉を無視して玄関へ向かった。ぞろぞろと親戚共がついてくる。変なやつなら追い返してやると息巻いていた。やつらは余計な競争相手を増やさないためにこんな時だけ団結する。

――また、クズが増えるのか。

ため息をつきながら扉を開ける。その先に穏やかな笑みを浮かべた男性が立っていた。

『初めまして、ヒロト君。弁護士の八戸と言います。このたび、君のお祖母様からのご依頼で君の特別代理人になりました』

八戸弁護士は殊更に優しい声でヒロトに呼びかけ、その後ろに立つ大人たちを睨みつけた。

『ちょうどよかった。みなさんお集まりのようですね。ヒロト君の相続についてお話があります』

その後、八戸弁護士は法律という剣を振り回し、勝手な主張を繰り返す親戚共を瞬時に切り捨ててくれた。そしてヒロトを地獄から連れ出してくれた。

親戚共の忌々しげな視線に見送られながら八戸弁護士の車に乗り込む。後部座席には同年代と思われる少年がおり、クズ共に中指を立てていた。

『ショウ、やめなさい』

『なんだバレてたか……親父、この子がヒロト君？』

『すまないな、ヒロト君。息子のショウだ。同い年だし、君の話し相手になるかもと思って連れてきたんだ。礼儀はなっていないけど明るさだけは保証するよ』

『ああ、そのとおり！　とにかく明るい八戸って呼んでくれ！　よろしくなヒロト』

ショウは殊更に明るく言った。

＊

「主様、主様！」

目を覚ますと心配そうにこちらを見つめる黒豹族の少女がいた。灰色がかった黒髪に滑らかな小麦色の肌、薄暗い寝室の中で黄金色の瞳だけが満月のように浮かんで見えた。

「ああ、おはよう……クロエ」

ヒロトが普段通りの口調で答えれば、ほっと胸を撫で下ろしているのが暗がりでもわかった。

「主様、大丈夫？　なんかうなされてた」

「ああ、大丈夫だよ。とっくに解決した話だから」

あの日、ヒロトの前に現れた八戸弁護士——ショウのお父さん——は法律の専門家として親戚共を捻じ伏せるとヒロトを外の世界へ連れ出してくれた。

それでも執拗な電話攻撃、連日にわたる自宅への押し掛けが続いていたそうだが、八戸家で匿われていたヒロトに直接的な被害はなかった。最終的には家主の許可なく勝手に家に入り込んだ不法侵入罪で訴訟を起こすぞと脅しをかけてからは一切連絡も来なくなった。

ほどなくして唯一の味方だった花枝が亡くなり、本当に独りぼっちになってしまったヒロトに今の高校——学生寮のある——を紹介してくれたのも八戸弁護士だった。

「主様……」

「いや、本当に大丈夫だから。ちょっと夢見が悪かっただけだって」

ヒロトが笑って上半身を起こせば、クロエが抱きついてくる。

「ちょっと、クロエ……ッ!?」

「嘘だよ、主様。まだちょっと震えてるもん」

ふと視線を下げれば彼女の言うとおり、指先が小刻みに震えていた。

「大丈夫、心配、要らないから。私が守るから。ウォルターおじいちゃんもルークもキールもいるから。だから主様は絶対に大丈夫」

震えた声で、今にも泣き出しそうな声でクロエは言う。思わず抱きしめれば、黒豹少女ははにかみながら主人の髪を手ぐしで梳く。まるでヒロトの絡まった感情を解きほぐしていくように。

——ああ、もう僕は独りじゃないんだ。

心がそう理解した時、ヒロトの震えはどこか遠くに消え去っていた。

＊

「あー！」

玉座の上で天を仰いだ。コアルームはいつものごとくじめっとしていて薄暗い。まるでヒロトの心情を表しているかのようだった。

コタツの天板に寝そべり、ヒロトは一人悶（もだ）えていた。悶死（もんし）したかった。いい歳（とし）して悪夢に怯えていたところを年下の女の子（クロエ）に目撃され、慰められ、抱きしめられ、甘やかされてしまったなんて恥ずかしいったらなかった。なんかこう狭い穴とかに隠れたい気分だった。コタツの中がちょうどいい塩梅（あんばい）だった。ヒロトはさっそくと亀になる。

コタツの中で益体（やくたい）もないことを考える。じゃあ誰だったらあんな醜態を見せられるのだろうか。ジャックは論外。子供たちは親の沽券（こけん）に係わる。キールやウォルターは男の矜持が許さない。実際には誰にも見せられないだろう。

ふと一人の女性が脳裏に浮かんだ。雪原のように輝く銀髪、凪（な）いだ湖面を思わせる碧い瞳、生真面目で誠実、少しだけおっちょこちょいで、食い意地の張っている麗しき女神様。

「ディアさんかなあ……って、なんでだよ、そんなの一番見せられないじゃないか……」

「私が、何か？」

「うひゃぁあぁ⁉」

視線を戻せばすぐそこにはぴしっとしたビジネススーツに身を包んだ麗しの女神様が立っていた。高貴なる神の一柱だというのに太ももに食い込んだ黒いガーターベルトがやけに生々しくていけない。ちょうど角度的にも際どくて――そこまで考えてヒロトはぶんぶんと頭を振った。

「あ、いや、何でも……本当に何でもないんです……そんなことより、今日は早いんですね？」

コタツから這い出せば、特に追及するつもりもないのか、強引な話題の変更に応じてくれた。

「担当するダンジョンマスターたちはみんな、スタンピードやその準備に大忙しですから」

今日はクリスマスだ。すでに一斉スタンピードは始まっている。年またぎには〈初日の出暴走〉も控えており、他のダンジョンマスターたちはモニタリングや、部隊編制を考えるのに大忙しだ。

ヒロトも経験したからわかる。スタンピード中は寝る暇さえないほど忙しい。部隊の状況はリアルタイムで確認できるのだが、命令が伝わるまでに一時間のタイムラグがある。

ダンジョンマスターが命令を飛ばさなければいけないなんて状況は大抵、一分一秒を争う非常事態だ。現場指揮官では判断できないレベルの決断に迫られている。速やかな対応を行うために、コアルームに張り付いていなければならないのだ。

「ところでヒロト様。ダンジョンバトルの準備は終わっているので？」

「もちろん、僕がやることはありませんからね。今は〈迷路のメイドさん〉の子たちがパーティーの準備をしてくれているはずです」

奴隷たちのほとんどに休暇を与えている。スタンピードの被害状況によっては、年明けから〈メイズ抜刀隊〉に再び出兵してもらう可能性がある。今のうちに少しでも体を休めてほしかった。

「それは無用心が過ぎるのでは？」

「いやいや、大丈夫ですって。相手はあのショウだよ？」

親友であるショウが攻めてくるはずもない。ヒロトは久しぶりの——家族を失って以来だから五年ぶりとなる——クリスマスパーティーを心待ちにする、ただのパリピと化していた。

ヒロトにとってこれはダンジョンバトルではない。親友との再会だ。これから二十四時間、適当にだべって遊んで時間を潰すだけ。コアルームに呼んで自慢のコタツを披露するのもいいだろう。ミカン——この世界ではオレンジしかないが——でも食べながら昔話に花を咲かせるのも一興だ。そのままコンロを持ち込んで鍋パもいいかもしれない。

ディアがため息をつく。完全に浮かれている。夕飯メニューまで考えているあたり本当に重症だ。

「はい、主様。オレンジと籠、持ってきたよ。でも本当にこんな小さいのでよかったの？」

「おおっ、いい感じ。ありがとう、クロエ」

コタツの中央にオレンジ籠を置けば、無機質なコアルームが一気に和のテイストに包まれる。

「クロエさんまで……」

ディアの懸念に、クロエは声をひそめて応じる。

「大丈夫、今日はみんなダンジョンにいる。総出で準備をしてるはず」

「クロエ、今日は来なくて大丈夫だよってみんなに伝えておいてよ」

「お休みだからこそ主様と一緒にいたいだけ。それに主様のお友達に会いたいだろうし」

「そっか。じゃあみんなで一緒に行こうか。ショウを紹介するよ……ショウだ——」

「待って、主様。それ以上はいけない」

クロエは慌てて主人の口をふさいだ。そしてひそかに戦慄する。普段は物静かな――根暗と言ったほうが正しいかもしれない――ヒロトがくだらない冗談まで飛ばし始めるなんて異常事態だ。

「……やはり少し油断しすぎではないでしょうか。確かにそのショウという方はヒロト様の親友だったかもしれません。しかし今はダンジョンランキングを競い合うライバルですよ」

たまらずディアが注意を促せば、ヒロトがすかさず反論する。

「いや、ライバルっていう意味なら学校にいた時だって同じだよ」

二人の通う学校は県内有数の進学校であり、定期試験のたびに順位が廊下に貼り付けられていた。その意味ではダンジョンマスターになる前からヒロトたちは競争相手と言えなくもない。

「全然、違います！　これはダンジョンマスター同士の生存競争なのですよ！　一体、どうしたのですか！　いつもは慎重に準備を重ねて動くあなたが、今回に限って無防備で無用心で頑なで……」

ディアは小さく息を吐く。彼女には怯える仔熊が立ち上がって虚勢を張っているように思えた。

「――今のあなたはまるで誰かに脅されているように見えます」

果たしてその効果は絶大だった。

「――違うッ！　僕は、もが!!」

クロエは慌てて激高する主人を抱き締める。薄い胸で口をふさいでしまう。

「主様、大丈夫。ディアが勝手に言ってるだけだから！　……ディア、ちょっと黙ってて！」

クロエがディアを睨みつける。確かにヒロトが意図して楽天的であろうと――それこそ頑なまでに――していることは認めよう。しかし、そんなことを今更指摘してどうしろというのか。ダンジョンバトルまで一時間を切っているのだ。そんな短い時間で心の傷を癒せるとでもいうのか。

できるなら最初からやっている。だからこそクロエたちは適当に話を合わせていたのだ。一緒に油断した振りをしつつ、裏で信頼する仲間たちと迎撃準備を進めておけば何の問題もないはずだ。

「行って。私が取り成しておく」

「……すいません、クロエさん。また後ほど」

ディアは獣人少女に頭を下げると、コアルームから出ていった。

＊

半ば追い出されるようにコアルームを辞したディアは、ダンジョン上層にある関係者エリアへ向かった。この一画はヒロトが許可した者――奴隷たちの他にはディアのみ――しか入れないようになっている。お店ならスタッフオンリーの事務所スペースみたいな場所だった。

主人が油断しているからといって、部下までそうなっているとは限らない。クロエの態度から察していたものの、やはり自分の目で見たほうが安心できると思ったのだ。

そしてディアは胸を撫で下ろす。そこには粛々と戦いの準備を進める戦士たちの姿があった。ドワーフたちが高価な銀製装備を整備し、知識奴隷たちが武具や物資の数を確認、その横では子供たちがシルバースライムを屠り、剣術の指導を受け、あるいは胡坐（あぐら）をかいて精神統一を図っている。

ヒロトが二年足らずで作り上げた戦力は二千名を超えている。構成員のほとんどが十五歳前後の子供だが、三ツ星級の実力者にまで育った強者もいるとなれば不足などあろうはずがない。それぞれができることを黙々とこなす姿は逞（たくま）しく、それでいて横顔は少しだけあどけない。

ディアは思わず目を細めた。幼くて頼もしい。それがヒロトの軍勢の特徴だった。

「おや、ディア殿ではないか。珍しいのう。いつもは主にべったりじゃというのに」

ディアが関係者エリアの隅に立っていると、白髪の偉丈夫が声をかけてくる。

「申し訳ありません、ウォルター殿。目障りであれば去ります」

「誰もそんなことは言っておらんよ。それにディア殿は身内じゃ、気にする必要はない。そもそも今回のことは小僧が悪いじゃろう？」

「……えっと、あの場におられたので？」

「クロエも様子がおかしいと言っておったからな。大方、真面目なディア殿のことじゃ、今言わんでもいい忠言でもして怒らせてしまったんじゃろう」

「……ご慧眼で」

恐ろしいほどの鋭い洞察力だった。ディアはひそかにウォルター老への尊敬の念を厚くする。

「気にすることはない。むしろ助かっておる。ほれ、うちの子供たちはちと小僧のことが好きすぎるじゃろ？　だから誰も間違いを指摘できないのじゃ……いっそ妄信といっていいじゃろうよ。少し危うい状況だとワシは思っておる。ディア殿が指摘せねばワシが口うるさく文句を言っていたところじゃ」

「……恐縮です」

ウォルターは奴隷紋による拘束に耐えられる。その気になれば、殴りつけてでもヒロトの目を覚まさせることが可能だった。もちろん常人には実現不可能な行動だ。気の弱い者ならショック死するほどの苦痛を無視できるなんて、かの竜殺しをおいて他にない。

ウォルターは強い。戦士としても人間としても卓越している。必要とあらば命を賭してでもヒロトを諌めてくれるだろう。人間は愚かだが、時にウォルターのような傑物も生み出すのだ。

その人格を、生き様を、ディアは美しいと思った。

「まあ、むさ苦しい所じゃがゆっくりしていっておくれ。誰ぞ……ふむ。メイサあたりがいいのう。メイサや、ディア殿にケーキと紅茶を振る舞ってやってくれ」

「……はい、師匠」

素振りをしていた少女が不承不承といった風に答え、厨房へと駆け出していった。

「ウォルター殿、結構ですよ。みなさん忙しいのに」

「なあに心配なさるな。興味のない振りをしておるが、メイサは実は甘いものに目がなくてな。一緒にケーキが食べられると内心では大層喜んでおるのよ……お主と一緒じゃな」

「なっ！」

ウォルターは穏やかに笑いつつ、奴隷たちの指導へと戻っていった。

「よし、今日は調整だけじゃぞ」

「はい、師父！　素振り百本！　開始！」

ルークの号令と共に子供たちが一斉に鍛錬を開始する。

「よいか、努力は裏切らぬ。鍛錬しただけ強くなれると心得よ。技を体に染み込ませるんじゃ。さすればいざという時、体が勝手に動いてくれる。助けてくれる。体とて死にたくはないからの」

ウォルターの指導は的確で丁寧だ。剣先が鈍れば原因を見極め、的確な修正方法を提示する。型を体が覚えるまで続けさせる根気強さもある。その指導内容、特に戦いに関しては一家言ある武神ディアでさえ舌を巻いてしまうほどだ。

「ありがとうございます、師父！」

ルークが声を上げる。彼はこの二年間、誰よりも真摯に訓練に取り組んできた。そして誰よりも強くなった。ヒロトやウォルターのような例外を除けば今やダンジョンの最高戦力だ。その実力が認められ眷属に選ばれた。その背中を同世代の子供たちは必死になって追いかけている。

——なるほど、これは強くなるわけです。

ダンジョンという特殊な環境に置かれているにもかかわらず〈迷路の迷宮〉の子供たちは驚くほど素直で勤勉だ。それはヒロトが彼らの住環境に心を砕いているせいもあるだろう。しかし急激に力を付けた者特有の驕り（おご）や横柄ささえ見られないのは、それは遥かな高みにいる先達や同年代の天才の存在が影響しているに違いなかった。

「メイサ、そんなに食べたら後で気持ち悪くなりますよ？」

「あ、ごめんなさい、ディアさん……おいしすぎて……」

ただしまあ、少し素直すぎるのも問題だな、とディアは微苦笑する。よほど甘いものが好きなのだろう、メイサ嬢の口の回りに付いた生クリームを拭いてやる。

ふと気になって自分のほほに触れたら、指先にべったりとした感触が返ってきた。

——私もこんな風に見られていたのでしょうか。

ディアは言いようのない不安に駆られるのだった。

＊

しばらく関係者エリアで時間を潰したディアは気を取り直してコアルームに戻った。多少、気まずく思っていたが、ウォルターたち古参組が同行を申し出てくれて救われた思いだった。

「お、コタツだ、ラッキー」

「ご主人様、僕も入っていいですか」

「ルークよ、返事が来る前に入っては聞いた意味がないぞい……ふむ、暖かいな」

「むさ苦しい……みんな、出てけし」

「わ、私もお邪魔しますからね！」

クロエたち、古参組が喧々囂々騒ぎ始める。騒ぎに乗じてディアもコタツに入り込む。四人用のコタツは盛大に定員オーバーしているが、構うものかと体をねじ込む。

「……ヒロト様、ただいま、戻りました」

「お、お帰りなさい、ディアさん……」

いつもより強張った表情のヒロトに少し悲しくなってしまったが、ディアは努めて気にしないように振る舞った。

ほどなくして今年最後のダンジョンバトルが始まった。

*

『おーい、ヒロト。いるか？　お、美味そうな料理だな、おーい、食っていいんだよなー？』

モニターに映る目鼻立ちの整った青年の姿にヒロトは破顔する。

「それじゃあ、行こうか。みんなも紹介したいからついてきてよ」

「ふむ、では、参ろうかの？」

「ご主人様のお友達ってどんな人なんでしょうね」

「大将と同じで根暗なやつなんじゃねえの？」

「違うし、主様はちょっと物静かで悲観的なだけ」

「それを世間じゃねく――痛てッ！」

「うるさい、黙れ、バカキール！　じゃあ、主様、私は影に入ってるね」

クロエは同僚を蹴り上げるとヒロトの影に入り込む。全員が揃ったところでダンジョン内転移をする。ダンジョンマスターとその眷属はダンジョン内に限って転移スキルが使えるのだ。

パーティー会場はダンジョンの入り口に設置した〈大部屋〉という施設だ。本来は大量の魔物や罠を配置できる迎撃スペースで体育館ほどの広さがある。

「お、来たな、ヒロト。先に始めてるぜ」

鳥の丸焼きにかじりついていたショウが言う。同行者はいないようで、一人での来訪らしい。少し無用心だなとヒロトは思った。

「いらっしゃい、ショウ。久しぶりだね」

「悪いな、んぐ……こんな歓迎して……もぐもぐ……もらっちまって」

言いながらショウはビーフステーキにも手を伸ばす。

「俺ん所、はぐ……田舎でよ、料理とかなくてさ……んぐ、まずくて……」

〈迷路の迷宮〉のある王都ローランは大陸屈指の交易都市である。様々な文明が交じり合う場所なので、様々な食材や調味料が出回っている。さすがに醤油（しょうゆ）や味噌（みそ）までは存在しないが、イタリアやドイツにいるような感覚で生活可能だ。しかしそれは非常に稀有なことであり、肉や魚を焼いただけ、野菜を塩漬けにしただけのものが伝統料理扱いになっている場所もある。

ダンジョンレベルが上がれば日本にいた頃のような食事が解禁されるそうだが、まだ二年目――序盤ということもあってその水準は現代日本のそれとは比較にならない。

普段のひどい生活のせいもあるのか、ショウはその後も黙々と食事を続けた。

「いやぁ、堪能したわ……マジで助かった。あのさ、ちょっと持って帰ってもいい？」

「もちろんどうぞ。後で包んでおくよ」

ショウのお腹がくちたところで再会を祝して乾杯する。一応、未成年なので葡萄ジュースだ。

「いや、ホント久しぶりだな？　元気してたか？」

「もちろん、ショウも元気だったみたいでよかったよ」

迷宮に囚われてから二年間が経った。日本や学校での思い出話、ガイアでの苦しい生活、ダンジョンマスターとしての苦悩、積もる話はいくらでもあった。

「――てな、わけでな……今回のスタンピードは大失敗だったたってわけだ」

話の中心はショウだ。弁護士になってから役に立つだろうと心理学や印象行動学を学んでいたが、その効果が遺憾なく発揮されていた。彼はどんな些細な出来事だって面白おかしく話すことができる。最初は警戒していた古参組さえもいつしか話に聞き入り、自然な笑みを浮かべていた。

ショウはクラスでも沢山の友人に囲まれていた。いつだって話題の中心には彼がいたのだ。ヒロトは懐かしい気持ちになった。まるで日本に戻ったような錯覚に陥る。この騒がしくも楽しい時間がいつまでも続けばいいと思った。

「それは大変だったね」

「ああ、でもヒロトのおかげで助かったわ。おかげでナンバーズに返り咲けそうだし。そうだ、おまえにこれやるよ」

ショウはそう言って懐に手を伸ばし、歩み寄った。

その手には白刃が握られていた。

*

「――させない！」

ヒロトの目の前で火花が散った。

突然の襲撃を防いだのは、ヒロトの影にひそんでいたクロエであった。ショウが懐からナイフを取り出した瞬間、元暗殺者の少女は影から飛び出すや逆に躍り掛かったのだ。

「退けよ、女！」

「うるさい、死ね！」

ショウはクロエの反撃を危なげなく防ぐ。ダンジョンマスターの潜在能力は高く、さらにＤＰを支払うことで戦闘系スキルも習得可能だ。ナンバーズ級のダンジョンマスターともなればその戦闘能力は四ツ星級を超えてくる。

「はあぁぁあぁぁぁぁ――ッ！」

クロエは牙を剝き出しにして全力攻撃を行う。防御など一切考えない捨て身の攻勢を続ける。敵は格上のダンジョンマスターだ。これくらいやらなければ足留めさえできないのだ。

「邪魔くせえ！」

「――ッ！」

ショウは左右から迫る攻撃を無視して突進する。首を刈るはずの斬撃は打点をずらされたことで両肩に食い込むに留まった。肩からぶちかまし。体格に劣るクロエは弾き飛ばされる。

力業によって恐るべき暗殺者を退けたショウは再びヒロトへ襲い掛かる。

「おっと危ない」

しかし今度はいつの間にか進行方向に立っていたディアに投げ飛ばされてしまう。クロエが抜かれる直前にヒロトの前に移動していたのだ。

「――ッ……何しやがる！　ルール違反だろ！」

床に叩きつけられ二回転。起き上がったショウが声を荒らげる。サポート担当がダンジョンマスター同士の戦いに介入することは禁じられている。本来なら罰せられてもおかしくない行動だった。

「はて、何のことでしょう？　私は自分の身を守っただけですが」

しかし自衛のために抵抗することは許されている。武器を持った相手に接近されたら投げ飛ばすことくらいは許容範囲だ。

「詭弁(きべん)だ、明らかにわざとじゃねえか！」

「言い掛かりはやめていただけますか？　それより……私なんかに拘(こだわ)っていてよいのですか？」

瞬間、ショウは前後左右から切り付けられる。

「よくも騙したな!!」

「悪ぃ、大将、油断した！」

「助かったぞ、クロエ、ディア殿！」

二人が稼いだ時間は十秒もなかったが、〈迷路の迷宮〉が誇る精鋭たちが意識を切り替えるには充分な時間だった。戦線復帰したクロエと共に古参組が敵ダンジョンマスターへと襲い掛かる。

古参組はウォルターを筆頭にいずれ劣らぬ凄腕の戦士たちだ。さすがのダンジョンマスターとて無事では済まない。ショウの体に次々と刀傷が生まれていく。

「くそッ――！　出てこい、蜂共！」

ショウは全身に傷を負いながらも何とか囲いから抜け出すことに成功する。そしてダンジョン入り口に待機させていた戦力を呼び出し、ぶつけることで膠着状態を作り上げた。

「女に守られていい身分だな、ヒロト」

「なんで……ショウ、これは……？」

呆然とした様子のヒロトに、ショウは深いため息をつく。

「まだわからないのかよ、おまえは本当に度しがたいな……」

「ねえ、ショウ、どういうこと、これってなにかの間違いで……」

「もういい！　おまえ、〈死ね〉よ」

ショウが手のひらを翳した。すると指輪が砕け、黒くどろりとした塊が飛び出した。

「――まさか、それは！」

その〈黒〉はディアの腕を擦り抜け、ヒロトの左胸――心臓――に吸い込まれていった。

その瞬間、ヒロトの意識は消失したのだった。

＊

「主様！」

クロエは倒れ込む主の元へ駆け寄り、受け止めた。

「おまえ、主様に何をした！」

「見てわかるだろう、呪ってやったんだよ。まあ、こんなもんでいいか。それじゃあな」

「逃げるな、卑怯者！」

ショウは肩をすくめながらダンジョンの入り口へ消えていった。古参組が追いすがろうとするも二ツ星級の〈殺戮蜂〉が邪魔をする。古参組は敵兵を一息で切り捨てていくものの、次々に投入されてくる圧倒的な戦力を前に徐々に押し込まれていく。

「みなさん、戻りましょう。まずはヒロト様の治療が先決です」

「わかった……みんなも急いで」

クロエたちはヒロトを強く抱きしめるとコアルームへと転移した。

＊

クロエは、ヒロトの体をコアルーム隣の仮眠室に横たえさせた。

「ディア、主様は……」

クロエはひどく動揺していた。大好きな主が今にも消えてしまいそうに思えたからだ。呼吸は弱々しく、鼓動も鈍い。冷えきった指先に触れているとどうしても最悪の事態を想像してしまう。

ディアがヒロトの左胸に触れる。その奥、心臓に絡みつく邪悪な存在を感じ取った。

「敵が言ったとおり〈呪詛（じゅそ）〉でしょう。幸いなことにヒロト様は各種耐性スキルを取っていました。この呪いだけでヒロト様が死ぬことはありません」

逆を言えば、高い耐性を持つヒロトでさえも昏倒（こんとう）させるような強力な呪詛なのだ。あの黒い指輪は神代の遺物（アーティファクト）と見て間違いないだろう。一介のダンジョンマスターが手に入れられる代物ではない。

——やはり、迷宮神（やつ）が裏で糸を引いていましたか……。

そう考えればいろいろと辻褄が合うのだ。何故、敵ダンジョンマスターがヒロトの存在を知っていたのか。掲示板に個人情報を漏らすほどヒロトはまぬけではないし、サポート役だって他ダンジョンマスターの情報を流すことはできない。古代の宝物を多数所有し、禁則事項を平気で破り、かつそれをしても文句を言われないような存在なんて一人、いや一柱しかいない。

ヒロトのダンジョン〈迷路の迷宮〉は全体会議で注目を浴びた。あの時、あの悪趣味な神の目に留まったのだとしたら、システムの裏をかくような戦法を目障りだと感じたのだとしたら。

——いえ、今はそんなことを考えてる場合ではありませんね。

ディアは頭を振って意識を切り替えた。今はヒロトを復活させるほうが先決である。

「ディア、どうしたらいい？」

「呪いには聖水が有効ですが……」

クロエはすぐさまＤＰを使って聖水を手に入れ、ヒロトの体に振りかけた。

「ダメ、全然効いてない……」

聖水はヒロトに触れた瞬間、音を立てて蒸発してしまう。直接、飲ませても結果は同じだ。

「竜や神霊でさえ殺し得るレベルの呪物です。並のアイテムでは効果がないでしょう」

「そんなッ、治せないの⁉」

「サポート役はダンジョンマスターへの直接的な手助けを禁止されています。ヒロト様自身に呪いを克服してもらうより他にありません」

「そんな……どう、したら」

顔を青ざめさせるクロエ。ディアは唇を噛んだ。確かに自らの権能を用いれば呪いを消し去ることは可能だ。しかしそのためには明確なルール違反を犯す必要がある。ここで手を出せば敵の思う壺である。ディアはサポート役から外され、今後、迷宮神に対抗できる存在はいなくなる。

ディアは首元に巻いた藍色のスカーフを握り――ふと顔を上げた。

「このスカーフは、以前ヒロト様に押し付けられた代物です。処分するのも面倒なので今ここで返却することにします」

ディアはそんなどこか言い訳めいた台詞を吐くと、スカーフを外し、冷えきった手に握らせる。

その瞬間、苦悶に喘いでいたヒロトの表情が目に見えて和らいだ。

「……気休め程度にはなるでしょう」

小声で呟く。ディアが肌身離さず着用し続けたスカーフは聖遺物も同然だ。その鮮烈なまでの神聖さは邪悪な呪詛に少なからぬ影響を及ぼす。さすがに神祖の呪詛を消し去るまでには至らないが、その活動を抑え込むくらいの効果はあるだろう。

別に直接、治療を施したわけじゃない。もらった物を返却しただけだ。たまたまそのタイミングがヒロトの行動を助けただけ。禁則事項には抵触しないはずだ。明文化されていないだけでマナー違反には間違いないが、今回は相手側が先にルール違反を犯している。追及はできないはずだ。

「ディア……ディア様、ありがとうございます……」

「ヒロト様のことは私にお任せを。クロエさんはダンジョンの防衛に全力を注いでください。ヒロト様が目を覚ました時、ダンジョンコアを奪われていたのではお話になりませんからね」

クロエは大きく頷くと、コアルームへと駆け出していった。

*

「お爺ちゃん！　状況は⁉」

「クロエか。かなりまずい状況じゃ」

コアルームに飛び込んだクロエが見たのは悪夢のような光景だった。モニターには何千という〈殺人蜂〉が迷路内を飛び回っている。昆虫特有の羽音が否応（いやおう）なく不快感を掻き立てた。

「あいつら、もう二階まで来てます！」

ルークが叫ぶ。敵は以前に戦った〈コープス共済〉と同じ戦略を取っていた。

人海戦術。大量の魔物を用意して全経路を走り抜けるという作戦だ。ダンジョンをまるごと巨大な迷路とすることで時間切れを狙う〈迷路の迷宮〉を攻略し得る唯一の戦略だった。

前回は探索要員としてゾンビやスケルトンなどの下級のアンデッドモンスターが使われていた。彼らの知性や移動能力は低く、探索能力は一般的な冒険者よりも遥かに劣っていた。その時でさえダンジョン中層部にあたる五階層まで到達されてしまったのだ。

今回〈ハニートラップ〉が用意したのは殺人蜂を始めとする蜂系モンスターだ。高い飛行能力を有し、小回りも利く。それに航続距離にも定評がある種族だ。たとえばキイロスズメバチは巣から五キロメートルもの範囲を活動圏内に収めるという。しかもその距離を一日に何往復もするのだ。体長二センチの昆虫でさえそうなのだから、体長五十センチを超えるモンスターともなればどれほど飛び続けられるだろうか。長大な迷路を攻略するのに、これほど打って付けの魔物もいない。

「まずいぜ、爺さん。まだまだ増えてやがる」

キールが告げる。ダンジョン内に侵入している敵モンスターは五千を超え、今なお増え続けている。投入ペースは未だに衰えることを知らず、徐々に苛烈さを増しているようにさえ感じられた。

迷路を攻略するのに最適な戦術、最適な魔物、そして万を超える莫大な戦力。その探索能力は圧倒的で、第一階層はわずか十五分で踏破されてしまっていた。関係者エリアにスペースの多くを割かれてしまっている第一階層とはいえ、それでも尋常ならざる攻略速度には違いない。

——今、私にできることを……。

クロエは内心の恐れをひた隠し、マニュアルを開いた。ヒロトは年末に続いたダンジョンバトルの監視役をクロエにお願いしてきた。その際、不測の事態に備えて作業手順を用意していたのだ。

「第三階層から罠を変更していく……みんな、手伝って」

クロエは読み込んだマニュアルのとおりに眷属たちに指示を出していく。

まずは罠の種類の変更だ。〈落とし穴〉や〈飛び出す槍〉など地面設置トラップや〈毒沼〉、〈灼熱床〉などの地形ダメージ系の障害物を解除し、〈飛び出す矢〉や〈火吹き壁〉などの飛行可能なモンスターにも有効な罠に差し替える。合わせて通路上の侵入者をまるごと踏み潰す〈大岩転がし〉を設置することで出血を強いることにした。

「後はボス部屋の設置、ボスモンスターは〈シルバーゴーレム〉にする」

ボス部屋は五階層ごとに設置できる特別な施設だ。ボス指定された魔物は生命力や魔力、各種ステータスが大幅に強化される。ボスを討伐しなければ次層へ進めない構造なので、三ツ星級の中でもトップクラスの耐久力を誇る〈シルバーゴーレム〉ならかなりの時間を稼げるだろう。

「しかしこの軍勢が相手ではそう長くは持たぬぞ？」

いくらステータスが上がっていても数千という敵が相手ではどうにもならない。

「わかってる。これは主様が帰ってくるまでの時間稼ぎ」

「よかった！　マスターはご無事なんですね？　いつ戻ってくるんですか⁉」

「……大丈夫。今、ディアが診てくれてる」

ルークの問いをはぐらかしつつ、クロエは手分けして罠を変更していく。

「……ダンジョンのほうはこんなもんだろう。後はどうするって？」

キールの問いにクロエはしばし考える。マニュアルには敵の主力や戦術に応じた迷路の変更方針しか記述されていない。これ以降は全てクロエの独断となってしまう。

「……私たちで精鋭を率いて先頭集団を襲撃する」

「なるほど、頭を押さえれば進攻速度を鈍らせられるのう」

「わかった、俺はジャリ共に声をかけてくるぜ」

「僕も行きます！」

眷属はダンジョン内限定での転移能力がある。しかし同時に運べる人数には限りがあるので、連れていくメンバーは厳選する必要があった。

「深追いはしないで。あくまでも狙いは時間稼ぎ」

「はい、わかりました！」

「おう、任せておけ！」

「お願い。誰か一人でも死んでしまったら……きっと主様は自分を責める。傷ついてしまう」

やれやれと頭を振る。付き合いの深い古参組たちはその光景を容易く想像できてしまった。

「……絶対に死ねませんね」

「まったく手のかかる主人じゃのう」

「大将は根暗だからな、仕方ねぇよ」

「違う。主様は根暗じゃない。少し悲観的で物静かなだけ」

「世間じゃそれを根暗って言う——痛ぇ！」

「うるさい、さっさと働け、バカキール！」

クロエはキールの背中を蹴り飛ばして送り出すと、モニターを睨みつける。

「私たちは、負けない……おまえみたいな卑怯者なんかに絶対に屈しない……」

クロエは呟き、ヒロトが眠っている仮眠室の扉に視線を移す。

——だから、主様だって呪いなんかに絶対に負けないんだ！

＊

無人のコアルームに戻ったショウは傷だらけの革鎧を乱暴に脱ぎ捨てた。〈宝物庫〉から回復薬を取り出し、一息に飲み干す。

「ぐ……が、……」

地面を転げまわる。回復薬の本質は自然治癒能力の強化にある。体が傷を癒す過程を早送りにするイメージだ。そのため傷が癒える中で感じるはずの痛みや痒みなどを凝縮して使用者へフィードバックする副作用があった。

「……クソ！　クソ！　クソがあぁぁぁぁぁ――!!」

四人の戦士から受けた傷は決して浅くない。常人ならショック死しかねないほどの激痛だった。しかしダンジョンマスターとして尋常ならざる精神力を得てしまったショウは気絶することさえ許されず、その地獄のような時間を耐えなければならなかった。

「あいつら、絶対に殺してやる。許さねえ、女は犯して他はみな殺しだ」

傷が完全に癒えた時、ショウはその苛立ちを呪詛に変換する。

モニターを睨みつける。まずは攻略状況の確認だ。殺人蜂たちは第一階層をわずか十五分で踏破した。第二階層も三十分という短時間で攻略。しかし第三階層に入るとその勢いにも陰りが見え始めていた。

一時間。洞窟型のダンジョンは深層に至れば至るほど広くなる。迷路が広くなれば分岐の数も増え、通路の長さも延びていく。捜索範囲が広がるわけでその分、時間がかかる。

それを考慮しても時間が延びすぎていた。探索速度低下を防ぐために〈ハニートラップ〉では絶え間なく探索部隊を投入し続ける戦術を取っている。分岐の数だけ魔物を増やせば攻略時間はさほど変わらないだろうという理屈だった。

「さっそく、対処してきやがったな……」

遅延の原因は第三階層のトラップ類が変化したことだった。これまで飛行系モンスターには無意味だった〈落とし穴〉などが消え去り、〈飛び出す矢〉や〈火吹き壁〉のようなトラップに変更されている。さらに通路上の敵を全て踏み潰す〈大岩転がし〉まで現れ、多くの犠牲を出していた。

罠の密度や苛烈さは第二階層までのそれとは比較にならない。罠にかかればそのルートを探索する魔物の密度が薄まるため、その分、進行速度が下がってしまうのだ。

「召喚、殺人蜂……一万匹！　行け！　探索を手伝うんだ！」

ショウはダンジョンメニューから魔物を一斉召喚する。罠を警戒して探索速度を落としては意味がない。ここでは多少の犠牲を覚悟して探索要員を増やすのが正しい選択だ。

これで攻略速度は戻るだろうと、ショウが安堵しかけた時、モニターで異常事態が発生する。

『往くぞ！　大将の、仇だあぁぁぁ――――！』

『ご主人様のかたきぃいいぃい――――ッ！』

通路上に突然現れた十名ほどの戦士たちが、殺人蜂に襲い掛かる。モニター越しに戦闘能力を測ればいずれも三ツ星級にも届かんという精鋭だった。少なくとも一ツ星級、しかも召喚したての殺人蜂が敵うような相手ではなかった。先頭集団は簡単に蹴散らされ、襲撃に気付いた後続部隊が抗戦するも、生半可な戦力で精鋭部隊を撃退できるはずもなく次々と返り討ちに遭ってしまう。

「あのクソ共が……どこまでも邪魔しやがる」

ショウが歯噛みする。敵はいずれ劣らぬ三ツ星級の実力者ばかり。特にパーティー会場にいた四人組がひどい。壁や天井を飛び回りながら魔剣を振るい、通路内の魔物を忽ち一掃してしまうのだ。

『よう、卑怯者、見てるか!?』

『お主の自慢の蜂共もこのとおりじゃよ？』

『僕たちはあなたを絶対に許しません！』

『絶対に殺してやるから！』

眷属たちはダンジョン内転移を繰り返し、前線の殺人蜂たちを次々と打ち破っていく。

「クソ！　先頭部隊はまとまって探索に当たれ！〈殺戮蜂〉は護衛として前線に移動しろ！」

ショウの指示を聞き、伝令用の殺戮蜂が出動する。スタンピード同様、ダンジョン外の魔物に命令を届ける場合、タイムラグが発生する。足の速い伝令役を用意したほうが早いこともあるのだ。

伝令役の働きにより、すぐさま前線に命令が伝わる。二ツ星級の殺戮蜂部隊が前面に出ると襲撃頻度が目に見えて減った。どうやら敵は味方の犠牲を極端にいやがっているようだ。深追いはせず、有力な集団には決して手を出さない。

――この様子だとヒロトはまだ復活していないな。

ショウは仄暗い笑みを浮かべる。確かに敵の動きは厄介だが、ひどく消極的だった。自分ならどこかにまとまった戦力を配置して攻勢に出ているはずだ。恐らくダンジョンマスターが不在なために大きな決断を下せないのだろう。

つまり眷属程度ではこれが限界なのだ。現在の探索ペースさえ保てれば問題はない。

数の暴力。使い古されたその戦略はしかし非常に有効であるからこそ今なお使われ続けているのだ。どれだけ練られた戦術だろうが、それを上回る圧倒的な暴力の前には無力である。

「さあ、いくぞ。泥沼の殺し合いだ」

ショウはひどく歪んだ笑みを浮かべた。

＊

「やあやあ、こんにちは」

それが現れたのはショウが失意のままスタンピードの結果画面を確認していた時のことだ。

迷宮神ラビン。千名の少年少女をガイアに誘拐した張本人である。

「こちらは忙しいのですが」

相手は絶対者だ。わざわざ反抗的な態度を取る必要はない。しかし、人生経験の浅いショウでは不機嫌な態度までは隠しきれなかった。

「まあまあ、そう言わないで。少しだけ僕の話を聞いてよ」

ショウの内心を知ってか知らずか、迷宮神は屈託のない笑みを浮かべる。もちろん警戒を崩さない。相手はガイア神族の中でも上位神に近い高位の存在だ。油断なんてできるはずがなかった。

「さて、これはなんでしょーか？」

迷宮神は笑顔のまま一枚のカードを見せてくる。渦巻きマークが描かれたそれは〈渦チケット〉に違いない。配下の魔物を取り込ませることで〈魔物の渦〉を作り出すアイテムだ。

〈渦〉は一時間に一匹のペースで魔物を生み出す。作り出すには召喚コストの千倍のＤＰを支払えばいい。だいたい一ヵ月半で元が取れる計算だ。もちろん生み出された魔物には維持コストはかかるため、扱いには注意が必要である。

〈ハニートラップ〉でも〈殺人蜂の渦〉や〈殺戮蜂の渦〉を複数個所有している。ダンジョン進攻の際、千匹を超える魔物の群れを用意できるのも〈渦〉の力によるところが大きい。

「そう正解です。〈渦チケット〉でーす」

　しかし金色の渦チケットは見たことがなかった。チケットは等級によって取り込める魔物の等級が違う。三ツ星級まで使用可能な〈原初の渦〉は銀色、二ツ星級は青銅色、一ツ星用は赤銅、無印用だと鉄色と徐々に色が悪くなる。

「しかーし、単なる〈渦チケット〉と侮ってもらっては困るな。これはね、〈原典の渦〉。なんと四ツ星級モンスターの渦を作り出せる空前絶後の超絶怒濤（どとう）のスーパーアイテムなんだよ！」

「——ッ!?」

「あれ、ちょっとネタが古かったかな。まあいっか。で、どう？　このチケット、欲しくない？」

　迷宮神は愉快そうに言って、手のひらでチケットを弄ぶ。欲しくないわけがなかった。これがあればナンバーズに返り咲くことはおろか、ランキング一位にまで上り詰めることもできるだろう。

「あまりに理不尽な条件なら断らせてもらうぞ？」

　ただ、この手の輩が善意からこんな貴重なアイテムを渡してくるはずがない。迷宮神はお菓子のような甘い笑みを浮かべているが、どこかニタリとした粘着質な嘲笑が重なって見える。

「なあに、簡単なお願い（クエスト）さ。君の力でダンジョンをひとつ潰してくれればいいだけだよ」

　古（いにしえ）より悪魔は願いを叶える代わりに、召喚者の魂を求めるという。

　——なるほど、これが悪魔の囁（ささや）きか。

　ポップアップしたイベント受諾画面を見たショウはそんなことを思った。

＊

コアルーム横にある居住エリアは藁をシーツで包んだベッドがあるだけの貧相なものだった。裕福な弁護士一家の子供として恵まれたショウからすればひどい没落っぷりであった。

——選択、間違ったなぁ……。

〈ハニートラップ〉は珍しい塔型のダンジョンである。塔型はダンジョンにする建物を指定するとその建設物自体がダンジョンに変化するという珍しい仕様となっている。

ショウはダンジョンを作る際、ガイアに三本だけ存在するという〈世界樹〉に目を付けた。

世界樹は何百万年という時を経て今もなお成長し続ける化け物めいた樹木だ。複数の地脈が重なり合う竜穴と呼ぶべき場所にあり、その巨大な根で常に大量に魔力を吸い上げているため、下手な霊脈なんかより、よほど多くのＤＰが取得できるそうだ。

また世界樹の上では独自の生態系が築かれており、それ自体が巨大なダンジョンと化していた。多くの魔物が生息しているため侵入者には事欠かず、逆にダンジョンの天敵たる冒険者たちはまずやってこられない。

最高の立地だと確信した。特に冒険者が来られないのがいいと思った。

そこでショウは世界樹の上に作られたまま長らく放置されてきた古い蜂の巣をダンジョンに指定する。こうして〈ハニートラップ〉は作られた。飛行能力に長けた蜂系モンスターを主力にすれば遠く離れた人類側の拠点を一方的に叩くことができた。

しかし今、ショウは世界樹をダンジョンに選んだことを後悔し始めていた。その一番の原因というのがこの地を選んだ最大の理由である『人間が来ない』ことだったのは痛烈な皮肉だろう。

この二年間、人間やエルフといった知性体の侵入者はゼロだった。結果、ショウはサポート役以外との会話ができなかった。しかも不幸なことに、彼を担当していたサポート役は迷宮神に近しい一柱だった。ショウたちを拉致し、ダンジョンマスターに仕立て上げた犯罪者の一味。人格も相当に歪んでおり、正直、顔も見たくない相手だった。

「……寂しいとウサギは死ぬ、か」

ショウはそっと呟く。それが迷信であることは知っている。人気のテレビドラマで使われた台詞が広まっただけ。しかし今はそんな与太話さえ信じてしまいそうだった。

——俺は一体、何をしてるんだろうな……。

時々、自分が何のために頑張っているかわからなくなる。貧しい生活を強いられながら時折訪れる人恋しさに耐える日々。悲しいことに鬱症状を自覚していてもそれを立て直す手立てがなかった。

ベッドに寝転んだショウは、陰鬱な表情のままクエスト画面を眺めていた。

【ダンジョン〈迷路の迷宮〉を攻略せよ！】
クエスト詳細：
現在、ダンジョンバトルにて九十三連勝を達成している〈迷路の迷宮〉。やつらの戦略はダンジョンをまるごと大きな迷路にすることで時間切れを狙うという卑怯極まりないものだ。
卑劣な戦法で運営を続けるダンジョンマスターを排除するために力を貸してほしい。

成功条件：ダンジョンコアの奪取、またはダンジョンマスターの殺害
契約報酬：神祖の呪詛、五百万ＤＰ
成功報酬：原典の渦、五百万ＤＰ

「……ヒロト、おまえって案外、強かったんだな」

思い出すのは両親や姉を失い、親族との関係を絶ち切った親友のぎこちない微笑だった。彼はずっとこの感覚に耐えてきたのだろうか。

クエスト票をスライドさせれば盗撮されたものだろうダンジョン内の様子が映し出された。美しき女神と手をつないでいる写真、猫耳の付いた可愛らしい少女を膝に乗せている写真、子供たちと豪華な食事を取っている写真、ヒロトはいつも誰かと一緒で、穏やかな笑みを浮かべていた。

「……よかったな、ヒロト」

ヒロトはいつだって独りだった。あのぎこちない微笑は対人トラブルを起こさないための仮面なのだとショウだけが知っている。クラスでどんなに盛り上がろうと、面白いことが起きようと、遺産を狙う親戚連中の前でさえ、あいつの表情は変わらなかった。

あの仮面はなかなかに巧妙で、なまじ整った顔をしているだけに笑顔を向けられた相手はそのことに気が付かない。ヒロトの辛い過去を知り、寝食を共にしてきたショウだから気付けたのだ。

写真の中の笑顔は人形めいたそれではない。仕方ないと諦めたような苦笑もあれば、拗（す）ねておどけたような微笑みもある。心から楽しんでいるような満面の笑みさえもあるのだ。

きっと良い出会いがあったのだろう。温かくて穏やかな日々が、二年という月日が、凍り付いていたヒロトの心を溶かしたに違いなかった。

クエストを受領しますか？

**　はい**

＝〉いいえ

不意に誰かが呟いた。

——いいのかよ、このままで。

——そこは、おまえの席だったはずだろう。

——どうして、おまえは独りなのに、あいつの傍には人がいるんだ？

「違う……俺は、心の底から……」

頭を振った。離れない。どす黒い感情がフライパンの焦げみたくこびり付いて剝がれない。

クエストを受領しますか？

**　はい**

＝〉いいえ

地面を殴りつける。何度も何度も拳を叩きつける。

——返してくれよ、そこは俺の席だろう⁉

浅い呼吸を繰り返す。息が苦しくて苦しくて仕方がなかった。

——取り返せ、おまえの居場所を！

やつを殺してしまえばいい。全てを奪ってしまえばいい。

——おまえにはそれだけの力がある。

クエストを受領しますか？

＝〉はい

いいえ

何の問題もない。あるべき場所にあるべき物が還るだけだ。暖かな寝床も、豪華な食事も、穏やかな日々も、豊かな人間関係だって、本来は自分のものなのだ。

「なあ、ヒロト……どうして、こんなことになっちまったんだろうな……」

クエストを受領しました。

＊

ショウは玉座に座りながら禍々しい光を放つ指輪を眺めていた。

〈神祖の呪詛〉。神代の呪いを封じ込めた強力なマジックアイテムだ。

——これで決めてしまいたいが、期待薄だろうな……。

いくら神話時代の呪いとはいえ、それだけでヒロトを弑することはできないだろう。状態異常耐性はＤＰで簡単に取得できる。何事にも慎重な親友がもしもの事態に備えていないはずがなかった。

せいぜい昏倒させるのが関の山。できればヒロトにはダンジョンバトル終了まで眠っていてほしいところだ。殺される恐怖に怯えるより、眠っている間に殺されたほうが幾分かマシだろう。

——いや、嘘だな。

ヒロトの心の安寧よりも、ダンジョンマスター不在により敵方の抵抗が弱まることへの期待感のほうが大きかった。

薄汚い考えに反吐が出る。結局、自分はこの程度の人間だったのかと思い知らされた気がした。

「問題は……制限時間だな」

ダンジョン〈迷路の迷宮〉は全十階層にも及ぶ巨大な迷路だ。その防衛に当たるのは二千名を超える奴隷の戦士たちである。ほぼ全員が星付きの実力者であり、三ツ星級はおろか四ツ星級——いわゆる英雄と呼ばれる存在——まで確認されているという。

とはいえ、まともに戦うことさえできれば十万以上の戦闘要員を動員可能な〈ハニートラップ〉の敵じゃない。十万対二千では勝負にならないだろう。しかし、腕利きの戦士たちに時間稼ぎに回られたら二十四時間以内にコアルームまで到達するのは難しくなる。

これは数ではなくて質の問題だ。探索要員である殺人蜂を守り抜く戦力が必要だった。それも万単位で。上位種である殺戮蜂が適任だが、召喚コストの高いこの魔物を大量動員することは難しい。

――難しいだけで、今ならできないことはないんだよな。

『これは君に預けておくよ』

クエスト受領後、契約報酬の受け渡しにやってきた迷宮神は、何故か成功報酬まで渡してきた。

「預けておく、ね……」

金色に輝く〈原典の渦〉を見る。要するに足りなければ使え、ということだろう。このアイテムを利用すれば二千名の戦士たちなど比較にならないほどの莫大な戦力が手に入る。

――しかし、失敗した時は。

このアイテムを使った上でクエストに失敗すれば、どんなひどい目に遭わされるだろうか。悪魔と契約した魔術師の末路はいつも悲惨だ。つまりここが分水嶺(ぶんすいれい)。引き返すなら今しかない。

緊張のためかやたらと喉がいがらっぽい。捨て鉢になっている自覚がある。この孤独が今後も続くなら遠からず自分は壊れてしまうという確信があった。

「毒を食らわば皿までってか」

ショウは端整な顔立ちに酷薄な笑みを浮かべる。見上げた先には巨大な一匹の蜂が佇んでいる。

十メートルを優に超える巨軀(きょく)、大きく膨らんだ腹、ギチギチと耳障りに鋏を鳴らすそれがいると、普通の魔物を五十体も配置できる大広間が狭苦しく感じられた。

四ツ星級〈殲滅女王(キラークィーン)〉。厄災を生む厄災。小国程度なら平気で滅ぼす真正の化け物だ。

――その固有スキルは〈産卵〉。

第七章　最終階層の攻防

体が重い。息が苦しい。それでも逃げなければならない。

『待テェエェぇぇ――』

黒っぽい何かがどこかで聞いた声で叫ぶ。叔父の声、叔母の声、歳の離れた従兄弟たちの声、あるいは名前も知らない遠縁の誰か、そんなおぞましい存在の声が重なり合っていた。

「ハァ、ハァ――ハァ――」

迷路の通路を右へ左へさらに右へ。現在位置なんてわからない。ただがむしゃらに走っている。あの〈黒〉から離れたい、あの声から少しでも遠ざかりたい。その一心でヒロトは走っている。

『どぉこ、ダァァ――ひロとオォぉ――』

陰からそっと覗き込めば、この世の光を全て吸い込んだかのような黒く澱んだ粘着質な物体が、通路の脇を通り抜けていった。

ヒロトはその場に崩れた。力なく壁にもたれかかる。

――結局、僕は逃げてばかりだ。

膝を抱える。ずっと弱い自分が嫌いだった。高校生になった。ダンジョンマスターにもなった。体は大きく強くなっただろう。なのに心はあの頃からまったく成長していない。

ヒロトは子供だ。どうしようもなく子供だった。敗北を恐れ、失敗を恐れ、困難に立ち向かうことを恐れている。壁の前で立ちすくみ、誰かが手を引いてくれるのを待っているだけの存在だ。

だから〈黒〉と戦えない。

『見ィいいィぃつケたアあぁアァ――』

振り向いた先には何故か撒いたはずの〈黒〉が迫っていた。

「ひッ――誰か……」

『寄ォ越せエェェ――』

後ずさり、転倒する。体が重い。立ち上がれない。もう逃げられない。

「たす、け……」

先ほどまであったはずの曲がり角はいつのまにか消えていた。迷路は、ヒロトを助けてくれるはずの複雑怪奇な通路の渦は〈黒〉によってすっかり食べ尽くされてしまっていた。

『喰ワせろぉオォォ――』

黒い塊が粘液状の体を広げてヒロトへと躍り掛かる。〈黒〉に取り込まれれば終わりだった。きっと肉は食われ、骨まで溶かされ、何ひとつ残さず消化されてしまう。

「…………――ッ」

腕をかざす。苦痛はいつまでもやってこない。

ヒロトは恐る恐る腕の隙間から覗き込む。

目の前に銀色の光が浮かんでいた。峻烈（しゅんれつ）なまでに美しい白銀。その眩（まばゆ）いばかりの光で影という影を消し去り、〈黒〉を退けてくれていた。

「ディア、さん……？」

銀色は答えない。光はただその輝きでもって通路の先を照らすだけだ。

「……ついてきてくれますか？」

銀色の光が収まり、真っ白な〈雌鹿〉へと変化する。デフォルメされた可愛らしい意匠のそれはヒロトが以前、ディアにプレゼントしたスカーフの絵柄によく似ていた。

いつの間にか〈黒〉は消えていた。

今なら立ち上がれる。ヒロトは〈雌鹿〉と一緒に通路を歩いた。迷路の曲がり角を真っ直ぐに伸ばしたら、きっとこんな感じになるのだろう。

狭くて暗くて長い道をずっとずっと歩いていく。時間の感覚が徐々に曖昧になっていく。十分は経った、一時間は歩いただろう、もしかしたら一日中歩いていたかもしれない。

まだ着かない。果てがない。そうやって意識が遠のくと〈雌鹿〉が優しく背中を押してくれた。

終端が見えてくる。それと同時、背後に〈黒〉の気配を感じた。

『ヒロトおぉオォぉ――待ぁテェェぇぇぇぇ！』

〈黒〉の動きはひどく緩慢だった。一定の距離まで来るとそれ以上は近づいてこない。

どうやら〈黒〉は、この〈雌鹿〉が恐ろしいようだった。

不意に、彼女と力を合わせれば倒せるんじゃないかと思った。

〈黒〉を見る。やはり怯えた表情をしている気がした。多分、力関係は逆転している。しかし今なら倒せるという思いと、殺したところでどうするのかという気持ちがせめぎ合う。

〈黒〉はきっとまたいつかヒロトの元に現れる。その時はまた戦うのか、また殺さなければいけないのか、毎回毎回そうしていくのか、果たしてそれは正しい選択肢なのか、そんな風に思うのだ。

戦いは連鎖する。復讐は復讐を呼ぶからだ。

ヒロトは〈黒〉を睨みつける。やつはずるずると後ずさった。あんなに恐ろしかった〈黒〉が今は何だか哀れに思えた。多分、ああして怯えている姿がかつての自分に重なって見えるからだ。

——ああ、なるほど。あれは僕なのか。

ヒロトは踵を返して走った。かつての〈黒〉(じぶん)を置き去りにして。

振り返ることはもうしない。後ろを向いて歩くのは終わりにしたい。失(な)くしたものばかり見続けるのはもういい加減うんざりだった。

真っ直ぐな迷路をひた走る。

——僕は生きていたい！

今は前だけを見ていたい。

——この世界でみんなとッ！

光が包んだ。

*

「みんな、ごめん！」

「主様！」

コアルームに戻ると、クロエが抱きついてくる。何とか受け止めることには成功するものの、勢いを殺しきれず壁に押し付けられてしまう。

「クロエ、ごめんね、心配かけて」

「いい！　主様が無事ならそれで！」

クロエはベアハッグからゴリゴリと、かき氷器みたいに頭を押し付けてくる。ほとんどプロレス技みたいなものだったが、甘んじて受け入れるしかない。

「マスター！　お帰りなさい！」

「まったく心配させおって」

「待ってたぜ、大丈夫なんだろうな、大将！」

「ごめん、みんな！　僕はもう大丈夫だから」

古参組に答えれば、周囲にいた子供たちも大きく胸を撫で下ろしていた。中には泣き出してしまう子がいて、ヒロトはどうしたものかと頭を抱える。

「喜ぶのは全てが終わった後にしては？」

背後から冷静な声が聞こえた。ディアはクロエの襟首を摑むと、ずるずると引き摺っていく。

「邪魔するなし！」

「今はダンジョンバトル中です。まずは戦況の報告が先でしょう？」

もっともな指摘にクロエは反論することもできず、小さくほほを膨らませながら報告に入る。

「敵は第十階層に入ってる……このままだと迷路は踏破される」

モニターを見れば、五万匹を超える殺人蜂が迷路内を縦横無尽に飛び交っていた。

機動力の高い飛行モンスターを大量召喚し、全ての経路を走査する。この人海戦術こそが〈迷路の迷宮〉を攻略し得る唯一の戦略だ。

敵は——かつての親友は本気でヒロトたちを攻略しに来ていた。

「残りは八時間、か……」

「ごめんなさい、あいつらを止められなかった……それに、きちんと守れなくてごめんなさい」

クロエの役目はヒロトの護衛だ。自分が離れてしまったせいでヒロトが呪われたと思っていた。

「いや、謝るべきは僕のほうだ。ずっと眠っててごめん。みんなにはずいぶんと苦労をかけたね」

眷属たちはおろか子供たちさえ出撃したようだ。体を拭く余裕さえなかったのだろう、全員が全員、殺人蜂のものと思しき赤黒い体液に塗れていた。

「あの大群を相手によくここまで耐えてくれたね。本当にありがとう」

ヒロトは子供たちの頭を撫でながら玉座へと向かった。

「ここからは僕のターンだ」

反撃の狼煙が上がる。

*

前線部隊が第十階層に到達したところでショウは大きく息を吐いた。残り時間は八時間。予想外の抵抗に遭い、時間を食ってしまったが、ここまで来れば後は正面から殺し合うだけである。

相手も覚悟を決めたのか、最終階層では真っ直ぐな一本道が続いていた。決戦にまで持ち込めれば〈ハニートラップ〉が負けることは有り得ない。

しばらくして迎撃用の小部屋が現れた。殺戮蜂が突っ込む。

「なんだ、やる気になったかと思えばこの程度か」

小部屋には三ツ星級〈シルバーゴーレム〉が一体しかいない。拍子抜けもいいところだ。

この程度、殺戮蜂の敵ではない。何せ彼らはあの〈殲滅女王〉の子供たちなのだ。

〈殲滅女王〉は殺人蜂や殺戮蜂を始めとする蜂系モンスターの頂点に立つ存在だ。戦闘能力自体は四ツ星級では最下位に近いが、他のモンスターにはない特殊スキルを持っている。

スキル〈産卵〉。殲滅女王は一日に十個ほどの〈卵〉を産む。たったそれだけの能力だが、このスキルこそが〈ハニートラップ〉をナンバーズへと押し上げた最大の要因だった。

殲滅女王の〈卵〉から孵った殺戮蜂は通常召喚した個体に比べて大幅なステータス補正を受けるのだ。一流アスリートの子供の多くが運動能力に優れているのと同じ。その補正値はレベルに換算すれば十五相当にもなる。これは三十名近い星付き侵入者を倒してようやく至れる強さだ。

さらに〈卵〉には維持コストがかからないというメリットもある。孵る直前に待機エリア——ダンジョンに配置できない予備戦力を保管しておける謎空間——に移動しておけば羽化もしないため、維持コストゼロのまま大量の戦力を保持することが可能となる。

これがショウの見つけたシステムバグ〈卵待機〉だった。

「やれ、殺戮蜂！」

耐久性が高いだけのシルバーゴーレムなど、強化された殺戮蜂の前には無力だ。蜂たちの素早い動きに鈍重なゴーレムはついてこれず、闇雲に拳を振り回すばかり。殺戮蜂は隙だらけの背後に回り込むと突撃。臀部から極大の毒針を打ち込んでいく。鈍い破砕音。強固な白銀のボディをも貫くそれは、生まれたばかりの魔物とは思えないほどの威力だった。

『ゴガアアァァ——！』

銀色の体が徐々に黒く染まっていく。猛毒による侵食だ。物質系モンスターに毒物は効き難いがそれにだって限度はある。際限なく毒針を打ち込まれれば、いずれは致死量に到達する。百匹を超える殺戮蜂や殺人蜂に突かれたシルバーゴーレムはほどなくして撃破された。

数の暴力。三ツ星級の中でも極めて高い耐久性を持つシルバーゴーレムでさえ蜂軍団の前には十分も持たないのだ。連中は未だに時間切れによる判定勝ちを狙っているのだろう。小部屋を設置するだけならコストはほとんどかからない。一部屋ごとに十分もの時間がかかるとすれば、コアルームに行くまでにかなりの時間を消費することになる。

「今後は殺戮蜂だけで対処しろ。犠牲を厭わず一分以内に仕留めるんだ！」

今は攻略速度が最優先だ。殲滅女王さえいれば殺戮蜂など後でいくらでも補充可能だ。最悪、この戦いで使いきってしまっても問題ない。

「よし、往け！」

ゴーレムが完全に破壊されたことで扉が開けるようになる。殺戮蜂がすぐさま扉を開き——

そして極光に包まれた。

*

「良し！」

ヒロトが快哉を叫ぶ。彼は溜め込んだＤＰを使い、最深部にあたる第十階層を一から作り直した。敵ダンジョン〈ハニートラップ〉は蜂系モンスターが主力だ。

その弱点である火属性で攻めることにした。ヒロトは長く真っ直ぐな通路を作り、その先に小部屋を設置し、シルバーゴーレムを配置する。これは後続部隊を一まとめにするためだ。

小部屋に扉を付け、その先の通路をコの字を描くように設定する。そして反対側に逆コの字の通路を設置、連続したクランクを作る。これを十個ほどつなげ、角々に〈火吹き壁〉を設置した。〈火吹き壁〉は三十秒に一度、壁面から火炎放射を行うトラップで、ゲーム風に言うなら直線二マスに炎攻撃を行う罠というイメージだ。普通なら噴出した炎は向かいの壁にぶつかって消えるだけだが、その先に〈火吹き壁〉を設置すれば炎同士がぶつかり合うことになる。

そこで〈連鎖〉が発生する。同属性のスキルを同時に放つことで威力や効果範囲が強化されるというガイア特有の物理法則だ。〈連鎖〉が発生することで効果範囲は直線二マスから延長され、その熱量も増幅する。これを何十個もつなげることで灼熱地獄を作り出すことができるのだ。

「まさかこのような秘技が……」

その威力はガイア神族の一員たるディアでさえ脅威を覚えるレベルのものだった。

「いや、掲示板だと割と有名だよ？　〈クランクバズーカ〉って名前で」

安価なトラップを〈連鎖〉させることで高威力のトラップを作り出すテクニックだった。火属性が弱点の蜂系モンスターへの効果は抜群で、たった一発のクランクバズーカで小部屋に残っていた戦力はおろか、部屋の後ろで交通渋滞を起こしていた後続部隊まで一掃することに成功していた。

「さあ、ここからだ……」

ヒロトは不敵に笑うのだった。

＊

「……なんだ、これは……まさか――クランク、バズーカだとッ⁉」

極光がモニターを埋め尽くした。数秒ほど経って映像は回復したものの、そこに映し出されたのは焼き尽くされ、バラバラに砕かれた殺戮蜂たちの死骸だった。

「ヒロトのやつ、もう目を覚ましたのか……」

遅滞行動が中心だった敵の動きが大きく変わった。それはヒロトの復活を意味していた。サブマスターたる眷属から指揮権を奪える存在などダンジョンマスターしかいない。

「くそ、油断した……」

クランクバズーカは強力なトラップだ。現にこの一撃で小部屋と通路に犇めいていた千匹以上の軍勢が一掃されてしまっている。しかし、警戒さえ怠らなければ避けられる代物でもある。

元となる〈火吹き壁〉の特性上、爆炎は一直線に進む。真っ直ぐな通路が続いた時だけ注意すればいい。今回の被害は制限時間を気にしすぎるあまり警戒を怠っただけである。

それにクランクバズーカはメジャーなテクニックであるが故に攻略法も確立済みだ。対策方法は簡単でクランクの角々に障害物を置き、炎を〈連鎖〉させなければいい。防火壁を置いて延焼を防ぐようなものである。

最適とされているのは火属性と相性のいい土属性魔法の〈土壁〉を使用することだ。ガイアでは魔法効果終了後も魔法で作られた物質は残り続けるため、罠による熱量で壁が破壊されるまでクランクバズーカを封印することが可能だった。

問題なのは〈ハニートラップ〉の主力たる蜂系モンスターが魔法を不得手としているところだ。飛行能力の補助や集団行動を行うための最低限の風魔法しか行使できない。ショウが前線にいれば土魔法で壁を作れたが、前線部隊では有効な対策が取れないのだ。

苦肉の策として前線部隊は殺人蜂を炎の吹き出し口に張り付かせて延焼を防ぐことにしたようだ。

自らを壁にすることで隣接マスまで炎を届かせない作戦だ。攻略を優先するのであれば妥当な判断だったろう。しかしそれは同胞の死と引き換えに手に入れられる安全でもあった。

だからこそ一秒でも早くこのゾーンを抜ける必要があった。殺戮蜂が素早くクランク通路を駆け抜けるが、その先にはまたしても小部屋があり、複数のシルバーゴーレムが立ちふさがっていた。

「くそ、時間稼ぎか。殺戮蜂！　すぐに殺せ！」

元々生命力や耐久性が低く、火属性にも弱い殺人蜂たちでは火炎放射の熱量に耐えられない。一回の発動のたびに三匹程度の殺人蜂が犠牲になる。しかも〈火吹き壁〉はクランク上に三十個以上も設置されているため、三十秒に一回のペースで百匹以上の殺人蜂が命を落とすことになる。

ヒロトはクランクバズーカで通路上の魔物を一掃するだけでなく、発見後も継続的にダメージを与える攻撃手段として利用してきたのである。

「相変わらず知恵だけは回りやがる」

殺戮蜂たちが特攻を仕掛ける。組織だった戦闘を行う余裕はすでにない。最短で攻略するために各々全速力で敵に張り付き、シルバーゴーレムへ攻撃を加えるだけだ。

しかし今度のシルバーゴーレムは、両手に巨体をすっぽりと隠してしまえるほどの大盾を構えていた。部屋の壁に背中を預けて背面を守り、盾を掲げて致命的な攻撃を防ぐ。

シルバーゴーレムたちは寡兵ながら粘り強く戦い続け、殺戮蜂たちの猛攻を三十分以上も耐えてみせた。〈ハニートラップ〉は通路を確保するためだけに六千匹近い被害を出したことになる。

『ゴガァァ――』

最後の巨人は満足げな声を上げて消えていった。

「バカ、やめろ！　クランクバズーカだ！」

ショウの叫びは遠く離れた蜂たちには届かない。先を急ぐ殺戮蜂はすぐさま扉に手をかけ、再び極光に掻き消されてしまうのだった。

*

「往け！　全速力で通路をふさぐんだ！」

ショウは一旦、進攻を中断させると土魔法を得意とする虫系モンスター〈巨団子虫(ヒュージロリポリ)〉を大量に召喚した。その巨団子虫をロープで殺戮蜂たちに括(くく)り付(つ)け、前線へと運ばせる。ついでにショップで大量購入したMPポーションも一緒に輸送しておく。

「くそ、まだ着かないのか……」

大量にあったはずのDPも残り少ない。これ以上の戦力投入は難しい状況だ。破滅が迫っている。ショウにはもはや取り繕う余裕さえなくなっていた。

〈迷路の迷宮〉はひとつの巨大な迷路であり、あまりに広く複雑だ。途中にある致死性の高い罠を掻いくぐりながら移動しようとすると、快速を誇る殺戮蜂であっても一時間以上かかってしまう。

そして巨団子虫が前線に到着したところで二つ目のクランクバズーカを越える。

続いて見えたのは休憩所を表す青い扉だった。殺戮蜂たちが押すが扉は開かない。引く、左右にずらす、上に持ち上げるなどを試しても無駄だった。

「……〈宝箱バリケード〉か」

〈宝箱バリケード〉とは、扉前に大量の宝箱を設置して道をふさぐ裏技だ。休憩所には罠や魔物は配置できないが、罠も鍵もないご褒美用の宝箱だけは自由に設置することが可能だ。この仕組みを悪用して、扉前に重い荷物の入った宝箱をいくつも設置してバリケードにするのである。

――小癪な真似を……。

扉自体は非破壊オブジェクトのため力ずくで押し通るしかない。殺戮蜂たちが並び、助走をつけて体当たりする。徐々に開いていく扉。ここに来てショウはようやく人心地付くことができた。

第十階層に到着してからすでに三時間以上が経過している。そして恐ろしいほどの被害が出ていた。殺戮蜂だけで五百匹以上、殺人蜂に至っては一万匹以上がこのフロアだけで犠牲になっている。そのほとんどが通路の安全を確保するためだけに使われたのだからたまらない。

被害の大きさに耐えかね、土魔法を得意とする巨団子虫部隊を派遣せざるを得なくなった。だが、これで通路の安全は確保されたと言えるだろう。後は時間との勝負である。

ショウはこの戦いのために大量の戦力を用意してきた。後続にはまだ万を超える殺戮蜂の軍勢が控えている。ボス部屋どころか休憩所ごときで手間取っていてはダンジョンの完全攻略――ダンジョンマスターの殺害、あるいはダンジョンコアの奪取――など覚束(おぼつか)ない。

「いつまでかかってんだ！　早く開けろよ！」

ショウが声を荒らげる。主人の怒声が聞こえたわけではないだろうが、ようやく扉が開かれた。

「なんだ、見えないぞ……」

宝箱から白煙が立ち上っている。煙幕のつもりだろう。相変わらず手の込んだ真似をする。

「まあ、大丈夫か……」
ここが〈休憩所〉であることは間違いない。休憩所にはルール上、魔物や罠を配置できないため
ひとまずの安全は確保されたといってよかった。
ショウはモニターからわずかに見える奥の扉を睨みつける。この先にはボスがいるはずだ。ボス
部屋の前には必ず休憩所を設置しなければならないからだ。悠長に休んでいる暇はない。先行部隊
がボス部屋の扉に手を掛ける。もちろん扉の前方に魔物は立たせない。
殺戮蜂が牙を鳴らす。殺戮蜂はその名のとおり、殺戮をこよなく愛する生粋の戦闘狂だ。扉の先
に控えているだろう強敵に、その先にあるはずの最終決戦に胸を高鳴らせていた。
「往け！」
扉を引く。
再び画面が極光に染まった。

＊

「何が、一体、何が起きた……」
モニターは回復したが、先行部隊からの映像が途切れている。休憩所の様子もわからない。扉か
ら濛々（もうもう）と白い煙——先ほどの煙幕——が立ち上っているせいだ。わかるのは休憩所へ侵入を果たし
た魔物たちが全滅したという事実だけ。
「まさかボスモンスターか……？」
扉を開けた瞬間、殺戮蜂の群れを一撃で葬り去るような範囲攻撃でも放ったというのか。有り得

ない。ショウは迷宮神から〈迷路の迷宮〉の詳細情報――召喚可能リストなど――を手に入れている。さらにダンジョンバトル終了までレアガチャチケットを使っても、既存モンスター以外は召喚できないよう設定を変えたと言っていた。

「いずれにせよ、確認しなければ……」

少数の殺戮蜂が休憩所に突入する。

「……これは」

扉の先に見えたのはちろちろと炎を吐き出す〈溶岩床〉と湯気の立つ〈猛毒床〉の二つだった。

「バックドラフト……」

密閉された空間内で火災が続くと不完全燃焼が起きて一酸化炭素が溜まった状態になる。その状態で外の空気が入ってくると瞬間的に酸素が取り込まれ、大爆発を引き起こすのだ。

「違う、それだけじゃない……」

普通のバックドラフト程度なら――それこそ〈連鎖〉でも起きない限り――耐久力のある殺戮蜂まで全滅するはずがない。休憩所の内部にもダメージソースがあったはずなのだ。

「これは……小麦粉か……？」

視界の下、パチパチと燃える白い粉を見てショウは思い出す。

粉塵爆発。〈宝箱バリケード〉で蹴倒された宝箱の中に大量の小麦粉が敷き詰められていたのだ。バリケードを壊された後の煙幕代わりだと思っていたが、この煙自体が罠だったのだ。

ショウの失意は止まらない。小部屋に入った殺戮蜂たちが床に落ちたのだ。動けないままずぶずぶと溶岩床に飲み込まれ、死んでいく。ステータスを見ればそこには〈毒〉の文字が見えた。

怒りのあまりショウはもうひとつの裏技を見落としていたことに気付いた。

「くそ、今度は〈ポイズンサウナ〉だと……」

〈ポイズンサウナ〉は、床の上を歩いたものを毒状態にする〈猛毒床〉と〈溶岩床〉を組み合わせるテクニックだ。地面から常時毒液が湧き出し続けるそれに高熱系トラップを隣接させると毒液が温められて気化する。毒ガスが発生するのだ。呼吸によって毒素を直接体内に取り入れてしまう分、通常より効果が高くなるという検証結果もある。

「誰か……扉を閉めろ！」

目に見えない毒物が牙を剝く。毒針を持つ蜂たちもさすがにダンジョン産の猛毒には耐えられない。このままでは階層全てが毒ガスで満たされてしまう。そうなれば攻略どころの話ではない。

「その先に迷路だと……」

モニターには倒れた殺戮蜂の視界が映し出されている。煙幕が晴れた先に無数の分岐が見えた。毒ガスで満たされた休憩所の向こうには〈迷路の迷宮〉の代名詞たる〈大迷路〉が控えていた。恐らく複雑な経路の全てが毒ガスで満たされているのだろう。現状の装備では毒に冒された迷路を攻略するのは不可能だ。蜂たちも同じことを考えたらしく、すぐさま休憩所から撤退する。

ショウはなけなしのＤＰを使って〈毒消し薬〉を大量購入して運ばせた。輸送には一時間が必要だ。物資が届く頃には残り時間は三時間を切っているだろう。

「クソ、クソクソ‼」

ショウはコアルームの机を蹴り上げ悪態をついた。

「ヒロトのやつめ……絶対に許さねえぞ！」

第八章　それは剣であり盾である

設置できる限界まで施設や罠を設置して、第十階層の改修を終える。

「ディアさん、これでどうかな」

「素晴らしいかと。敵は相当な出血を強いられることになるでしょう」

しかし、とディアは悔しげに続ける。

「それでも、防ぎきれないでしょう」

ディアはコアルームの先に視線を向けた。その先には〈決戦場〉が設置されている。

〈決戦場〉は魔物収容数に上限のない特殊な施設だ。コアルームの前にしか置けず、システムから提供される罠や施設の類が一切設置できない。文字通りに決戦を行うためだけのエリアなのだ。

「よし、行こうか」

ヒロトは件の〈決戦場〉へ向かう。そこには忙しく動き回る古参組や子供たちの姿があった。

「主様、ダンジョンの改修、終わったの？」

「うん、これで後三時間は持つと思う。そっちは？」

「ん、もうすぐ終わる」

クロエが指を差した先には城壁が聳え立っている。コアルームへの入り口をふさぐように築かれたそれは高さ五メートルを優に超え、厚さも三メートルはあろうかという頑丈なものだった。

ダンジョンバトルが始まるやいなや、クロエは奴隷たちに指示を出し、決戦場の前に巨大な防御施設を構築させていた。〈決戦場〉にはシステムから罠や施設の類を設置することはできないが、自分たちで物資を持ち寄り、陣地を作ることくらいは許される。

その特性を利用して防衛施設を築いたのだ。怪力を誇るシルバーゴーレムが石灰や砂利を運び込み、子供たちが一斉に〈土壁〉の魔法を唱える。魔法で作られた物質は効果終了後も残り続けるという特性を利用すればコンクリートと同じ構成の強固な防壁を作ることが可能だった。

ここで防壁の作成で重要なのが〈連鎖〉を利用することだ。同一魔法を同時に発動させることで、通常の何倍も大きく頑丈な壁を作ることが可能となるのだ。

子供たちの多くは魔法の才能を有している。ダンジョンマスターの特性によってその才能を見抜き、教育を施してきたおかげで今では百名以上の星付き魔術師を動員できるようになっていた。

城壁の上に弓や杖を携えた少年少女たちが立つ。彼らを守るように盾を構えたシルバーゴーレムが控えていた。感情のないゴーレムは文字通り命を賭けて子供たちを守るだろう。以前にレアガチャで手に入れた三ツ星級〈巨大蜘蛛〉たちも、敵の動きを制限すべく上空に巣を作っている。

まさに総動員だ。もちろん決戦にはヒロトも参戦する。DPを使ってステータスを上げ、各種戦闘スキルを取得したが、実戦経験のない自分が果たしてどれだけ役に立つだろうかと不安になる。

「敵は未だに万を超える戦力を残しています。〈決戦場〉に到達された場合、多くの犠牲者が出るでしょう。ヒロト様、今のうちに御覚悟を」

ディアは重々しい口調で告げた。敵は元ナンバーズだ。裏で手を引く迷宮神の存在もある。やつから相当の支援を受けているはずであり、その戦力は生半可なものではないだろうと思われた。

「ディア、それを今言う必要は――」

「いえ、あります。ヒロト様、それでもあなたは生き残らなければいけません。この場所を守らなければなりません。さもなくばコアは奪われ、〈迷路の迷宮〉は消滅します」

ヒロトは奥歯をかみ締める。ヒロトの死は全員の死だ。眷属たちはもちろんのこと、奴隷契約を結んでいる子供たちさえ連座によって死亡する。

暗い雰囲気のまま陣地の中央に向かえば、それを打ち消すような明るい声が聞こえてくる。〈迷路の迷宮〉の最精鋭〈メイズ抜刀隊〉のメンバーが談笑していた。多くの遠征を成功させ、スタンピード狩りで多大な武功を上げた彼らはすでに歴戦の雰囲気を漂わせている。

それは決戦前とは思えないほどに楽しげで、そのことにヒロトは救われたような気持ちになる。

「あ、ご主人様だー！」

「目が覚めたのですわね！」

「心配したよー、よかったよー」

ヒロトが近づくとすぐに気付いたようで子供たちが笑顔で駆け寄ってくる。歴戦の勇士然とした雰囲気は欠片(かけら)も残っていなかった。

「ごめんね、みんな……」

子供たちはきょとんとした様子で首を傾げた。ヒロトの謝罪の意味がわからないようだった。

「この戦いは今までのとは違くて……その、勝てないかもしれない……君たちの誰かが死んでしまうかもしれなくて……」

「なぁんだ、そんなことか」

「まだ調子が悪いのかと思ったよー」

「相変わらずお人好しですわね！」

子供たちは楽しげに笑う。

「ヒロトよ、大丈夫じゃ。みな、最初から覚悟しておる」

ウォルターが言えば、子供たちが当たり前だとばかりに頷く。

でも、とヒロトが言葉を続けようとすれば、後ろから思いっきり肩を叩かれた。

「問題ねえよ、大将。ちっとでっけー蜂ぐらいぶった切ってみせるぜ」

肩を押さえながら振り返れば、金髪碧眼の偉丈夫であるキールが豪快に歯を見せて笑っている。

「そうですよ、僕たちは嬉しいんです。だって今、僕たちは戦えるんですよ！　魔物に怯えて逃げ出すだけだった以前とは違う！　そうでしょ、みんな⁉」

ルークが円らな瞳に闘志を燃やせば自然と鬨の声が上がる。あどけない子供たちの表情に戦士の闘争心が浮かび上がる。それは家族や故郷を奪った魔物への復讐心の表れだったのだろう。

「みんな、本当にごめんね……」

ヒロトは今更ながら自らの所業を理解し、打ちのめされた。年端のいかない少年少女たちを鍛え上げ、武器を与え、戦場へ向かわせていたその事実に。

ヒロトは期せずして彼らを死地へと追いやり、復讐の鬼へと仕立ててあげてしまったのだ。

「ごめん、ほんとうに……ごめん……」

罪の意識で死にたくなった。

＊

「で、大将、これからどうするんで？」

古参メンバーを連れてコアルームへと向かう途中、キールが尋ねてくる。

「うん、これを使おうかなと思って……」

ヒロトはこれまでせっせと溜め込んでいた〈レアガチャチケット〉を取り出した。その数は九枚。ダンジョンバトル連勝の副賞などをヒロトはずっと溜め込んでいたのである。

「うまくいけば四ツ星級のモンスターが手に入るかもしれない！」

「……ヒロト様、それは……多分……」

「無理だし」「無理だな」「無理じゃなぁ」

「何でさ、わからないじゃん！」

「ヒロト様の引きの悪さは有名ですからね……」

仲間たちの辛辣な言葉に、ヒロトは割と本気でへこんだ。彼のリアルラックの低さは有名だ。これまで三十回近くガチャを引いてきたが、四ツ星級はおろか三ツ星級上位の魔物さえ引けていなかった。一番マシだったのが〈シルバーゴーレム〉で、それだって耐久性こそ高いが純粋な戦闘能力では三ツ星級では中の下という微妙な戦闘能力しかない。

「大丈夫ですよ、マスター！　みんなで戦えばきっとどんな敵だって倒せます！」

「ありがとう、ルーク君！　君はこのままでいてくれ！」

ヒロトは素直な少年剣士に抱きついた。遠回しに期待していないと言われていたのだが、ヒロトはまったく気が付いていないようだった。

「十連ガチャは来年以降にお預けかなぁ……」

寂しげに言いつつ、ヒロトはガチャチケットを掲げた。

すると、コアルームが金色の光に包まれた。

「これは……まさか……」

ディアが呆然と呟く。ガチャチケットは実行時の光の色合いでどの等級の魔物が出るか推測可能だ。パチンコのスーパーリーチみたいなもので三ツ星級なら銀色、それ以上は金色となる。

「嘘じゃろ」「……ありえないし……」「……あの大将が」「信じられません……」

古参組のひどい台詞をヒロトは笑い飛ばした。

「ふはは！　見たか、これがリアルラックというものだよ！」

しかしこの土壇場で金色の光が出た。つまりガチャの中に四ツ星級の大当たりがあるのだ。

「私は信じていましたよ、ヒロト様」

「ありがとうディアさん！　これで勝てますね！」

ヒロトは思わずディアの手を取り、振り回す。サポート役の見事な手のひら返しにクロエが「ちょ、おま！」と噛みついていたが、浮かれたヒロトはまったく聞いちゃいなかった。

金色の光が徐々に収まっていく。召喚モンスターたちが姿を現す。そこから出てきたのはシルバースライム六四、巨大蜘蛛とシルバーゴーレムが一体ずつ、といつもの外れメンバーだ。

そして最後の一体は――

「あれ、もう一匹は……？」

全員で周囲を見回す。もしかしたら隠蔽に特化した魔物なのかもしれない。しかし主人たるヒロトがいくら呼びかけても四ツ星級のスーパーレア級モンスターは姿を現さない。

「あ、あ、主様、これ……」

クロエが震える声で足元に落ちていた首飾りを指差す。

「えっと、ディアさん、これ、何て魔物？」

ヒロトは装飾品を摑み上げながら尋ねる。

「これは……ええっと……いいものですよ」

まさかの展開にディアでさえ言いよどむ。曰く、この首飾りは〈神獣の首輪〉というレアアイテムであるらしい。ガイアに君臨する五ツ星級以上の魔物——たとえば老成した竜族や巨獣べヘモスのような最高位の神獣——でさえ支配下に置くことができるそうだ。

通常の召喚では絶対に手に入らない神話級の魔物を配下にできる夢のようなアイテムなのだ。捕獲の手間こそあるものの、実質五ツ星級のモンスターの召喚に成功したのと同じ。

「今欲しいのはそういうのじゃない……」

「……マスター、ど、どんまいですよ」

「まあ、人生こんなもんだわな」

「むしろ私たちが引けばよかった？」

その場に崩れ落ちる主人を、古参組が必死に励ます。軽口を言い合いながらもやはり期待していたのだろう、どこか疲れたような雰囲気が漂っている。

「ごめん、ごめんよ……みんな……」

リアルラックの低さでは自信のあるヒロトだ。彼自身、土壇場で全てを引っくり返せるようなレア物が出てくるとは思っていなかったが、上げてから落とされた分、ダメージも大きかった。

「そういえばチケット召喚は、迷宮神が手ずから構築した機能でした。ここで四ツ星級モンスターを引くなんてドラマチックな展開に期待するほうがどうかしていましたね」

ディアの凄まじい手のひら返しに、クロエが再び「ちょ、おま」と噛みついているが、打ちひしがれるヒロトはやはり聞いちゃいなかった。

「むしろ確率をいじられて全部シルバースライムじゃなかっただけ万々歳と思うことにするよ。取りあえず、ボスモンスターはなんにしようか……やっぱりシルバーゴーレムしかないよね」

むしろシルバースライムなんてどうかな、と自暴自棄になったヒロトが言う。ボス認定されたモンスターは全てのステータスが向上する。弱点である生命力のなさを補ったシルバースライムなら案外良い仕事──時間稼ぎ的な意味で──をしてくれるかもしれない。

「のう、ヒロトよ」

「ん、何？　ウォルター？」

「以前、お主の眷属になれるとかいう券があったじゃろう？　それ、ワシにもくれんかのう」

恐らく〈眷属チケット〉のことだろう。眷属になるとダンジョンレベルに応じて各種ステータスが向上するだけでなく、不老の存在となったり、ダンジョンの操作権限が与えられたり、ダンジョン内転移ができたりと様々な特典がつく。

「もちろんいいけど……本当に、いいの？」

ウォルターは奴隷たちの中でも突出した戦闘能力の持ち主だ。ダンジョンシステムで三ツ星級上位に認定される古参三人組が同時にかかってようやく互角とかいう正真正銘の化け物だ。

確かに元竜殺しの英雄にして剣聖と名高いウォルターが眷属化してくれるならダンジョン防衛に

大きなプラスとなるだろう。しかし眷属化のためには、主君のヒロトに忠誠を誓う必要があった。

眷属契約は肉体に制約を課すだけの奴隷契約と異なり、魂まで縛り付ける。奴隷契約なら苦痛に耐えれば命令を拒否することも可能だが、眷属は主人に反抗する意思さえ抱けなくなる。

「死んだら終わりじゃろう。老いぼれの魂を売り渡すぐらいで子供らが守れるなら安いものじゃ」

「失礼な、まるで悪魔との契約みたいじゃないか」

「まあ、人類の敵（ダンジョンマスター）じゃし、似たようなもんじゃろう」

「確かに。そう言われると返す言葉もないね……とりあえず、はい、どうぞ」

「ふむ、ありがたく頂戴するぞ」

軽口を叩き合いながらチケットを渡す。

ウォルターがチケットを左胸に当てる。全身が薄く光れば眷属化は完了だ。忠義や信頼ではなく子供たちを守りたいがためにダンジョンマスターに魂を売り渡す。実に英雄らしい行動だった。

「ふむ……悪くないのう」

ウォルターはその場で剣を引き抜き一閃する。その迫力に古参三人組さえ後ずさる。

「師父、すごい……」

「やべぇな、近くにいるだけで鳥肌が立つぜ」

「今のお爺ちゃん、ちょっと恐いくらい強い……」

「ほっほ、驚かせてすまんのう。あまりにも体が軽くてな。ついつい嬉しくなってしもうた。まるで若い頃に戻ったようじゃ。少し力に酔ってしまいそうじゃなあ」

ウォルターは軽く詫びを入れると調整を続ける。ダンジョンマスターの眷属は不老の存在だ。そのため加齢によって発生する〈老化〉というバッドステータスからも解放される。つまりウォルター は眷属化によるステータス強化に加え、全盛期の活力さえも取り戻したのである。

その武威は凄まじく、もはや人外の域へと達していた。

「ヒロトよ。我儘ついでにもうひとつ頼みを聞いてほしいことがある」

「僕にできることなら」

ならば遠慮なく、とウォルターはそう呟いてから続けた。

「ワシをボスモンスターに任命せよ」

＊

輸送部隊が前線に到着したことでダンジョン攻略が再開される。毒消し薬を飲むことで、毒ガスへの耐性を身に付けた蜂たちが巨大な迷路を行き交っていた。

こうなればもはや〈ハニートラップ〉の行く手を阻むものはない。もちろん〈迷路の迷宮〉側とて無抵抗だったわけではない。各種トラップで行く手を阻み、眷属たちや選抜された子供たちによって幾度となく襲撃を繰り返したが、それでも侵略を止めることができなかった。数の暴力という単純にして強靭な武器によって、ショウはついに巨大な迷路を攻略しきったのだ。

「ふん、休憩所か……」

モニター越しに見えるのはいつもの休憩所だ。ご丁寧なことに入り口にポイズンサウナが設置されている。他にも何かあるかもしれない、と捨て駒の殺人蜂部隊を先行させて周囲を探索させる。

結果は白。本当に何もない。この休憩所は確かに安全地帯のようだった。もちろん毒消し薬の備蓄が切れれば、待機していくという地獄のような場所ではあるのだが。

休憩所の奥には両開きの鉄扉がある。大きさからして間違いなくボス部屋につながる扉だった。何かある。むしろ何もないはずがない。まずは様子見で殺人蜂部隊がボス部屋に侵入する。

「神殿……？」

モニター越しにショウが呟く。高い天井から眩い光が降り注ぐ荘厳な空間だ。壁も床も全てが純白で構成された広間には、等間隔にいくつもの白い石柱が屹立していた。

そんな空間に一人の老人が立っている。

『ふむ、ようやく来おったか』

老人が兜を被る。総ミスリル製と思しき豪奢な西洋甲冑がゆっくりと動き出す。背中に二振りの剣を背負い、両の腰にも剣が二振りずつ。さらに両手に抜き身の剣を握り締めていた。恐らくその全てが魔剣なのだろう。剣の外周からじわりと何かが滲み出ている。

『よし、往くぞ？』

その瞬間、老人が目の前に立っていた。

いつの間に移動したのかとショウが疑問を抱くより早くモニターはブラックアウトしてしまう。

「……何だ、あの化け物は……」

忘れようはずがない、パーティー会場でこの身に無数の傷を付けてくれた憎き老剣士である。しかし先ほどの動きは自らの記憶を疑いたくなるほど別次元の動きだった。

加えて全身から立ち上る異様なまでの武威は何なのか。目が合った瞬間、モニターを介しているというのに全身を切り刻まれたような錯覚に陥ったほどだった。

「クソクソクソ！　ヒロトめ、今度は一体、どんな手品を使いやがった！」

ショウは手の震えを無理矢理に抑え込んだ。感情を昂らせ、芽生えた恐怖心を抑え込む。

「殺戮蜂、アレを殺せ！」

血が滲むほど拳を握り締め、届かないはずの号令を下す。

待機中の殺戮蜂はすでにして臨戦態勢だ。牙を鳴らし、ボス部屋に飛び込んでいく。

そして無数の剣閃が煌めいた。

＊

「があぁぁぁぁ――――ッ！」

ウォルターは獣めいた咆哮を上げる。老いから解放され、眷属化やボス化によるステータス向上効果もあいまって文字通り人外の――システム的には五ツ星級の――戦闘能力を得ていた。

ウォルターはともすれば暴発しかねない圧倒的な身体能力を、卓越した技術で制御する。風に舞う羽根のように近づき敵の体を切り刻む。愛用する魔剣の銘を体現したかのような動き。

そして別次元の能力を得たウォルターは理性ではなく本能によって〈フェザーダンス〉の特性を理解する。彼の魔剣には強力な風の力が封じ込められている。それを利用して使用者に〈加速〉の加護を与えているのだ。ならその力を最大限に引き出せばどうなるか。

「そらそらそら！」

その答えが〈風の刃〉だった。ウォルターが遠目から剣を振るえば不可視の刃が飛び交った。その切れ味は凄まじく、強固な外殻に守られた殺戮蜂の胴でさえ断ち切ってしまう。

ウォルターが十度剣を振るえば、十四の魔物が死んだ。

息を吸う。剣を振るう。敵を屠る。戦いはシンプルだ。先に切りつけ、致命傷を負わせたほうが勝つ。だからウォルターは敵を切り刻むことだけに集中する。

それはまるで一振りの剣だった。灼熱に焼かれ、鎚（つち）で叩かれ、鑢（やすり）で削られる。不要なものをそぎ落とし、鋭さだけをその身に残し続ける苦行の果てに刀剣は生み出される。

今のウォルターと同じだ。故郷を焼かれ、復讐を誓い、己を鍛える。戦い続ける中で技術は洗練されていき、そして今、ここに人外の力を得た。

思考が境地へ到達する。今のウォルターはただ敵を切り刻むだけの殺戮兵器だ。一振りの剣なのだ。武器は物を考えない。目の前の敵を殺すだけ。

敵が後方で一塊になる。膨らんだ臀部を向ける。瞬間、無数の毒針が飛来する。殲滅女王から生み出された殺戮蜂の毒針はミスリル製の手甲をも容易く貫く。

その攻撃をウォルターは避けなかった。腰を落とし、姿勢を低くして刃を振るった。致命傷になりうる毒針だけを弾き、風の刃で反撃する。撃滅。次の敵を屠っていく。

腕にはチョーク大の太い毒針が突き刺さっている。痛みは当然感じない。不要な機能はそぎ落としている。道具とはそういう物だ。それよりも敵を倒すことのほうがよっぽど重要だった。

「ギチ！」

焦（じ）れた魔物が距離を詰めてくる。飛び込んできた四匹の殺戮蜂が上下左右から腕を振るう。鋭い鉤（かぎ）爪の付いたそれをウォルターは前進することで躱す。懐に入り込み回転する。腹部、頸（けい）部（ぶ）、蟲特有のつなぎ目に魔剣の刃を滑り込ませる。切断。後詰部隊がやってきて再び臀部を向けてくる。

先ほどの焼き直しだった。ウォルターはダメージを無視して反撃する。敵が焦れて距離を詰めてくれば魔剣を使って切り刻む。

――ふむ、強いのう。

ウォルターはほほを伝う血を舐めた。二対の翅を生かした機動力、ミスリルの手甲をも貫く毒針攻撃、距離を詰めれば六つの脚で連続攻撃を繰り出してくる。

ディア曰く、〈ハニートラップ〉が保有する殺戮蜂は、上位種たる殲滅女王の特殊スキル〈産卵〉によって生み出されている可能性が高いそうだ。レベルにして十五相当のステータス補正を受けて生まれてくる殺戮蜂たちは下手な三ツ星級モンスターよりも強かった。

恐らく抜刀隊メンバーなら一対一でも対抗できるだろう。しかし一般の子供たちだと厳しい。そんな化け物が同時多発的に襲い掛かってくるのだからたまらない。この場にいるのがウォルターでなければ――ルークやキールといった古参組でさえ――何もできずに撃破されていただろう。

剣聖と呼ぶに相応しき技量を持ち、眷属化とボスモンスター化によって人外の強さを得たウォルターだからこそできる芸当なのだ。

百体近い魔物を切り伏せたところで両手の魔剣が折れる。残りの剣でどこまで倒せるか計算する。より効率的に殺す方法を思考する。

ウォルターは腰の剣を引き抜きながら、さらに殺意を高めていった。

*

「スイッチ！」

ヒロトが叫ぶ。すると、大盾を構えたシルバーゴーレムがボス部屋の出入り口に突進する。

轟音と共に倒れ込むウォルターに駆け寄り、上級回復魔法の〈快癒（ハイヒール）〉を行使する。ヒロトは決戦に備えて戦闘系スキルを取得した。特に必要となるだろう治療系魔法は上限値まで取っていた。

回復魔法の淡い光がウォルターの体を包む。すると太い毒針が次々に排出され、出血が止まる。すぐに肉が盛り上がり、傷口は見る間に消えていった。

「さすがに全快はしないか……」

「血が流れすぎましたから」

ディアが呟く。回復魔法が治すのは外傷だけだ。傷口をふさぎ、断ち切られた筋肉繊維をつなぎ合わせることはできても、それ以前に失われた血液や体力、精神力までは戻せない。

ウォルターは殺戮蜂の毒針や鉤爪攻撃によって相当な量の出血をしている。体調を万全に戻したいのなら、時間をかけて養生させるしかない。しかし、現在ボス部屋にいるウォルターと取り巻きであるシルバーゴーレムが二体だけでは、長時間にわたる前線維持は不可能だ。他の眷属たちもいればもう少し楽になったが、ボス部屋に配置できるモンスター数は決まっている。

唯一の救いはダンジョンマスターたるヒロトとサポート役のディアが魔物としてカウントされないことだろう。ボス部屋に自由に出入りができるため、回復や装備の切り替え等を行える。

「心配するな。それよりも新しい剣をくれ」

ウォルターが言う。八本あったフェザーダンスは全て大破している。いかな魔剣とて五ツ星級の力を得た竜殺しの全力には耐えられなかったのだ。

それに〈風の刃〉を多用しているのも消耗を早める要因だろう。このスキルは魔剣が持つ魔力を無理矢理に引き出して行使される。そのため使用するたびに魔剣内部の魔力が減っていくのだ。

「あまり無茶をしないでくれ……」

ウォルターが纏うミスリル製の甲冑も半壊状態だ。すぐに外して取り換える。特に損傷が激しいのは手甲や足甲だった。何せこの竜殺しの英雄は、致命的な攻撃以外ろくに防御しないのだ。

「無茶でもやらねばならん時がある。そうじゃろう、ディア殿？」

「ええ、一匹でも多く敵を屠り、一秒でも時間を稼ぐことが結果として子供たちを救うでしょう」

「ま、そういうことじゃよ」

ヒロトはその壮絶な覚悟に息を飲んだ。ウォルターはまさしく英雄だった。竜殺しの偉業を達成し、貴族となってなお数多の人々を救い、かつての故郷を再興した不世出の傑物なのだ。家族を殺されたことで最後の最後にケチが付いたが、心の在り様からして常人とは異なるのだ。

「よし、もうよいぞ」

ウォルターは立ち上がると出入り口を守るシルバーゴーレムたちの前に出る。三ツ星級の中でも最高クラスの耐久性を誇る彼らはわずかな間に半壊していた。大盾は五分間と持たずに破壊され、最終的には総銀製の体軀を盾代わりにして何とか敵の侵入を抑えていたという状態だった。

ウォルターはそんな強敵と延々と戦い続けているのだ。

*

それは壮絶な戦いだった。正真正銘の命の奪い合いであった。ウォルターはいつ死んでもおかしくないような重傷を負いながら、殺戮蜂を屠り続けている。

「スイッチ！」

ヒロトは再びシルバーゴーレムを突撃させる。シルバーゴーレムたちが稼ぎ出すわずかな時間を使ってウォルターの怪我を治し、装備を入れ替え、次の戦いへ備えさせる。

「ヒロトよ、もうよいぞ。ワシは充分に休んだ」

「そんなわけないじゃないか」

休憩のたびに顔色が悪くなっている。ウォルターの顔は血の気を失い、蒼白（そうはく）を通り越して土気色になっていた。回復魔法では失った血や精神力までは取り戻せない。目に見えないダメージが蓄積された結果、動く死体（リビングデッド）と言われてもおかしくないような状態になってしまった。

「だが、やらねばならん」

ウォルターは立ち上がると魔剣を携え、敵陣へ飛び込んでいく。殺戮蜂を殺戮する。独楽のように高速回転して首や胴を刎（は）ねていく。風の刃を射出して前線を安定させる。

魔剣が音を立てて砕けた。ウォルターは気にした風もなく背中の二本を抜き放つ。

「クロエ、交換してくれ」

コアルームにいるクロエに指示を出し、消耗したシルバーゴーレムを入れ替える。

じりじりと終わりが近づいてくる。状況は刻一刻と悪くなっていく。

歯噛みをする。自らの無力さをヒロトは嘆いた。

それでも耐えるしかない。ヒロトにはこれ以上のことはできないからだ。

時間よ、早く過ぎてくれ。ヒロトはそんなことばかり考えていた。

＊

「……疲れたのう……」

　ふとウォルターが呟いた。竜殺しが初めて吐いた弱音だった。一見すれば完勝のように思えるが、その実、一手間違えればすぐに奈落に叩き落とされるような綱渡りめいた攻防の連続だった。

　特に動けないのが辛かった。ウォルターは多少のダメージは承知の上でボス部屋の入り口に陣取り、殺戮蜂共を排除している。むしろそうするより他になかった。高い機動力を誇るやつらに広い空間を与えれば終わりだ。前後左右はおろか上空からも襲撃され続けることになる。

　しかも後方にはまだ一万匹近い殺戮蜂が残っているという。眩暈がするほどの大戦力だ。

　──だからこそ、退けぬ。

　ウォルターがここで敗北すれば、残すは〈決戦場〉だけとなる。愛すべき子供たちはこの恐ろしき化け物共に蹂躙されるだろう。ルークやキール、クロエといった古参組が奮闘すればあるいは対抗し得るかもしれない。しかし多くの犠牲者が出ることは間違いない。

「……ウォルター」

「冗談じゃよ。心配は要らん……往ってくる」

　ウォルターは愛する人を守りたかった。かつては果たせなかったその誓いを、願いを、今度こそ叶えたかった。そのためなら命など惜しくなかった。

　ウォルターは子供たちを想った。無邪気に笑う彼らを通して失った家族を想った。

　立ち上がる。奮い立たないはずがなかった。奪われ続け、失い続け、壊され続けたこの人生に意味があるとすれば、この日、この時、この瞬間にあるに違いなかった。

「ウオオオォォオオォォ――――ッ！」

故に彼は剣を振るう。命を振り絞る。限界を超えて戦うのだ。

蹂躙する。薄氷の上の戦いを勝利で飾る。夥(おびただ)しいまでの血だまりの上で踊り続ける。

ウォルターは今まさに剣であり子供たちの盾だった。

*

「……嘘だろ」

ショウはボス部屋で繰り広げられる戦いに呆然と呟く。部屋の入り口に陣取る件の化け物は一時間以上、ほぼ単独で殺戮蜂の群れを退け続けていた。

被害は千匹を優に超え、二千に届かんとしている。ボス部屋を攻略しているのは使い捨ての殺人蜂などではない。熟練の冒険者さえも倒しうる殺戮蜂たちなのである。成熟したドラゴンでさえ容易く屠れるはずの大戦力は、しかしたった一人の人間さえ倒しきれずにいる。

異常事態だった。もはや一刻の猶予もない。やつの後ろにはまだ二千名からなる戦士たちが残っているのだ。その全てを残りわずかな制限時間内に殺しきらなければショウは破滅する。

「鏖殺(おうさつ)蜂……おまえらも出ろ」

ショウはついに切り札を投入する。

三ツ星級〈鏖殺蜂〉。蜂系モンスターの最上位種のひとつだ。体長三メートルという巨軀を持ちながら三対六枚の翅を用いて高速飛行が可能、さらに武具の扱いにも熟達し、六つの脚で剣や槍などの各種武具を使いこなす。加えて臀部から射出される毒針は六発まで連射可能という化け物だ。

三ツ星級上位という戦闘能力を持ちながら、高い知能を兼ね備えているのも鏖殺蜂の特長だ。生まれながらにして戦術を理解し、作戦を立案、万を超える軍勢を統率する知性を持つ。

しかもショウが出動命令を下した個体は召喚したてのそれではない。スタンピードやダンジョンバトルでは指揮官に任命し、世界樹にある蜂の巣（ダンジョン）に侵入してきた魔物たちを優先的に狩らせるなどして育成してきた〈ハニートラップ〉が誇る最高戦力なのである。

本来であればボス部屋の先にある〈決戦場〉で指揮を取らせるために温存させるべき存在だったが、ショウはその三体全てをこの一戦に投入することにしていた。

「往け！　刺し違えてでもあの化け物を殺すんだ！」

ショウが叫ぶと、すぐさま伝令が飛んでいった。

*

「ぬっ、いかん！」

治療を終えたばかりのウォルターは、新しい剣を掴むや入り口へと駆け出した。

轟音が鳴り響き、シルバーゴーレムが吹き飛ばされる。もう一方のゴーレムがすぐさまカバーに入るも、それさえも数秒と持たずに倒されてしまう。

「ヒロト、下がるのじゃ！」

ウォルターの叫び声に合わせるように飛び込んできたのは三対六枚の翅を持つ巨大な蜂であった。漆黒の甲殻、太い脚にはそれぞれ剣と盾、槍と斧（おの）、弓矢を掴んでいる。

――何と、凶悪な気配かッ!?

ウォルターは戦慄する。漆黒の蜂はその巨軀に見合わぬ素早さで臀部を向ける。考えるよりも早くその場から飛び退く。その足元に十数本の毒針が突き立っていた。

「しかし、なるほど……これが〈鏖殺蜂〉か」

敵方が最後に繰り出してくるであろう切り札の名前である。その存在については聞かされていたが、予想以上の強者だった。やつらからは〈迷路の迷宮〉の古参三人組に匹敵、あるいは凌駕するほどの武威を感じるのだ。

「ギ！」

弓矢が飛ぶ。スキル〈矢の雨〉。しかも三体が息を合わせて同時発射してくる。三十本を超える矢の嵐をウォルターは剣で切り払いながら接近する。

「ギギッ！」

鏖殺蜂に襲い掛かる。しかし攻撃は盾で受け流され、逆に左右の剣や槍による反撃を受ける。

「ウオオオォォッ！」

避ける。左手の剣で刺突を放つが斧の腹で受け止められる。さらに右手の剣を叩き付けると、漆黒の巨体がわずかに傾ぐもすぐに両隣の個体がフォローしてくる。

――少し焦ったか。

全力での一撃を仕掛ければ一匹ぐらいは倒せるかと思ったが、狙いが露骨すぎたかもしれない。

左右の敵が盾を構えて突進してきたため、ウォルターは逆にその盾を蹴って距離を取った。

「ウォルター！」

「ヒロト、何をしておる！　早く逃げよ！」

六つの脚部から繰り出される連続攻撃を紙一重で躱しながら叫ぶ。さすがに三体同時に相手をするのは厳しい。しかしウォルターが抜かれればヒロトが狙われる。それだけはまずい。やつらには四ツ星級の潜在能力を持つダンジョンマスターをも殺害しうる実力が備わっている。

「でも……こんな化け物を相手に――」

ヒロトは動けない。危険な敵だからこそ仲間を見捨てて逃げるような真似はしたくなかった。

「ディア殿ッ！」

ディアは主人の腕を摑むと、引き摺りながら安全圏へと下がっていく。ヒロトは身を捩って逃れようとするが、その程度の抵抗でどうにかなるような武神ではない。

「ディアさん、離してくれ、僕も戦う！」

「残念ながら、今のヒロト様では足手まといにしかなりません」

ヒロトは絶句する。ダンジョンマスターたるヒロトはウォルターを除けばダンジョンの最高戦力だ。そんな彼をして、足手まといとなる公算が高いほどの相手だということだった。

「ウォルター殿、ご武運を」

ディアはそう言うとコアルームへと転移していった。

*

「ディアさん、何でこんな真似を！」

「頭を冷やしなさい。それほどの状況ということです」

視線の先、ボス部屋の状況を映したモニターには次々と侵入してくる殺戮蜂の姿があった。

「まずい、このままじゃ一方的に叩かれる」

これまでウォルターたちは多少の被弾は覚悟の上で入り口を確保し続けていた。それは優れた飛行能力と毒針攻撃という強力な遠距離攻撃手段を併せ持つ殺戮蜂に広い空間を与えたくなかったからだ。制空権を奪われれば文字通り全方向から攻撃を受けてしまう。

それだけでも危機的状況なのに、古参組に匹敵する力を持つ鏖殺蜂まで同時に相手をしなければならないのだ。いくら眷属となり老いから解放された竜殺しでも厳しすぎる相手であった。

「主様、お爺ちゃんなら大丈夫！」

「はい、師父は絶対に負けません！」

「安心して見ていろって」

クロエが断言し、ルークとキールが続いた。普段のウォルターを知るからこその信頼だろう。

しかし、この戦いをずっと傍で見てきたヒロトは知っているのだ。ウォルターの体がすでに限界を迎えていることを。戦端が開かれてから一時間、かの竜殺しは耐え続けていた。

この世界の回復魔法では受けた傷は癒せても、失われた血や体力までは戻らない。状態は時を追うごとに悪化し、今や気力だけで動いているはずなのだ。

常人ならとうの昔に死んでいる状態。それでもウォルターは戦い続けている。

その後ろにいる大切な者を守るために――

＊

「よくやったぞ、お主らのおかげで我らが主を無事に逃がすことができた」

光となって消えていく戦友たちを労いながら、ウォルターは上空を睨みつける。

先ほどの一合で油断ならぬ相手と思ったのだろう。鏖殺蜂はボス部屋の上空に陣取り、指揮に専念している。今はウォルターの動きを牽制しながら殺戮蜂たちに陣形を組ませている。

「おい、降りてこんのか？　もしや臆したか？」

「ギッ、ギギ！」

ウォルターの挑発を鏖殺蜂が嘲笑う。鏖殺蜂は強い。単純な戦闘能力だけでも古参組と遜色ないほどの力量を持っている。

だが一番厄介なのはその高い知性だった。鏖殺蜂たちはボス部屋入り口を確保すると仲間を呼び寄せた。そして自らは安全圏へと退避する。人間は空を飛べない。故に上空にいさえすれば危険はない。数を揃えたところで確実に、かつ一方的に叩ける状況を作り上げているのだ。

「ギ――ギッ!!」

鏖殺蜂が号令を下せば、殺戮蜂たちが一斉に臀部を見せる。

――まずい！

ウォルターは奔った。飛び交う毒針を剣で切り払いながら、そして弾ききれない一部を身に受けながら走り続け、石柱の裏に滑り込むことに成功する。

ボス部屋には多くの石柱が配置されている。雰囲気作りのための装飾品だが、システムで作られた非破壊オブジェクトでもあった。盾にするには持って来いのアイテムだ。

幸いなことに殺戮蜂の毒針は単発攻撃である。次の攻撃まで十秒ほどのタイムラグがある。

「討って出るしかないのう」

手足に刺さった太い毒針を引き抜きながら、ウォルターは息を吐く。敵はすでに回り込もうと動き出している。次こそ逃げ場がない。いかな英雄とて無数の毒針に貫かれれば終わりである。

「ヒロトよ、後は頼んだぞ……」

ウォルターは飛び上がり、柱を蹴った。その強靭な脚力は甲冑を含めれば百キログラム以上という重量物を遥か彼方へ弾き飛ばす。さらにウォルターは進行方向上にあった石柱を蹴り、方向転換を行う。敵の前線部隊へと近づき、そして置き去りにしていく。

まさに縦横無尽。疾風と呼ぶべき速度でウォルターは戦場を飛び回る。ミスリル製の甲冑は強いライティングの下で一際強く光り輝き、敵の目を眩ませていく。その速度たるや尋常なものではなく、殺戮蜂よりも高い機動力を持つはずの鏖殺蜂でさえ目で追うのが精一杯だ。

「シッ！」

すれ違いざまに斬り付ける。狙いは当然、鏖殺蜂である。首を狙うがそれは剣で防がれてしまう。しかし剣は二振りある。守り難い右下の脚部を切り裂いてやる。

地面へ落ちた弓が乾いた音を立てた。

「ふむ、やればできるものじゃの！」

ウォルターは呼吸を整えながら笑う。さしもの鏖殺蜂とはいえ、単独戦力としてはウォルターには遠く及ばない。鎧袖一触できるほどではないが、一対一なら確実に殺せる実力差はあった。

――問題はどうやってその状況を作り出すかじゃな……。

再び石柱を使ってボス部屋を駆け巡りながら、死角からの襲撃を繰り返す。守勢に回った鏖殺蜂は適切に対処してくるが、明確な実力差があるために全ての攻撃を防ぎきることは不可能だった。

フィールドを高速移動し続けることは毒針の一斉掃射を防ぐ狙いもあった。こうして狙いをつけさせなければ、いかな魔物とて手出しできない。

——後は、どこまで持つかじゃのう……。

石柱に隠れて呼吸を整えながら次の襲撃ルートを考える。相手は賢い。同じ手は通用しない。

「ギギッ！」

石柱から出たところで毒針の一斉射撃を受ける。ウォルターは〈風の刃〉を飛ばして迎撃する。射出された無数の毒針全てを弾くことなど不可能だ。剣の腹で受け止めざるを得ず、隠れていた柱まで戻されてしまう。

「ギ——ッ！」

そこに鏖殺蜂が襲い掛かる。剣による斬撃、斧による打撃、槍による刺突、多段階の連続攻撃だ。ウォルターは首を逸らして剣による一撃を避け、右腕の剣で斧の打撃を受け止める。

しかし最後の攻撃、槍による刺突まではさすがに躱しきれなかった。

「グッ……」

鋭い刃が腹部へと突き刺さる。

「ギッギ……——ッ」

鏖殺蜂が嘲笑を浮かべ——相手も同じ表情を浮かべていることに気付いた。

「よし……捕まえたぞ？」

ウォルターは腹部に刺さる槍を摑むと、そのまま無造作に左手の剣を振るった。

ミスリル製の鋭い刃が太い頸部を切断する。

「まず、一匹じゃな」

そう言って化け物は不敵に笑うのだった。

*

飛行系モンスターでしか為し得ないはずの空中戦。それをウォルターはボス部屋に配置された石柱を使って実現した。雨霰のように飛び交う毒針を掻いくぐり、襲撃を仕掛けていく。

さすがに全ては防ぎきれない。そんな時には左腕の手甲で受けた。神経をやられたらしくもはや左手は使いものにならない。今後は盾として利用する。

柱を蹴る。狙うは当然、鏖殺蜂だ。指揮官さえ倒せれば後はどうにでもなる。残りは二体。ウォルターは片方だけに攻撃を集中させた。接近しながら〈風の刃〉で牽制。攻撃自体は敵の盾や斧で防がれるのだが、これにより敵を中空に縫い止めることが可能になる。

「シッ！」

すれ違いざまに腕を一本、断ち切ってやる。悲鳴が上がる。どうやら痛みに慣れていないらしい。去り際に腹部を切り裂く。

――浅い。

無防備な背中に向けて〈風の刃〉を放ってさらに手傷を負わせる。しかし致命傷には至らない。〈風の刃〉は確かに便利なスキルだがいかんせん威力が足りなかった。殺戮蜂ならともかく鏖殺蜂の甲殻は非常に硬く、直撃させても装甲を打ち破ることができないのだ。

そして十秒が経過する。背後から殺戮蜂部隊の毒針が迫る。柱の陰に隠れることでやり過ごすが、回り込まれて狙われる。そして再び距離を取れば次の毒針が迫ってくる。

鏖殺蜂は非常に狡猾（こうかつ）だった。毒針の一斉射出のタイミングをずらすことで間断のない攻撃を仕掛けてくるようになった。また犠牲者が出たことで慎重になり、隙を見せても近づいてこなくなった。巧妙に立ち回り、ウォルターと距離を取っている。

舌打ちしたくなるほど優秀な敵だった。自らは前線に立たず、配下の殺戮蜂たちを巧みに操り着実にダメージを負わせてくる。配下の殺戮蜂は増え続け、いつの間にかボス部屋の天井を覆い尽くすほどにまで増殖している。これではどちらが侵入者かわかったものではない。

時を追うごとに状況が悪くなる。

決定打こそ受けていないが、戦いの趨勢は確実に〈ハニートラップ〉側に傾いていった。

＊

「嘘……お爺ちゃんが……」

モニターの戦況を見ながらクロエが呟く。

三体の鏖殺蜂の出現で、戦いの趨勢はもはや覆せない状況にまで傾いていた。ウォルターはそれでも敵の一体を倒し、今なお果敢に立ち向かっているが、開戦当初のような圧倒的な機動力は失われている。逆に敵の動きは益々（ますます）巧妙になり、もはやまともに近づくことさえできていない。

「マスター、僕も出動させてください！　これ以上は無理です！」

ルークが悲鳴を上げる。

「ダメだ、絶対に行かせられない」

ヒロトは厳命し、今にもボス部屋に転移しそうなルークの行動を縛りつける。

「じゃあよ、大将……せめてシルバーゴーレムとかだけでも追加してやったらどうだ？」

キールの提案もヒロトは首を振って否定する。

「無駄だよ、ここで取り巻きを入れたところで意味がない」

濁った大河に清水を一滴垂らしただけじゃ何も変わらない。無駄に戦力を失うだけである。この後に控えている〈決戦場〉での戦いに回したほうがずっと有意義だ。

「だから僕をボス部屋に！」

「ルーク君、君はあの中に入って確実に生きて戻れる？」

強力な殺戮蜂の毒針が雨霰と降り注ぐ中、ただの人間が生きて帰れるはずがない。

「それじゃあッ、それじゃあ見捨てるっていうんですか⁉」

「……見捨てる」

ヒロトが答える。モニターを見たまま振り返りもしない。

「……マスター、そんな、そんなのって……」

「わかってる。全部、全部、僕の責任だ。僕の油断が招いた結果だ。その失態の尻拭いを僕はウォルターに押し付けている」

ヒロトは対戦相手が親友というだけで信じた。ディアの警告があったにもかかわらず、あまつさえ裏切りの可能性を真っ向から否定し、激高し、話を聞こうともしなかったのだ。

少し冷静に考えれば、裏で誰かが糸を引いていることくらい気が付けたはずである。要するに信じたかったから信じたのだ。親友を信じる。そのことに意味を見出した。あの時のヒロトを絶望の淵から救い出してくれたショウや八戸弁護士に対する恩返しだと思ってしまったのだ。

「……ひどいです、マスター、そんなのってないです！」

「恨んでくれていい。僕は最低の人間だ」

「違う！　これは止められなかった私たちの責任！　だって今、主様が一番苦しんでる！」

クロエは言ってヒロトの手を見つめる。強く握りすぎたその手からは血が滴り落ちていた。

「……すいません、マスター……言いすぎました」

ルークは痛ましい主の姿を見て頭を下げる。

「いいや、いいんだ。罪は罪だ。苦しんでいれば許されるわけじゃない」

ヒロトは、やはりモニターから片時も目を離さずに答えた。半透明のシステムメニューが何枚も開かれている。これから先はひとつのミスだって許されない。

それがウォルターにできる唯一の償いだ。ヒロトはウォルターを見捨てる。いや殺す。子供たちを一人でも多く生き残らせるために犠牲にする。

ウォルターは最初からわかっていたのかもしれない。これだけの大軍を平然と送り込んでくるような相手が、この程度の切り札くらい持ち合わせていないはずがないと。だからこそ眷属になりボスモンスターになった。英雄の座を捨て去り、人類の敵にその魂を売り渡した。

全ては子供たちを守るためだ。きっと自分の命なんて最初から勘定に入っていなかった。一匹でも多くの敵を道連れにし、一秒でも長くボス部屋に留まり続ける。それが結果として子供たちを最も多く守り得る手段だと思ったに違いない。

度しがたい怒りが湧く。大切な仲間にそんな覚悟を抱かせた不甲斐ない自分に殺意さえ覚える。

それでも、だからこそウォルターの覚悟を無駄にはできない。

ヒロトはモニターを凝視する。わずかな変化さえ見逃すまいと集中力を高めていく。

——絶対にチャンスはある……。

だって今戦っているのは、あの強く優しい竜殺しの英雄なのだから。

*

「ようやく、来たか」

窮地に追い込まれたはずのウォルターが不意に笑った。鏖殺蜂の一匹の動きが鈍り始めたのだ。

鏖殺蜂がゆっくりと地面に向けて落ちていく。見れば漆黒の甲殻の一部がよりいっそう、赤黒く染まっている。その染みは手足や腹部、背中に付けられた傷口から広がっていた。

毒状態。ボス部屋の手前の休憩所には〈ポイズンサウナ〉が設置してある。隣接する〈溶岩床〉の熱で〈猛毒床〉の毒液を沸騰させる毒ガス攻撃である。この強力な毒素は気体であるが故に隣接する通路や周辺の部屋にまで影響を及ぼす。

それはボス部屋とて例外ではない。これまで敵部隊に被害らしい被害が出てこなかったのは事前に〈毒消し薬〉を摂取しておいたからである。

倒れた鏖殺蜂はこの数十分間、ウォルターから執拗な攻撃を受け、全身に傷を負っていた。そんな状態で毒の影響を受けないはずがない。特に鏖殺蜂たちはウォルターの襲撃を恐れるあまり、他の個体より一段高い所に陣取ってしまっていた。毒ガスの溜まった天井付近に。

「毒消し薬を飲んだなら、それ以上の毒を食らわせてやればいいだけじゃからのう」

だからこそウォルターはずっとこの鏖殺蜂だけを狙い撃ちにしていたのだ。邪魔な取り巻き共を攻撃しなかったのも、初めて中毒症状を起こすのが間違いなく鏖殺蜂になるようにするためだ。

ウォルターは幽鬼のように鏖殺蜂の元まで辿り着くと、魔剣を使って首を刎ねる。

「残るは一匹だけじゃな」

そう言って化け物は再び笑うのだった。

*

「……ギ」

〈鏖殺蜂〉は生まれて初めて恐怖を覚える。数万からなる魔物たちの頂点に立っていた彼からすれば、人間というのは単なる獲物でしかなかった。前回の遠征では敵方の小細工のせいで戦果こそ挙げられなかったものの、正面から戦えば負けることは絶対にないと確信していた。

だからこそ目の前の人間が得体の知れない化け物のように思えた。この人間は一体何者なのだろうか。二時間近く単独で戦い続け、全身の至る所に毒針を受けてなお旺盛な戦意を保っている。

内心に恐れを抱きながらも、歴戦の指揮官たる鏖殺蜂は冷静であり続けようとした。化け物の攻撃をいなし、指揮に専念する。殺戮蜂を操ることで確実に手傷を負わせていく。

——何故、死ナヌ。

すでに致命傷は与えているはずだった。幾度も攻撃を直撃させた。深手だって負わせている。それなのにどうして立っているのか。まだ戦えるのか。何故死なないのか。これは殺せるのか。

知らず、鏖殺蜂が後退する。

それは初めて感じた恐怖心故の不用意な行動だった。

＊

その隙をヒロトは見逃さなかった。ダンジョンメニューを素早く操作し、シルバーゴーレムと巨大蜘蛛を投入する。巨大蜘蛛はレアガチャチケットで手に入れた外れモンスターである。

体長五メートルほどの巨大な蜘蛛でそれなりに高い耐久力を持つが、動きは鈍く、魔法も使えないため攻撃手段に乏しいという弱点があった。特に遠距離攻撃手段といえば蜘蛛の糸を撒き散らす程度のことしかできないという非常に使い勝手が悪いモンスターなのである。

『ゴアアァァァ――――ッ！』

斧をぶん回しながらシルバーゴーレムが蜂共へと襲い掛かる。鏖殺蜂はさらに後退しながら部下の殺戮蜂たちを迎撃に当たらせる。

『シャ！』

巨大蜘蛛は自身への注目が消えたのを見計らって殺戮蜂の群れへ大きく膨らんだ臀部を向ける。そして白い砲弾を発射する。次々と舞い上がったそれは上空で花のように開く。足元から飛来する美しい六角形の文様。それが自分たちを陥れるための罠だと気付いた時、狩りは終わっていた。

粘着性のある蜘蛛糸が天井付近で密集していた殺戮蜂たちをまとめて捕らえる。団子状にまとめられ、自由に翅が動かせなくなった殺戮蜂たちは次々に地上へ落ちていく。無防備な状態となった殺戮蜂たちをシルバーゴーレムが自慢の斧で叩き潰していく。

この瞬間、数的優位が崩れた。

＊

指揮官たる鏖殺蜂は逡巡する。仕切り直すか、入り口を確保して再び増援を呼び寄せるかを考える。ボス部屋前には多くの殺戮蜂たちが待機している。無理矢理呼び寄せるか？　どうする？　どうすればいい？　どうすれば状況を覆せる？

一瞬の機能停止。数的不利という初めての状況に、抑えていた恐怖心が再び鎌首をもたげる。

そして不意に思い出す。

――アノ化ケ物ハドコダッ!?

「余所見はいかんのう、余所見は？」

振り返る。漆黒の複眼が自らの影にひそんでいた化け物の姿を捉える。

「別に剣士だって暗殺者の業を使ってても構わんじゃろう？」

鏖殺蜂の首が飛んだ。

＊

「ボス部屋、開放！」

ヒロトはメニューを操作し、ダンジョン機能でウォルターを〈回収〉する。同時にボス部屋の扉が開く。

「抜刀隊、突撃！」

ルークが吼える。〈決戦場〉で鬨の声が上がる。入り口に待機していた百名の精鋭たち〈メイズ抜刀隊〉の隊員たちがボス部屋に突入する。

「〈火球〉、放てぇぇぇ――――ッ!」

彼らの背を追い越すように無数の〈火球〉が放たれる。連鎖攻撃。巨大な爆炎がボス部屋のみならず、休憩所に待機していた後続部隊をも焼き尽くす。

指揮官を失い、前線部隊が壊滅したことで後続部隊は大いに乱れた。そんなところに魔剣を携えた腕利きの剣士たちに襲撃されたのだからたまらない。

「ギギ!」「ギー!」「ギチッ!」

後退しようとする前線部隊と援軍に駆けつけた後続部隊が入り乱れ、身動きの取れない状況に陥る。いかな殺戮蜂とはいえ、身動きの取れないような相手に遅れを取る抜刀隊ではない。狭いダンジョンの壁や天井を疾駆しながら次々に敵を屠っていく。

『師父の仇だ!』

特に圧倒的だったのは二振りの魔剣を携えながら疾走するルークだった。敵の先頭に躍り掛かると独楽のように回転しながら切りつける。殺戮蜂たちは身を守る暇さえ与えられず両断される。

そのままルークたちは通路に移動し、後詰部隊に攻撃を仕掛けていく。

前線部隊が壊滅し、指揮官を失った状態では精強な殺戮蜂たちといえど戦線を維持することは難しい。徐々に押し込まれ、一部が逃走を始めるとすぐに群れ全体に伝播し、やがて壊走に変わっていく。蜂系モンスターは生態上、集団行動を取る性質があり、周囲の動きに影響されやすいのだ。

「逃がすな!」

「追え！　一匹だって残すな！」

抜刀隊が追撃戦を開始する。ヒロトは味方の進行状況に合わせて通路上の罠を無効化していく。

「逃がさない、おまえらだけは絶対に許さないぞ‼」

ルークが叫ぶ。抜刀隊の先頭に立ち、壊走する魔物たちに執拗に追いすがり、切り捨てていく。

その瞳を凄惨な復讐鬼の色に染めながら。

＊

「いいか、ジャリ共！　絶対に生かして帰すなよ！　やつらはここでみな殺しにする！」

「はい！」

キールは二千名の戦闘要員を率いて関係者エリアから第九階層へ先回りしていた。

そして部隊を百名ほどの単位に分けて迷路の中に放っていく。狭い通路の陰に隠れ、逃げ惑う蜂たちを暗がりから奇襲させることにしたのだ。

「どうした、ハチミツ野郎！　かかってこいよ！」

そして自らは逃走する敵の先頭集団を襲撃する。自慢の槍で敵を貫き、振り被って地面へと叩き付け、鉄靴でもって踏みつける。強烈な殺意を向けられて魔物たちはたじろいだ。

「おおぉぉぉ――――ッ！」

その隙を見逃さず、キールはさらに一歩踏み込むと敵を刺し貫いた。キールの脇を通り抜けようとする個体を子供たちが弓矢や魔法で仕留めていく。

「おまえらは一匹たりとも逃がさねえ、絶対に殺してやる！」

勝敗はすでに決している。放っておいてもやつらはダンジョンから逃げ去っていくだろう。しかしキールはもちろん子供たちだって、大切な主人や師匠を傷つけた相手を許すわけがなかった。

「いくぞ、ジャリ共！　ここでやつらを根絶やしだ！」

先頭部隊を全滅させながら、キールたちはさらに進んでいく。

こうして〈ハニートラップ〉の部隊は全滅した。逃走中の激しい追撃と、迷路内を知り尽くした子供たちによる待ち伏せ攻撃により、一匹残らず殺害されたのであった。

＊

ヒロトは眷属たちから上がった逆襲案を却下すると、子供たちに帰還命令を出した。

「これでいいのかな……」

「ええ、賢明な判断でした」

ディアは、ヒロトの行動を賞賛する。相手は腐っても元ナンバーズだ。きちんとした戦略もなく踏み込めば痛い目に遭うに決まっている。勝敗が決した今、犠牲者を増やすわけにはいかない。だからヒロトは断固として戦いを終わらせる必要があった。それに復讐心に駆られ、殺戮に酔い始めた子供たちをこれ以上見ていられなかったというのもある。

ヒロトは復讐を否定しない。復讐は何も生まないなんて綺麗事だと思っている。大人の都合を押し付けているだけに過ぎない。復讐を果たさなければ前に進めないことだってあるだろう。

それでも、それでも大人であるヒロトは、子供たちに綺麗なままでいてほしいと思うのだ。

「よく冷静でいられましたね。安心しました」

「いや、僕も冷静じゃないよ。今のクロエを見たらそれどころじゃないって思っただけ」

ヒロトの視線の先には、ウォルターにすがり付くクロエの姿があった。

「主様、どうしよう、お爺ちゃん、治らない……血が止まらなくて……薬が全然効かなくて」

満月めいた瞳に大粒の涙を浮かべてクロエが言う。足元に空の薬瓶が何本も転がっていた。それは生きていれば死人さえ生き返らせるというのが謳い文句の〈高位回復薬〉だった。しかし高価な魔法薬は、傷口の上を流れるだけで傷を癒すことはおろか、止血さえもできていなかった。

その謳い文句に嘘はない。要するにウォルターはすでに生きていないのだ。彼の命脈はとっくの昔に尽きている。きっと鏖殺蜂と戦い始めた頃にはすでに壊れていたのだろう。

ウォルターは眷属化により老いから解放され、ボスモンスターに任命されることで大いなる力を得た。その戦闘能力は四ツ星級では留まらず五ツ星級、神々の領域にまで到達していた。

だから壊れた。人の身でありながら人を超えた武威を持った故の弊害だ。凄まじい力に肉体が耐えられなかったのだ。尋常な戦いならば恐らく問題なかっただろう。しかし限界を超えるような厳しい戦いを立て続けに行ったことで、もはや修復不可能な段階にまで破壊されてしまったのだ。

穴の開いたコップにどれだけ水を注いだところでこぼれてしまうのと同じ。治すべき肉体がもはや存在しないのだから、ポーションだって手の施しようがない。

だからウォルターは死ぬ。必ず死ぬ。どんな手立てを講じても人の手では絶対に治せない。

「お願い、主様、お爺ちゃんを、お爺ちゃんを助けて！」

「クロエ、ごめん、本当にごめん……」

「あるじ……さま……」

クロエは涙をこぼし、ディアにすがりついた。

「ディア、お願い！　お爺ちゃんを治して！　何でもするから！　私の命でも何でも捧(ささ)げるから、魂だってあげるから、お願い！」

「ごめんなさい……私にはできません……たとえ私が最高神の地位にあっても彼を癒すことは許されないでしょう」

「嘘だ！　神様なんでしょ！　何だってできるんでしょ！　お願い、お爺ちゃんを助けてよ、誰か……だれかぁ……」

「クロエ、ごめん……ウォルター、ごめん……」

ヒロトは、クロエの慟哭(どうこく)を聞きながらウォルターの体を毛布で包んだ。蒼く変色した体、かさつき黒ずんだ唇、すでに鼓動は止まっている。何故死んでいないのか不思議なほどの状態だった。

「師父！」「爺さん！」「お師匠様！」

敵の掃討を終えた子供たちは、帰還すると同時に敬愛する師の体にすがり付いた。

ダンジョンに子供たちの嗚咽(おえつ)が響き渡る。

その声はこの世のどんな悪罵よりもずっとずっと強く激しくヒロトの心を苛んだ。

ヒロトは何もできず、見守り続ける。

ウォルターの死を待ち続ける。


握り締めた拳からは再び血が滴り落ちてきていた。

第九章　崩壊

「終わった……」

ショウはその場に崩れ落ちる。大量召喚した殺人蜂や貴重な殺戮蜂部隊は全滅、虎の子である鏖殺蜂さえも失った。手持ちの戦力は百を切り、明日のダンジョン防衛にさえ事欠く有様(ありさま)だ。

新たに魔物を召喚しようとして愕然(がくぜん)とする。この二年間、必死になって稼いできたＤＰは今や十分の一以下になっていた。この一戦にのめり込んだ結果、ショウは破産寸前にまで陥っていた。

「や、お疲れ様！」

ショウは顔を上げ、にちゃりという粘着質な笑みを浮かべる少年を睨みつける。

「帰ってくれ。悪いが、今アンタの相手をしてやれる余裕はない」

「まあまあ、そう言わないで。用事が済んだらすぐに帰るからさ」

「……用事？」

「預けた物を返してもらおうと思ってね」

成功報酬として置いていった〈原典の渦〉のことだろう。四ツ星級モンスターの渦を生成できる至高のレアアイテムであった。

「はっ、はは！　あれならもうないぞ！　もう使っちまったからな！」

「えー困るよー。あれは成功報酬なんだから」

まったく困っていなそうに——むしろ円らな瞳を愉快気に細めながら——迷宮神は言う。

「知らねえよ、勝手に置いてったおまえが悪い」

ショウは開き直って言い返す。高位の神々相手に喧嘩を売っているようなものだが、敗戦のショックで自暴自棄になっていた。

「あは、確かに僕にも落ち度があったかもね。ところでその渦ってどこにあるのかな?」

ショウはコアルーム横にある広間を顎で指す。通称、産卵部屋。殲滅女王が並んでいるだけの部屋である。迷宮神はとてとてと音がしそうなあざとい歩き方で産卵部屋に入っていった。

「成功報酬だからね?　ちゃんと返してもらうよ?」

迷宮神は言って、渦の中に手を突っ込む。

「ほーい!」

気の抜けた声と共に渦の中から殲滅女王が引き摺り出される。中身が取り出されると、渦は以前の金色のチケットへと戻っていった。

「――なっ」

ショウは驚愕(きょうがく)を隠せない。あの矮軀(わいく)で十メートルを超える巨大なモンスターを摑み上げ、引き摺り出したのも不思議だったが、それ以前に渦が元のチケットに戻ってしまったのが意味不明だった。渦は魔物を吐き出すためだけの装置であり、触れることなんてできないはずなのだ。

「えへ、やっと驚いてくれたね。僕ぐらいの権限があればこの程度は思うがままさ!」

自慢げに胸を張る迷宮神。

「さてと、残りは渦が生み出した殲滅女王や卵たちだね。これも成功報酬を使って得たものだから回収させてもらうよ」

迷宮神が指を鳴らす。すると百匹近くいたはずの殲滅女王が残らず光の粒子となって消える。

「……殺した、のか……？」

「いやだな。元に戻しただけさ。渦の元になった個体だけは残しておいてあげたから感謝してね」

ショウは小さく息を吐く。殲滅女王さえ残っていれば戦力不足はいずれ解消される。強化された殺戮蜂が十匹もいれば防衛はできる。時間はかかるがダンジョンの再建だって可能だろう。

そして絶句する。ショウを始めとするダンジョンマスターたちが必死になって召喚し育てている魔物たちも、この化け物の指先ひとつで消されてしまうのだ。

――結局、全てはこいつの手のひらの上か……。

それはつまりダンジョンマスターたちが今後どれほど力を得ようとも、この神にだけは絶対に逆らえないということを意味していた。

「さてと、用事も済んだし、帰ろうかな？」

――もしもこいつが今の状況に飽きてしまったら？

ショウを始めとするダンジョンマスターも指先ひとつで消されてしまうのではなかろうか。脳裏をよぎる最悪の事態を、恐怖を、唇を噛んで隠す。

「ああ、もう来るなよ、この疫病神め」

だからこそショウは強気の発言をする。下手に出てはならない。怯えを見せればやつは嬉々としてショウを弄ぶだろう。それこそアリの巣に水を流し込む子供のような気軽な残酷さで。

「ああ、そういえばダンジョンバトル負けちゃったね」

「それが何だよ……」

「〈迷路の迷宮〉のダンジョンマスターはこのダンジョンから一体何を持っていくのかな？」

「……嘘、だろ」

振り返る。何もないがらんとした産卵部屋の中央で、ショウは崩れ落ちる。

「あは、あははは、それじゃあまたね、あはははは」

迷宮神は愉快気に後ろ手を組むと、ダンジョンから出ていった。

その愛らしい笑顔に粘着質な嘲笑を重ねながら。

かつての最高位、〈ハニートラップ〉の凋落は始まったばかりである。

＊

十二月二十五日、奇しくも五年前と同じ日にヒロトは家族を失った。

ウォルターが息を引き取った後、ヒロトたちはその遺体を屋敷へと運び入れた。そしてディアにガイア流の葬儀の段取りを教えてもらいながら、粛々と葬儀の準備を進めていった。

全てが終わったのはその日の夜だ。葬儀はガイアでも宗教や地方によって特色があるらしく、火葬であったり、土葬であったり、遺体を魔物に食べさせる魔物葬なんてものもあるそうだ。

ヒロトは馴染みのある火葬によって弔うことにした。遺体を棺に入れ、ウォルターが大事に保管していた妻子の遺髪を握らせる。

「ごめんね、ウォルター。僕が不甲斐ないばかりに」

ヒロトはそう言って棺に白百合に似た花――ウォルターの妻が好きだったそうだ――を捧げる。

「お爺ちゃん……さようなら」

続いてクロエが献花をする。掠れた声、弱々しい声、ヒロトは彼女の頭をそっと撫でる。

「師父、あなたの教えは忘れません」

「爺さんには最後まで勝てなかったなあ……」

ルークとキールはそんな風に見送り、子供たちは泣きじゃくりながら言葉にならない声で最後の別れを済ませていく。

全員で棺を閉じる。

「ディアさん、お願いします」

ディアはそっと頷くと、手のひらを掲げた。

棺から火の手が上がった。火炎は徐々に大きくなり、轟々と燃え上がった。炎が天高く舞い上がっていく。それは一筋の巨大な火柱だ。

熱風がほほを焼く。炎が周囲を照らし出す。

みな、泣いていた。

ヒロトは独り奥歯を強くかみ締めることで、溢れそうになる想いを堪えた。

人は涙することでその悲しみを洗い流すという。それは記憶を失うのと何が違うのだろうか。思い出を滲ませるのと何が違うのだろうか。

だからヒロトは泣かない。絶対に泣かない。自分にはウォルターと交わした約束を果たす義務がある。だからこの想いを、誓いを、涙なんかで滲ませるわけにはいかなかった。

徐々に小さくなっていく光の柱をずっとずっと見つめ続けていた。

気が付けば大晦日(おおみそか)になっていた。

＊

ダンジョン〈迷路の迷宮〉はすでに動き出している。クロエは普段通り屋敷やヒロトを守りつつ、家事全般を引き受けるメイド部隊を指揮、王都の情報をかき集め、ついでのように侵入者を捕縛するという離れ業をこなしていた。

キールとルークは〈メイズ抜刀隊〉の遠征準備に追われていた。年末年始の恒例行事となりつつある〈クリスマス大作戦〉や〈初日の出暴走〉に対処するためだ。

もしかしたら葬儀とは死者のためではなく、残された人々のためにあるのかもしれないとヒロトは思った。大事な人を失う悲しみは相手が大切であるほど深く強くなる。しかし残された人々には日々の生活があり、いつかは気持ちを切り替えて生きていかなければならないのだ。

葬儀とはつまり死者を想い、悼み続ける日々にピリオドを打つための儀式なのだろう。

だからというわけじゃないが、ヒロトもまた精力的に動いている。ダンジョンの構造を一から見直し、攻略難易度を高めるのはもちろん、これまで道徳的な観点から忌避し続けていた〈変異〉や〈交配〉といった作業にも手を染めるようになった。

〈変異〉とはあえて過酷な特殊な環境に魔物を置くことで突然変異を促す作業であり、〈交配〉は異種族を無理矢理に掛け合わせて両方の特性を受け継いだ魔物を作り出す行為である。その所業は物語に出てくる狂科学者のそれとなんら変わりなく、ヒロトは幾度となく嘔吐(おうと)した。

本業の傍ら〈掲示板〉を使った情報収集も続けている。効率的な罠の作成や組み合わせの研究、特殊モンスターの作成条件、ランカーダンジョンの編成や動向、知りたいことはいくらでもある。

さらにディアに協力してもらいながら、ダンジョンシステムやガイア固有の物理法則の調査や分析も行っている。〈奴隷の奴隷〉のようなシステムバグや〈クランクバズーカ〉のような有用なテクニックを生み出すことができれば、ライバルたちに差を付けられる。

そんな忙しい合間を縫ってヒロトはコアルームの隣に作った〈慰霊室〉を訪れていた。慰霊室は小さな部屋に石碑がぽつんとあるだけのダンジョン防衛には何ら寄与しない装飾品である。

祈る。きっと祈りが届くことはない。ウォルターの魂は間違いなく天界へと送られたそうだ。ガイア神族たるディア自ら運んでくれたのだから、問題なんて起きようはずがない。

祈ることに意味はない。それでもヒロトはウォルターの安寧を祈っていた。もしかしたら本当はウォルターのための祈りではないかもしれない。自分は、自らの生み出した罪悪感に押しつぶされないために故人の安寧を願っているだけかもしれない。

薄汚い自己防衛本能に反吐が出そうになる。

いっそこのまま壊れてしまえばいいとさえ思う。

「……ヒロト様」

「えっと、こんばんは、ディアさん」

振り返った先、銀髪碧眼の美女が立っている。

ディアは難しい顔をして、ヒロトに手を伸ばしかけ止める。

「えっと、何か？」

「いいえ、何でもありません……ヒロト様、その、大丈夫ですか？」

「何が、ですか？」

「ウォルター殿のことです……ずいぶん気落ちしているように見えます」

「そんなことはないですよ。家族を見送るのは慣れていますから」

ヒロトは乾いた笑みを浮かべた。目の下の隈が痛々しいとディアは思った。

「嘘ですね」

「本当ですよ。僕は……冷たく利己的なダンジョンマスターです」

ヒロトは魔物を使役し、凶悪な罠を仕掛け、侵入者を殺して回る人類の敵である。

現に〈迷路の迷宮〉はダンジョンを公開こそしていないが、金で買った子供たちを鍛え上げて戦場へと送り出すという鬼畜の所業を行っている。

「あなたは、優しいですね」

「僕は優しくなんてない！　優しさなんて要らないんだ！　それじゃあ子供たちを守れない！」

ヒロトは奥歯をかみ締める。犠牲者はこれからも増えていくだろう。手駒のひとつが失われたくらいでいちいち悲しんではいられない。

それでもヒロトは、ウォルターから子供たちの行く末を任された。全身全霊をもって約束を守ると誓った。だから子供たちの家(ダンジョン)を守るために、ヒロトは子供たちを戦場に駆り出すのだ。

「変異や交配に手を出しているのもその一環ですか」

これまでずっと忌避してきた生物実験に手を染め始めたことを気にしているようだ。

「そうです、手段なんか選んでいられません！　こんな思いはもう沢山だ！　たとえ薄汚い悪党になっても僕は、僕は――」

「私はいつかヒロト様が思い余って世界を滅ぼしてしまわないか、不安になります」

そう言ってディアは優しく微笑む。

「僕は魔王になるつもりはありませんよ。それに世界を滅ぼしてしまったら子供たちに嫌われちゃうじゃないですか」

「でも、冷酷なダンジョンマスターになるんですよね？」

「……なるほど、要注意人物ですね」

ここでようやくヒロトは笑った。疲れたような笑みではあったが、確かに笑えた。

「ディアさん、実は僕はあまり悲しくないんです。ひどい話ですよね、ウォルターが死んだのは全て僕のせいなのに、ただひたすら後悔しているだけなんです。多分、悼む気持ちがないわけじゃない。それよりもずっと自己嫌悪のほうが強い。

僕が油断したから、人の話を聞かなかったから、弱いから、危機感を持っていなかったから、信じたいものだけを信じたから、こんなことになった、そんなことばかり考えているんです」

「自分があの時、ダンジョンバトルさえ断っていたらこんなことにはならなかった。全員で年越しを迎えることができた。そういうことですか……」

「はい、だから僕がウォルターを殺したようなもので――」

不意に乾いた音がした。ほほを叩かれたのだとしばらくして気が付いた。

「自惚(うぬぼ)れるな！　二十年も生きていない若造が！　貴様は神にでもなったつもりか！」

驚いて顔を上げれば、そこには大粒の涙を流すディアの姿があった。

「なんでディアさんが泣いてるんですか？」

「あなたが、あなたが泣かないからです」

「……ごめん、ディアさん」

「真に受けないでください……私が勝手に泣いているだけです」

気が付けばヒロトはディアを抱き寄せていた。

「……ヒロト、様？」

「ご、ごめん……ディアさんを泣き止ませたくて……」

嘘だった。それは衝動的な行動だった。自分のために涙を流してくれる人がいることにたまらなくなっていたのだ。抱き寄せてから慌てているなんて本当に情けない。離れなければと思って、そこからまったく動けない自分にも呆れてしまう。

ディアの体は本当に温かくて、腰は折れてしまいそうなほど細いのに、恐ろしいほど柔らかくて、優しくて甘くてお日様みたいな匂いがする。離れがたいと思ってしまう。

「……すいません、あの、今離れますから……」

「その必要はありません」

距離を取ろうとすれば逆に引き寄せられてしまう。ヒロトはどうしていいかわからなくなった。先ほどよりひっついている分、ずっと女性っぽさが感じられて頭がおかしくなりそうだった。

「私は悔しいです。あなたにそんな顔をさせてしまっていることが。あなたから悲しみを拭い去ってやれないことが。たまらなく悔しいのです。私にもっと力があったら、今よりも賢かったなら、あなたを苦しみの淵から救い出せていたかもしれない……そう思うと悔しくてたまらなくなる！」

何て温かいのだろうとヒロトは思った。赤の他人でしかない自分に、どうしてここまで優しくしてくれるのだろうか。思い遣ってくれるのだろうか。果たして自分は同じことができるだろうか。

「……ディアさん」

「ヒロト様……」

見つめ合う。静まり返った慰霊室では吐息さえうるさく、心音でさえ騒々しい。

「あ、あのッ、ありがとう、ございました、ディアさん」

「ど、どういたしまして」

ふと遠くから子供たちの声が聞こえたような気がして、二人は慌てて離れた。

俯いた視界の先、艶(あで)やかな銀髪から覗いた耳が真っ赤に染まっているのが見えた。多分、自分の顔も同じことになっているのだろうとヒロトは思った。

ディアの真っ直ぐな言葉が、今のヒロトには辛かった。

優しくされる資格なんてない。だから胸が苦しくなるのだろうか。

でも、そんなこと、忘れてしまうくらいに嬉しかった。

清冽(せいれつ)な何かで心が満たされるような感覚をヒロトは味わった。

それで少しだけ救われた気持ちになった。

この世界でまだ生きていていいのだと認めてもらえた気がしたのだ。

エピローグ　ただいま、ありがとう

人生二度目となる復讐を果たしたウォルターは気力を失った。妻と娘を殺した貴族連中には最大限の恥辱と苦痛を与えたが、二人が帰ってくるはずもない。

つまらない人生だった。やつらは泣き喚き、ただひたすら許しを請うだけだった。何の気概も信念も、強烈な憎悪でさえ持っていなかった。そんな中途半端な連中に大切な者を奪われたのだ。もはや怒りや悲しみなんて通り越して虚(むな)しさしか残らない。

飽きた。萎えた。疲れた。どれだけ盛大に復讐したところで意味などなかったのだ。故郷を失った時のほうがまだマシだったのかもしれない。あの時は敵討ちという目標があった。復讐という身を焦がすほどの欲求が自然と足を前へ前へと進ませてくれた。

今はない。何もない。故郷、家族、目標、名誉、ウォルターはもう何もかも失ってしまった。

心残りといえば貴族へ取り立ててくれた国王陛下に恩を仇(あだ)で返してしまったことぐらいだ。だから王城へ出頭したのだ。手ずから処分すれば陛下の胸もいくらかはすくだろうと思った。

しかし賢明なる国王陛下は全てをご存知だった。慰めの言葉を賜り、本来なら死罪が免れないところを奴隷に落とされるだけで済んだ。いや済んでしまった。

結局、ウォルターは死に損なった。

ウォルターを購入したジャックという奴隷商人は非常に気前の良い男だった。個室を与え、暖かなベッドと食事を与えてくれた。欲しいものを言えば何でも用意してくれる。もしかしたら陛下からそういった指示が出されていたのかもしれない。

そんな環境に置かれたウォルターは酒に逃げた。酔っている間は美しい過去だけを見ていられた。酔っている間は大切な家族との思い出に浸っていられたのだ。

しかしその思い出こそが空っぽのウォルターを苦しめた。思い出は時間が経つほど美化される。酔いから醒めた瞬間、美しい過去とくだらない現実とのギャップに打ちのめされるのだ。

――死にたい。

しかし、死ぬと決意し、行動を起こすにはウォルターは気力を失いすぎていた。後は惰性で生き続けた。何年経っただろう。数えるのも億劫なくらいぼんやりと日々を過ごした。

そんな時、ヒロトと出会った。

作り物めいた笑顔を浮かべる少年は、どこか厭世的な雰囲気を持っていた。最初はいやな目だと思った。生意気だと思った。気まぐれに縊り殺そうかとも思った。

聞けば彼も家族を奪われた口だそうだ。しかも家族を殺した犯人はすでに死亡しているという。

――なるほど同族嫌悪か。

最初はそんな風に思ったのだ。

*

「小僧ッ！　このワシを過労死させる気か!?」

『それくらい元気があるならまだまだ大丈夫ですねー』

ヒロトが楽しげに答えてくる。朝昼晩と大量の魔物と戦わせ、空いた時間に子供たちに剣術を指導させる。しかも命令を聞かなければ、奴隷紋を使って苦痛を与えてくるのだ。

奴隷紋の痛みくらい耐えられないことはない。しかし、痛いものは痛い。反抗するぐらいなら命令に従っているほうがマシだった。奴隷虐待もいいところだ。いくら気力を失ったウォルターとて悪態くらいつこうというものである。

「クソガキめ、老い先短い老人を扱き使いおって……」

長い労働を終えてくたくたになって床に就く。明日も早い。一刻も早く眠りたかった。用意された酒を飲む時間さえない。仕事に差し障りが出てしまう。欠伸を噛み殺しながら指導などできぬ。それは懸命に強くなろうと努力する子供たちに対してあまりにも失礼だ。

「まったく、こんな殺人鬼にこんな高い布団など与えよって……」

悪態をつきながら鳥の羽毛を使ったという軽く柔らかな布団に潜った。すぐに体がじんわりとしてくる。そろそろ眠りに落ちそうだという時、部屋のドアが開く。

「こんばんはー」「せんせーい」「おじゃまします」「一緒に寝よー！」

「これ、やめんか……たまには一人で寝かせよ」

子供たちが枕片手にやってきて勝手にベッドに入ってくる。しかも一人二人ではない。毎夜毎晩ダース単位でやってくるのだ。ベッドに入りきれない子供は、どこかから持ってきた布団を床に敷いて眠りにつく。

「まったく……まったく……くそう、可愛いのう……」

ウォルターは思わず呻いた。子供の寝顔は魔剣と変わらないくらい強力な武器だと思う。これを携えているだけで竜殺しの英雄は何も抵抗できなくなる。

「……いかんのう」

こうしてウォルターの元に子供が集まってくるのは、ダンジョンに大人の数が極端に少ないせいだ。生産性の低い子供奴隷は安価に手に入る。そして戦いの才能に年齢は関係ない。ヒロトは巷に溢れる難民の子供を集めて、シルバースライム狩りで成長させることで防衛戦力にしているのだ。

最初は悪魔の所業だと思った。しかしダンジョンに潜る子供たちの表情はひたすらに明るい。当たり前の話だ。ヒロトは子供たちのために多額の資金を投じて衣食住を確保している。充分な食事を与え、上等な衣服を着せ、暖かな寝床を提供しているのだ。腹立たしいことに人類の敵たるダンジョンマスターこそが、この王都において最も多くの子供たちを幸せにしている。

とはいえ、いくら子供が安かろうと大人が少なすぎるのは問題がある。大人と呼べるのはウォルターとキールと、辛うじてクロエだけ。恐らくヒロト自身が大人を苦手としているからだ。無意識に成人奴隷を買わないようにしている節がある。

過去に何かあったのは間違いない。例外的に存在している大人の知識奴隷たちのほとんどを工房にこもらせるか、外向きの仕事をさせているのがいい証拠だと思う。

結果、ダンジョンで唯一子育て経験のあるウォルターの元に子供たちが集まってくるのである。

みんな、親の愛情に飢えていた。それを理解しているが故に無下にもできない。親がいないなら誰かが代わりになるしかない。子供の泣き顔は見たくない。

仕方ない、諦めるか、そう思ったところで影からぬっと黒髪の少女が現れた。

「……お爺ちゃん、起きてる？」

その手に枕を携えて。

「クロエ……お主もか……」

ダンジョンでは大人といえるクロエもまた親の愛情に飢えている者の一人だった。暗殺者として育てられたせいか精神的にひどく幼いところがある。最初の出会いは最悪だったというのに、少し話を聞いてやり、軽く剣術などを指導してやったらこんなにも懐かれてしまった。

――こんなにも人懐っこいと無下にできないではないか。

困る。本当に困る。子供たちが心の中に入り込んでくる。無遠慮に、ずけずけと、笑顔こそが通行手形だと言わんばかりに大挙して押し寄せてくる。

これでは酒に溺れる暇もない。悲しみに暮れる暇もない。

「いかんな……」

不意に訪れる穏やかな感情をウォルターは振り払った。失った日々を無理矢理に思い出す。空虚な思いで心を満たし、何人も入り込めないようにする。

誰かを大切に想う気持ちには限界があって、きっとアップルパイを切り分けるみたいにその時々で配分を変えるのだろう。誰かを大切に想えば、それまで大切だった人への取り分が小さくなる。

それならばウォルターはこれ以上、誰かを好きになってはいけなかった。

愛してはならない。幸せになってはいけない。

「すまん、ソフィア、ミリア」

失った家族の名前を口に出す。大切だった。今だって心から愛している。彼女たちのためならこの身など捧げても惜しくはないと本気で思っていた。

かつてはいつだって鮮明に思い出せたはずの二人の姿が、今はどこか霞んで見える。

家族のことを忘れない。

それだけがウォルターの願いだ。

そのためにこれからの日々が地獄と化そうが別に構わなかった。

*

「ウォルター」

ふとヒロトの声で目を覚ます。霞んだ視界の先、苦痛に耐えるような主人の姿がある。若い者がそんな顔をするんじゃないと叱ってやりたくなった。

子供たちのすすり泣く声が聞こえた。よく見えないが、それでもいい、むしろそのほうがいい。子供たちの泣き顔は見たくない。子供はいつも笑顔がいい。

「すまんのう……」

謝罪する。それは子供たちだけじゃなくて妻や娘に向けた言葉でもあった。

誰よりも愛していた二人。護(まも)ってやれなかった二人。辛い目に遭わせてしまった二人。

最近はうまく思い出せなかった記憶も、今は鮮明に思い出せる。

よく三人で遠乗りに出かけたものだ。夕焼け、コバルトブルーの湖、宝石のように美しい郷里の風景。穏やかな妻の横顔、娘の愛嬌(あいきょう)のある笑顔。寝つきの悪いミリアを妻と二人であの手この手で寝かしつけたものだ。温かな食卓が毎日の楽しみで、ああ、そうだった、元々アップルパイはミリアの大好物だったなあ。

ああ、そうか。やっと許されたのだ、とウォルターは思った。

二人から、そして何より自分自身から。

何故なら今度こそ大切な者を守りきったからだ。

「ヒロトよ……まだおるか？」

「ああ、いるとも。ここにいる」

手を握られる。冷たい手だった。自分のような半死人よりも冷たいなど笑い話にもならぬ。

「我が主よ……子供たちを、頼んだぞ……」

自嘲する。何と身勝手な願いだろうか。妻子を守れず、むざむざ殺された男が吐いていい台詞ではなかった。しかもそんな彼女たちとの思い出さえ失いつつあった薄情者でもある。

「約束、してくれ……子供たちを、幸せに、すると……」

しかし、ヒロトは応えてくれた。

「約束する……だけど、一人じゃ無理なんだ。ウォルター、また手伝ってくれよ」

「無茶を言うな……そろそろこの年寄りを……休ませんか……」

無理矢理に笑ってみせる。

「頼むぞ、ヒロトよ。子供たちを、幸せにしてくれ、ワシの代わりに、守ってやってくれ……変な気は起こさせるなよ……復讐心に囚われてはならん……」

家族を守れず、事あるごとに復讐の鬼と化した自分が吐いていい台詞ではないと思った。けれど先達として教えてやらなければならない。復讐を果たしたところで幸せになれないのだと。

「だったら見張っていてくれよ！　僕が変な道に進まないように！　万一、進みかけたら止めてくれよ！　それは間違っているんだって教えてくれよ！」

「……甘ったれるな、大人の面倒まで見てられるか……」

ヒロトが初めて見せた激情に自然と笑みがこぼれた。

最初は虚ろな人形のようだった。厭世的な笑みを浮かべる輩だと嫌悪感さえ抱いていた。

しかし今は違う。出会った頃のヒロトは確かに〈世界〉を嫌っていたのかもしれない。

きっと変わっていったのだ。癒されていったのだ。ディアやクロエのような気立てのよい娘たちに囲まれ、キールのような好漢たちとの友誼を深め、純朴で可愛らしいルークや子供たちと触れ合うことで前を向けるようになったのだ。

遠く子供たちの声がして手を伸ばした。誰かが握ってくれた。ずいぶんと温かい。これは誰の手だろうか。わからんが誰でも良い。この場にいる誰もがウォルターにとって最愛の人なのだ。

だからその手を握り返す。

きっと自分は幸せだ。失ったはずの家族の温もりに今一度、包まれることができたのだから。

大切な者たちに看取ってもらえる。惜しまれながら逝くことができる。

こんな幸福は二度とこない。

「今度は……守れた、ぞ……」

宣言する。願わくば誰ぞこの事実をあの二人に報せてほしい。

君の夫は、君の父は、今度こそ大切な者を守り抜いたぞ、と。

*

ふと大きな手のひらに包まれているのに気が付いた。

大いなる力に導かれ、空へと浮かび昇っていく。太陽へと近づいていく。思ったほどの熱量を感じない。当たり前の話だった。もはや肉体などないのだから。

空を越える。目の前に大きな光の渦が見えた。小さな星々の煌きが集まって天に昇っていく。

何と壮大な景色だろうか。

ぐるぐると回る輪廻(りんね)の渦。あの渦を昇ることで人は——全ての生命は——新たな生を得るのだろう。そんな確信があった。

その大いなる渦の手前で小さな光が二つ、所在なげに佇んでいた。そしてこちらを見つけるや慌てて駆け寄ってくる。その光点は時折小さく瞬(またた)いて何かを伝えようとしてくる。

その光が一体何なのか、誰の魂なのかわからないはずがなかった。

ウォルターは光となって奔(はし)った。

『お帰りなさい、あなた』

『待ってたよ、お父さん』

ああ、君たちはずっと、ずっと、待っていてくれたのか。

こんな不出来な夫に、不甲斐ない父に、もう一度会いたいと想っていてくれたのか。

二つの光を抱き寄せる。

もう絶対に離さない。

君たちを誰よりも愛しているんだ。

だからウォルターは全ての想いを込めて言うのだ。

ただいま、ありがとう

大紀直家（おおき・なおいえ）

埼玉県川越市出身。某企業でSEとして勤務する傍ら、小説投稿サイト「小説家になろう」の存在を知り小説の投稿を開始。本作がデビュー作となる。

レジェンドノベルス
LEGEND NOVELS

「迷路の迷宮」はシステムバグで大盛況 1

2020年1月6日　第1刷発行

[著者] 大紀直家
[装画] 丘
[装幀] ムシカゴグラフィクス

[発行者] 渡瀬昌彦
[発行所] 株式会社 講談社
〒112-8001 東京都文京区音羽2-12-21
電話 [出版] 03-5395-3433
[販売] 03-5395-5817
[業務] 03-5395-3615

[本文データ制作] 講談社デジタル製作
[印刷所] 凸版印刷株式会社
[製本所] 株式会社若林製本工場

N.D.C.913 319p 20cm ISBN 978-4-06-517316-9